刹那之劉昏

찰나의 유혼

김민수 신무협 판타지 소설

Fantastic Oriental Heroes

찰나의 유혼 1

김민수 新무협 판타지 소설

초판 1쇄 찍은 날 § 2006년 8월 23일
초판 1쇄 펴낸 날 § 2006년 8월 30일

지은이 § 김민수
펴낸이 § 서경석

편집장 § 문혜영
편집책임 § 장상수
편집 § 이재권 · 서지현

펴낸곳 § 도서출판 청어람
등록번호 § 제1081-1-89호
등록일자 § 1999. 5. 31
어람번호 § 제2-0990호

주소 § 경기도 부천시 원미구 심곡1동 350-1 남성B/D 3F (우) 420-011
전화 § 032-656-4452 팩스 § 032-656-4453
http://www.chungeoram.com
E-mail § eoram99@chollian.net

ISBN 89-251-0281-1 04810
ISBN 89-251-0280-3 (세트)

刹那

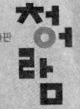

Fantastic Oriental Heroes

1
시간의 눈

刹那之劉昏
찰나의 유혼
김민수 신무협 판타지 소설

도서출판
청어람

목
차

序
느린 아이

칼이 춤을 춘다. 칼을 따라 옷깃이, 팔다리가 덩실덩실 흔들린다. 저잣거리 한복판에 앉아 광대의 춤사위를 구경하고 있던 아이 유혼(劉昏)의 입가에 저절로 미소가 감돌았다.

광대의 춤은 볼 것이 넘쳐 나는 남창(南昌)의 거리에서 그다지 주목을 끌지 못했다. 하지만 광대의 춤동작을 하나라도 놓치지 않으려는 듯이 뚫어지게 쳐다보고 있는 유혼에게만큼은, 다른 어떤 것보다 재미있는 볼거리임이 분명했다.

유혼의 눈동자가 반짝일수록 광대의 춤도 점점 더 격렬해져 갔다. 유혼은 광대의 춤이 끝나자마자 손에 꼭 쥐고 있던 동전 한 문을 천천히 내밀었다.

"이거⋯⋯."

작달막한 체구의 아이가 내민 손 위에 동전 하나가 놓여 있
는 걸 발견한 광대는 싱긋 웃으며 동전을 받아 들었다. 이 아
이는 똘망똘망한 눈빛과는 다르게 또래에 비해 조금 굼뜨게
행동하는 것 같았다. 말을 더듬는 것은 아니었지만 목소리가
상당히 어눌했다. 뭐, 아무럼 어떤가? 아무도 봐주지 않는 춤
이건만, 이 아이는 한 동작도 놓치지 않고 바라봐 주었다. 그
것도 이 거리에서 춤을 추기 시작한 한 달 전부터 계속. 보통
의 꼬마들이 이런 춤보다 시장 구석의 약장수들이 보여주는
유희들을 더 좋아한다는 것을 생각해 보면 무척이나 특이하
고 호감이 가는 아이였다.

"내일 또⋯⋯ 볼 수⋯⋯ 있는 거지?"

유혼의 물음에 광대는 고개를 끄덕였다.

"내일도 같은 춤인데 괜찮겠느냐?"

"아저씨 춤⋯⋯ 변하지 않아서 좋아."

"내일부터 동전은 필요없다. 넌 단골손님이니까."

광대는 유혼의 머리를 쓰다듬어 주었다. 유혼은 밝게 미소
를 지었다.

"혼이, 이 녀석!"

저잣거리 저편에서 쩌렁쩌렁한 여인의 목소리가 들려왔
다. 소리를 들은 유혼의 안색이 변했다.

"앗! 나⋯⋯ 가봐야 해."

유혼은 자신을 부른 소리가 들려온 반대편으로 부리나케 도망치기 시작했다.

"여보, 어떡하죠?"

"왜 그러시오?"

"혼이가 가라는 학당(學堂)에는 가지 않고 딴 데만 정신이 팔려 있어요. 학사님 말로는 학당에 와서도 공부할 생각을 않는데요. 오늘도 학당에서 혼이가 오지 않았다는 연락을 받아서 찾으러 나가보니, 시장 한복판에 앉아서 광대 구경을 하고 있지 뭐예요? 도대체 뭐가 되려고 이리 속을 썩이는지."

유현(劉炫)은 아내 주수경(朱洙曔)의 한탄에 미소를 지으며 말했다.

"나도 어릴 때는 공부하기 싫어서 도망 다니기 일쑤였소. 잘 타이르면 될 테니 너무 걱정 마시구려."

주수경은 고개를 저었다.

"아니요. 혼이는 그런 문제가 아니에요. 다른 애들 같으면 학당에 가지 않을 때 서로 어울려서 놀러 다니기를 좋아하잖아요? 혼이는 애들과 어울리려고 하지 않아요. 그렇다고 혼자 있기를 좋아하는 것도 아니에요. 어디를 그렇게 쏘다니는지 물어도 대답을 하지 않아요. 학당 아이들이 혼이를 뭐라고 놀리는지 아세요? 멍청이 거북이래요. 뭐든지 느릿느릿, 말귀도 잘 못 알아듣고, 같이 놀려고 해도 너무 느려서 한 가지

놀이를 하루 종일 설명해도 모자란대요."

"어쩌겠소. 그것이 혼이의 천성이니. 그래도 문제를 일으키는 악동들보다야 낫지 않소. 그저 다른 아이들보다 받아들이는 게 느릴 뿐이오."

"저러다 바보가 되는 건 아닐까 걱정돼요."

"그리 걱정이면 내 직접 공부를 가르치리다. 학당에 나간 지 얼마 안 돼 다른 아이들의 진도를 못 따라가는 것일 수도 있으니."

주수경은 편하게만 생각하고 있는 유현이 못마땅했다. 하나밖에 없는 자식인 유혼은 태어났을 때부터 남들과 많이 달랐다. 다른 아기들처럼 잘 울지도, 잘 웃지도 않았다. 말도 느리게 배워서 엄마라는 소리를 혼이의 나이 거의 다섯이 돼서야 들을 수 있었다.

아이의 머리가 어떻게 되기라도 한 것일까? 주수경은 혼이가 여덟 살이 된 지금까지 내내 이런 생각을 하며 살아왔다. 혹시 혼이가 멍청이면 어쩌지? 혹시 혼이가 이대로 자라서 둔하다고 사람들에게 손가락질받으면 어쩌지?

주수경은 아무 일도 없다는 듯이 묵묵히 서책을 보고 있는 유현을 흘겨보다가 옆구리를 힘껏 꼬집은 뒤에 밖으로 나갔다.

'답답한 세상.'

유혼이 이 생각을 하게 된 건 사람들의 말소리를 알아듣기 시작한 이 년 전부터였다. 누군가 자신에게 말을 하면 자신은 그것을 알아듣기 위해 한참이나 기다려야 했다. 왜 사람들은 말을 빨리 하지 않는 것일까? 왜 듣고 있는 사람이 짜증이 날 정도로 한자한자 느리게 말을 하는 것일까?

　한번은 너무도 느리게 말을 하는 또래 아이들이 답답해 한바탕 소리친 적이 있다. 그런데 도리어 아이들에게 무슨 말을 그렇게 웅얼거리며 하냐고 핀잔을 들어버렸다. 그래서 한자한자, 또박또박 '너희 너무 말을 느리게 한다'라고 하니까 이번에는 박장대소하면서 멍청이라느니 바보라느니 하는 소리를 해댔다.

　바위 위에 멍하니 걸터앉아 있던 유혼의 앞으로 귀엽게 생긴 작은 텃새 한 마리가 내려앉았다. 새는 바닥에 널려 있는 보리 찌꺼기를 부리로 콕콕 찍어보더니 금세 하늘로 날아올랐다.

　'한 번, 두 번, 세 번, 네……'

　유혼은 새의 날갯짓을 사십 가까이 세어보다가 그만두었다. 새가 시야를 벗어나 버렸기 때문이다.

　유혼은 한숨을 쉬었다. 저렇게 작은 새조차도 느린 날갯짓으로 하늘을 날 수 있건만, 자신은 아무리 팔을 휘저어도 공중에 뜨질 않는다. 차라리 날 수 있기라도 하면 세상이 이리 답답하진 않을 텐데. 아니, 느릴 정도로 답답한 건 세상이 아니라 자신이겠지.

유혼은 한 달 전, 우연히 저잣거리에서 발견한 광대의 춤을 떠올려 보았다. 그 춤은 확실히 다른 사람들의 움직임과는 달랐다. 비록 느리긴 하지만 그동안 보았던 그 어떤 것보다 활력이 넘쳤다. 팔 하나의 움직임, 다리 하나의 움직임이 군더더기없는 동작으로 매끄럽게 이어져 있었다. 그건 답답한 세상 속에서 찾아낸 유일한 재미 거리였다.

다른 사람들은 도대체 이런 세상을 어떻게 살아가는 것일까? 다른 사람들도 자신처럼 세상이 느리게 느껴지기는 할까?

'어른이 되면 답답함이 사라질 거야.'

유혼은 침울한 표정으로 고개를 움직이다가 하늘로 시선이 향했다. 흐린 하늘에서 수천 개의 물방울들이 서서히 바닥으로 떨어져 내리고 있었다.

'오늘은 좀 일찍 돌아가야겠어.'

집에 가면 분명히 엄마에게 한 소리 단단히 들을 테지만 어쩔 수 없다. 유혼은 바위에서 내려와 집이 있는 산 아래로 향했다. 그가 집에 도착할 즈음 가는 빗줄기가 점점 굵어지기 시작했다.

유혼은 아침부터 광대의 춤을 보기 위해 시장 거리로 향했다. 오늘은 이상하게 광대가 서 있어야 할 자리에 다른 사람들의 모습이 먼저 눈에 띄었다, 그것도 상당히 많은 사람들이.

유혼은 광대의 모습이 보이지 않자 혹시 다른 곳으로 자리를 옮겼나 해서 시장의 이곳저곳을 돌아다녀 보았다. 하지만 어디에서도 광대의 모습은 찾아볼 수가 없었다.

"와아아!"

갑자기 광대가 항상 서 있던 장소에서 환호 소리가 들려왔다. 유혼은 무슨 일인가 하여 사람들 틈을 비집고 들어섰다. 안에는 검을 차고 있는 세 명의 사내가 서 있었다.

유혼의 귓가로 사람들이 웅성거리는 소리가 들려왔다.

"강서삼검(江西三劍)이다!"

"저 셋이 지난번에 옥산(玉山)의 유명한 녹림패 팔십을 베어버렸다지?"

"여기서 싸움을 할 건가 봐."

유혼은 강서삼검의 다리 사이로, 등을 돌리고 앉아 있는 무명옷의 사내를 발견했다.

무명옷의 사내가 천천히 몸을 일으켰다.

"칼춤으로 하루의 끼니를 때우며 사는 보잘것없는 광대에게 그대들처럼 유명한 검객들이 무슨 볼일인가?"

강서삼검의 맏형인 도지력(堵智力)은 무명옷의 사내를 향해 포권하며 말했다.

"당신에게 비무를 청하러 왔소."

"후후후. 비무라니? 나 같은 속인에게 무슨 능력이 있다고 비무를 청하는가?"

"우리는 천하에서 가장 무거운 도를 찾고 있소. 그리고 당신이 그중에서 가장 강한 사람이라고 들었소."

유혼은 그들의 대화 중에서 광대라는 말이 나오자 무명옷의 사내에게로 시선이 향했다. 저 어깨와 저 몸집. 분명히 낯이 익었다.

'무슨 일이지?'

유혼은 억지로 그들의 대화 소리에 귀를 기울였다. 하지만 비무라는 단어만 얼핏 들을 수 있을 뿐, 무슨 대화를 나누고 있는지 알 수가 없었다.

도지력의 말은 계속해서 이어졌다.

"우리는 다음 무림기(武林旗)를 얻을 것이오. 그러기 위해선 당신의 도움이 절실히 필요하오. 묵호도(默虎刀) 조패(曹敗)."

도지력이 별호를 부르자 무명옷의 사내 조패는 빙긋이 미소를 지었다. 묵호도라는 별호를 들은 사람들은 강서삼검을 발견했을 때보다 더욱 놀란 표정으로 조패를 바라보았다.

"허. 자네들, 겨우 자리 잡은 내 일거리를 뺏어버렸군. 그래, 무엇으로 무림기를 받을 생각인가?"

"천하제일도(天下第一刀)를 받아낼 수 있는 우리 셋의 합격진(合擊陣)으로 말이오."

"나는 무림기 따위엔 관심없네. 그 잘난 후보의 자격은 자네들이 갖게나."

"조 선배, 그렇게 쉽게 무림기 후보가 바뀌지 않는다는 것을 잘 알지 않소."

조패는 한숨을 쉰 연후에 유혼이 서 있는 쪽으로 고개를 돌렸다.

"꼬마야, 오늘은 좀 다른 춤을 보여주어야 할 것 같구나."

조패의 전음이 귓전을 울리자 유혼은 깜짝 놀랐다. 이 말은 너무도 또렷하게, 지금까지 들었던 사람들의 말과 다르게 머릿속으로 곧장 전해지고 있다는 느낌이 들었다. 다른 사람들의 말처럼 느리다는 느낌을 받을 수가 없었다.

유혼이 생전 처음 듣는 전음성에 놀라고 있을 무렵, 조패와 강서삼검 사이의 분위기가 흉흉해졌다.

"셋이 한꺼번에 상대함을 용서해 주시오."

도지력이 고개를 숙인 뒤에 한 걸음 물러섰다. 그와 그의 옆에 서 있는 형제들이 동시에 검을 빼 들었다. 그들의 모습을 지켜보고 있던 사람들이 모두 숨을 죽였다.

조패는 평소 춤을 출 때 쓰던 칼 대신에 검은빛을 내는 무거운 느낌의 도를 손에 쥐고 있었다.

"사정을 봐주지 않는다고 원망 말게나."

두우우웅!

묵도(墨刀)의 날에서 둔중한 굉음이 흘러나왔다.

"아!"

유혼은 자신도 모르게 탄성을 질렀다. 묵도에서 느껴지는 엄청난 기운이 당장 자신에게 뿜어져 나오기라도 할 듯이 생생하게 느껴졌다. 저 도 안에는 세상의 그 어떤 것보다도 강한 힘이 가득 차 있는 듯했다.

"타앗!"

유혼은 조패의 모습에서 눈을 떼지 못했다. 강서삼검을 향해 사납게 돌진하는 움직임은 말로 다 표현하지 못할 정도로 황홀했다.

생전 처음 보는 무림인의 싸움.

천하제일도라 불리는 조패의 무공.

어린 유혼의 가슴속은 흥분으로 가득 찼다. 답답한 세상? 결코 아니다. 저렇게 환상적인, 저렇게 아름다운 움직임이 있는데…….

제一장

강호와 나

강호와 나

칠 년 후. 남창(南昌)의 봄[春].

묵호도 조패의 칼이 눈앞에 아른거린다. 짙은 운무 사이로
한 마리의 대호(大虎)가 잡아먹기라도 할 것처럼 다가오고 있
었다.

유혼은 대호와 함께 춤을 추는 조패의 칼에서 시선을 돌리
지 못했다. 이제는 볼 수 없지만, 자신의 뇌리에서 절대 지워
지지 않는 기억. 조패의 칼은 이렇게 이따금씩 자신의 머릿속
에서 생생하게 떠올랐다가 사라지곤 했다.

조패는 강서삼검과의 일전을 끝으로 남창에서 완전히 자
취를 감추었다. 유혼은 들고 있던 동전 한 문도 전해주지 못

한 채 자신의 유일했던 낙을 잃어버려야 했다. 하지만 조패와 강서삼검이 무림인이었다는 사실을 알게 된 후, 그는 무인들의 싸움이야말로 세상에서 가장 멋진 모습이라는 사실을 깨닫게 됐다.

비무관 관리인인 외삼촌을 졸라서 비무장을 매일같이 출입하기 시작한 것도 그때부터였다. 비무장 안에서 벌어지는 일들은 유혼에게 있어서 신천지나 다름없었다.

무림인과 무림인 간의 공방, 무공과 무공 간의 충돌에서 나오는 그 활력에 찬 움직임들은 지루했던 일상을 단 한 번에 날려주고도 남았다.

유혼은 칠 년여 동안을 비무장에서 살았다. 몇 년 전에는 외삼촌의 입김으로 어린 나이긴 하지만 비무관 부 관리인 자리에 앉을 수 있었다. 비록 비무장 안의 잡초나 뽑는 말단이었지만, 항시 비무대 가까이에 있을 수 있었기에 오히려 만족스럽게 여겼다.

유혼이 열다섯이 되면서 분명히 깨달은 것은 자신이 느끼는 세상은 다른 사람과는 전혀 다르다는 것이다. 그에게 흐르는 하루의 시간은 다른 사람의 시간과는 비교하지 못할 정도로 느렸다. 이것은 어른이 된다고 극복할 수 있는 문제가 아니었다. 그가 보고, 듣고, 만지고, 느끼는 모든 것들이 그에게만은 느린 시간 속에서 흐르고 있었다.

떨어지는 빗방울들의 수를 헤아린다거나, 바람에 제각각

흩날리는 민들레 씨의 움직임을 쫓는 일 같은 건, 다른 사람은 결코 할 수 없다는 것을 칠 년의 시간을 통해 확실히 깨닫게 됐다.

"명호와 이름?"
"중주비칠각(中州飛七脚) 사견(赦堅)."
"접수됐소. 다음. 명호와 이름?"
남창비무관(南昌比武館)이란 현판이 걸린 장원의 정문에서 참가객들의 이름을 일일이 받아 적고 있던 주용(周湧)은 끝이 보이지 않을 정도로 밀려 있는 줄을 바라보며 한숨을 내쉬었다. 옆 자리에 앉아서 같이 참가객의 명단을 받아 정리해야 할 혼이 놈이 말도 없이 사라진 까닭에 시간이 배나 걸리고 있었다.
"명호는 없고, 이름은 유혼."
"접수됐소. 다……."
정신없이 이름을 받아 적으며 다음을 외치려던 주용은 귀에 익숙한 목소리를 듣고 고개를 들었다. 십오 세 정도 되는 낯익은 얼굴의 소년이 담담한 표정으로 줄의 맨 앞에 서 있었다.
"혼아, 지금 장난할 시간 없다."
"장난 아니야, 외삼촌."
주용은 붓을 들고 방금 유혼이라고 적은 곳에 검은 선 두

개를 그었다.

"너 알고 있는 무공이라도 있어?"

유혼은 대답없이 서 있다가 자신을 향한 주용의 눈초리가 떠날 생각을 않자 고개를 휘휘 저었다. 주용은 참을 수 없다는 듯이 눈을 치켜뜨며 고함을 질렀다.

"야, 지금 저 뒤까지 줄 서 있는 사람들 안 보여? 겨우 비무장 잡초나 뽑는 놈이 무슨 재주가 있어서 비무대회에 나가겠다는 거야?"

유혼은 주용이 지워 버린 자신의 이름 아래에 손수 '유혼'이라는 이름을 적어놓고 장원 안으로 유유히 걸어 들어갔다.

"이 녀석! 외삼촌 말 안 들려?"

주용은 대답없는 유혼의 등 뒤를 향해 다시 소리쳤다.

"이놈아! 혼아!"

"이보슈, 얼른 등록 좀 합시다."

"크읏… 명호와 이름."

주용은 줄을 서서 따가운 눈초리를 보내고 있는 무림인들 때문에 당장 유혼을 붙잡으러 들어갈 수가 없었다. 평소 멍청함의 극치를 보여주던 유혼이 잠시 미친 것이리라.

'이 이름을 지워? 아니지. 대회에 나가서 실컷 얻어터져 보라지.'

하루 종일 참가객의 명단을 적느라 진이 다 빠진 주용은 명단을 관주에게 보고하기 위해 자리를 정리하고 있었다.

"실례하오."

주용의 앞으로 흰 두건을 두르고 있는 노문사가 다가왔다.

"무슨 일이시오?"

노문사는 비무관 현판을 가리키며 물었다.

"이곳이 남창비무대회가 열리는 곳이 맞소?"

"그렇소만?"

"하면, 지금 등록하면 비무대회에 출전할 수 있는 것이오?"

주용은 힐끔 노문사의 아래위를 훑어보며 말했다.

"접수 시간이 지났소."

노문사는 주용의 대답에 실망한 표정을 지으며 돌아섰다.

"그렇군. 늦었군 그래."

"노인장이 출전하려고 하는 거요?"

"그렇소."

"흠. 노인장, 무슨 특별한 무공이라도 익히셨소? 일단 마지막 조로 넣어주겠소만, 중도에 포기나 마시오."

노문사는 주용의 말에 기쁜 빛을 띠며 다가왔다.

"그래 주겠소?"

"명호와 이름?"

주용이 책을 펼치고 붓을 들었다.

"명호랄 것까지는 없고, 그냥 박지량(博志亮)이라고 써주시오."

주용은 이름을 적으려고 하다가 물었다.

"으응? 신검(神劍)과 이름이 똑같네. 누가 들으면 착각할지 모르니 간단한 명호라도 하나 만드는 게 어떻소?"

"흠……."

"아, 아니지. 노인장의 이름을 듣고 상대가 겁먹어 도망갈 수도 있으니 그냥 적는 게 좋을지도. 접수됐으니 이 표를 받고 가보시오. 접수자별로 조를 나누어서 세 번을 연속해서 이기면 본선에 나갈 수 있소. 사람이 많을 경우에는 네 번이나 다섯 번까지 이겨야 할 경우가 생기지만, 이번 대회는 세 번이면 될 것 같소. 세세한 규칙은 내일 직접 참여하면 알게 될 것이오."

"고맙소."

박지량은 주용에게 살짝 고개를 숙여 보인 뒤에 비무관에서 멀어져 갔다. 주용은 왜소한 체구를 한 박지량의 뒷모습을 바라보다가 명단이 적힌 책을 다시 펼쳤다.

'혼이 이놈, 좋은 삼촌을 둔 걸 복으로 알아라.'

끝자락에 있던 박지량의 이름이, 유혼의 이름 바로 아래로 옮겨졌다.

"자느냐?"

방문이 열렸다. 문밖에 모습을 드러낸 건 유혼의 아버지 유현이었다. 유현은 창가에 앉아 묵묵히 밖을 내다보고 있던 아들의 옆으로 다가섰다.

유혼은 유현의 표정을 보고 주용이 비무대회에 지원했다는 사실을 말했음을 알았다.

"처남에게 들었다만……."

"응. 비무대회에 나가."

유현은 유혼을 보며 허허 웃었다. 열다섯이면 다 자랐다고 할 수 있지만, 그래도 어린 축에 속하는 나이였다. 그럼에도 유현은 저 어린 아들의 머릿속에 도대체 무슨 생각이 들어 있는지 파악할 수가 없었다.

말수가 적고 표정의 변화도 없는 유혼을 보고 부인은 답답하다, 처남은 모자라다 말하지만 유현의 생각은 달랐다. 적어도 바보 같은 아이들은 저렇게 생각 깊은 눈을 가질 수가 없다. 단지 말수가 적어 사람과 어울리기를 싫어한다고 해서 어디가 모자란 아이라고 할 수는 없었다. 그런 면에 있어서 유혼이 어릴 적부터 비무장에 살다시피 한 일은 정말 특이한 것이었다.

한번은 무공에 관심이 있어 보여서 근처의 무관이라도 다녀보는 게 어떠냐고 물어보았었다. 유혼은 구경하는 게 좋을 뿐이라고만 하며 거절했다. 구경하는 게 좋아서 칠 년 동안이나 빠짐없이 비무장을 출입한다는 것이 보통 사람들에겐 이해 안 가는 일일 수 있겠지만 유현은 그 문제에 관해서 크게 걱정하지 않고 있었다. 유혼이 자기 앞가림을 못할 정도의 바보도 아니고, 그렇다고 부모를 몰라볼 정도의 패륜아도 아님에야 벌써부터 무슨 걱정을 한단 말인가?

그런데 유혼이 비무대회에 출전한다는 소식을 들었을 때는 걱정이 없던 유현도 불안한 마음이 들지 않을 수가 없었다. 무공을 전혀 익히지 않은 아이가 무슨 바람이 들어서 비무대회에 나간다는 것일까? 비록 어디 가서 맞고 다닐 만큼 생각없이 행동하는 아이는 아니지만, 비무대회라면 얘기가 달랐다. 비무장 밖에서 구경하는 것과는 차원이 다른 문제였다.

"질 것 같으면 기권할 테니 걱정 마. 아빠."

유현의 속마음을 읽기라도 한 것일까? 유현은 무슨 나들이를 앞두고 있는 것마냥 전혀 긴장을 하지 않는 아들의 모습에서 불안한 마음을 조금이나마 누그러뜨릴 수 있었다.

"네 엄마의 걱정이 이만저만이 아니다. 어디 한곳이라도 다친다면 처남은 물론이고 아비의 옆구리까지 성치 못하게 생겼어. 잘 처신하리라 생각한다만, 조심, 또 조심하거라."

"응. 조심할게, 아빠."

유현은 변함없이 묵묵한 태도를 지키고 있는 유혼에게 차마 비무대회에 나가려는 까닭을 물어볼 수가 없었다. 비무대회가 끝나면 알게 되겠지.

유현은 이런 생각을 하며 유혼의 방을 나섰다.

＊　　　　＊　　　　＊

박지량은 객잔의 한쪽에 앉아서 생각에 잠겨 있었다.

'신검…… 아직도 기억하는 사람이 있었던가?'

처음 은거를 결심했을 때만 해도 그것이 이십 년 가까이 지속될 줄은 몰랐다. 더군다나 이런 식으로 삼류무인들이 가득한 비무대회에 눈치를 보며 참가하게 될 줄은 전혀 예상치 못했었다.

박지량은 지금의 처지가 서글프다기보단 도리어 우습게 느껴졌다.

'난 대체 무엇을 수련했단 말인가?'

간신히 붙잡은 하나의 심득. 보이지 않는, 아니, 볼 수 없는 무형검(無形劍)의 실체를 깨닫기까지 이십 년의 세월이 너무도 덧없이 흘러 버렸다. 무형검을 익히기 위해 가진 모든 무공을 버렸지만, 남은 건 도저히 검객이라 칭할 수 없는 무사로 전락해 버린 현재의 자신뿐이었다.

"처음 뵙겠습니다, 어르신."

상념에 잠겨 있던 박지량 앞에 중년인 한 명이 다가와 포권했다. 정갈한 수염을 하고 볼에 두툼하게 살이 찐 맘씨 좋은 인상의 중년인이었다.

"나를 아는가?"

"이십 년 전만 해도, 강호에서 구금일검(九禁一劍)의 명성을 들어보지 못한 자는 귀머거리밖에 없었지요."

"구금일검이라……."

강호에서 신도(神刀)를 꼽으라면 난영참(亂影斬)이니 묵호도니 적어도 대여섯의 이름은 나올 테지만, 신검은 이야기가 달랐다. 구금일검 박지량. 그를 빼고 신검을 논하는 사람은 강호에 무지하거나 강호 소식을 한 번도 접해본 적이 없는 그런 사람들뿐이리라.

평생 천여 번의 비무 중에서 구백구십이 번의 압도적인 승리, 네 번의 무승부, 두 번의 기권승을 이룬 무패의 검사. 박지량을 일컬어 천승검객(仟勝劍客)이라 부르는 사람들까지 있을 정도였다.

그런 박지량이 구금일검이라는 검법으로 무림기를 받게 됐을 때 사람들은 당연한 일이라 생각했다. 하지만 그 후 하나의 내공심법으로 다시 무림기를 차지해 버리자 그의 명성은 중원을 넘어 사해를 진동할 정도가 됐다. 그를 추종하여 수천 명이 넘는 무림인들이 제자가 되기를 청할 정도였다. 그러나 그는 모든 것을 뒤로하고 홀연히 강호에서 모습을 감추었다.

신검이 검선이 되기 위해 은거에 들어갔다느니, 강호제일의 문파를 만들기 위해 사라졌다느니 하는 온갖 억측이 난무했지만, 이십 년이 지난 지금까지 그가 강호에 모습을 드러낸 적은 한 번도 없었다. 하지만 아직도 강호인에게 신검 하면 떠오르는 명호의 첫 자는 구금일검의 구뿐이었다.

"강산이 두 번이나 변했던 기간일세."

"걱정 마십시오, 신검이 나타났다고 사방팔방 소리치고 다니진 않을 테니. 우선 제 소개를 하겠습니다. 이번 오십 번째 무림기 후보 선별을 맡은 마첨(馬尖)이라고 합니다."

마첨의 말에 박지량은 놀란 듯이 눈을 치켜떴다.

"오십 번째? 내가 이십 년 전에 받은 것이 분명……."

마첨은 입가에 미소를 띠며 고개를 끄덕였다.

"사십구 번째였죠. 그래서 이번의 오십 번째 무림기는 그 어느 때보다 특별해질 것입니다."

"무슨 일이 있었기에 이십 년 동안 한 명도 수여자가 없었나?"

"굳이 말하자면 아무 일도 없었습니다. 어르신이 은거에 들어가시고 난 뒤 무림기를 받을 자격을 갖춘 주요 후보들이 모두 은거에 들어가 버렸습니다. 어르신이 세 번째 무림기를 노린다는 소식을 접하고 자극을 받은 것인지, 아니면 어르신처럼 무공을 갈고닦기 위함인지는 모르지만, 그동안 무림기를 수여할 만한 무공이 나타나지 않았습니다. 이제 어르신께서 강호에 나오셨으니 이십 년 동안 후보로 지목됐던 무인들이 모습을 드러낼지도 모르지요. 신검이 이십 년의 은거를 깨고 강호에 나왔으니 말입니다."

"허어, 나는 이미 무림기에 관심을 끊은 지 오래네."

"어르신을 기다려 온 수많은 무림인들은 그렇게 생각지 않을 것입니다. 특히 이십 년간 후보로 지목됐던 무림인들에게는 무림기를 받는 것보다 신검을 꺾은 무공이라는 명예가 더욱 클 테니까요."

박지량은 답답하다는 듯이 창밖을 내다보다가 고개를 돌리며 말했다.

"나는 그저 보이지 않는 것을 쫓고 있는 소경에 불과하네."

"그 소경이 천하제일검이라면 누구도 무시 못하겠죠. 후후후."

박지량은 찻잔을 깨끗이 비운 뒤 자리에서 일어서며 물었다.

"내 앞에 나타난 이유가 뭔가?"

"어르신께서 이십 년 만에 강호에 출두하신 이유는 무엇입니까?"

마첨은 다시금 입가에 미소를 띠었다.

"어르신께 말씀드리고 싶었습니다. 이십 년 동안 무림기 수여가 단 한 명도 없었을 만큼, 어르신이 돌아오길 바라는 무인들이 많았다는 사실을 말입니다. 신진고수들까지 포함한다면 이번 무림기는 사상 최대의 혼전이 될 것 같습니다."

무림기, 삼십 년 전.

무림기는 새로운 무공 창출을 통해서 무림의 무한한 발전을 도모한다는 취지로 백오십여 년 전, 무공 연구 집단인 무산회에 의해 만들어진 깃발이었다.

무림기는 무림인들의 꿈이자 목표였다. 이것은 오 년에 한 번 그동안 가장 독창적인 무공을 선보인 자에게 주어지는 하나의 명예였다.

오래전 무림기라는 말이 처음 나돌 때만 해도 사람들은 이 깃발 자체에 열광하지 않았다. 하지만 무림기를 받은 사람들의 무공이 천하를 경동시킬 만한 신공절학들이 된다는 사실이 밝혀지면서 무림기에 관심을 가지는 사람이 하나둘 늘어나기 시작했다.

이미 절강성(浙江省)의 제일 문파가 된 룡화문(龍火門)의 개파조사 송윤(松翁)도 삼십년 전엔 보잘것없는 소규모 문파의 문주일 뿐이었다. 송윤의 능력이 고수 축에 들기는 했지만 다른 큰 문파의 문주들처럼 강하다고 생각하는 사람은 아무도 없었다. 하지만 그가 그의 독문무공인 룡화권(龍火拳)으로 절강성 일대를 휩쓸기 시작한 뒤, 무림기까지 받게 되자 그의 제자가 되기를 청원하는 무림인들이 기하급수적으로 늘어났다.

비록 다른 거대 문파의 유서 깊은 무공은 아닐지라도 일단 무림기의 인정을 받게 된 무공이라면 천하를 울릴 만한 능력을 가진 무공이라는 말이 된다. 그렇다면 수련 여하에 따라

거대 문파의 무공과 비견될 만한 신공절학이 될 수 있다는 말이었다.

　지금에 와서 룡화문은 수많은 고수들을 보유한 초거대 문파로 탈바꿈해 있었다. 단순히 룡화권 하나의 효과라기보단, 그 룡화권을 배우기 위해 찾아든 무림인들의 열의와 룡화권의 신묘함이 맞물려, 강호에서 내놓으라 하는 고수들을 수없이 배출해 낼 수 있었기 때문일 것이다.

　　　　　*　　　　　*　　　　　*

　아침부터 남창비무관의 관리인들은 바쁘게 움직였다. 비록 비무대회에 출전했으나 관리인의 직함을 가지고 있던 유혼도 비무대 주변 정리에 열을 올리고 있었다.

　유혼이 남창비무관에서 가지고 있는 정식 이름은 제삼 비무장 부관리인이다. 주 관리인이 비무관에서 벌어지는 모든 일에 직접적으로 관련하는 것과는 달리 부관리인은 단순히 비무대를 청소하며 주변의 환경을 정리하는 업무를 맡게 된다. 급료 역시 쥐꼬리만큼 작았지만, 유혼은 몇 년째 이 일을 묵묵히 해오고 있었다.

　"혼아, 너랑 같은 조에 있는 무인들 중에 여강(余江)과 석성(石城)의 비무대회에서 모두 우승을 차지한 양권(養倦)이란 자가 있다. 너도 작년에 봐서 알겠지만, 올해는 특히나 포악해져서 손속에 사정을 두지 않는다고 하니 혹 상대가 양권으로 정해지거든 생각해 볼 것도 없이 기권하거라."

비무대 옆의 병기 진열대를 정리하고 있던 유혼이 주용의 말에 멈칫했다.

"외삼촌, 양권은 얼마나 강해졌을까?"

"비록 이곳보다 규모가 작은 대회긴 하지만 여강과 석성에서 우승했다니까 꽤 실력이 늘었겠지."

"경원무관(偀元武館)의 구청도(俱靑道)랑 비교해 보면?"

"비교할 놈이 따로 있지. 구청도 같은 놈 열이 있어도 양권 하나를 당해내지 못할걸?"

유혼은 가볍게 고개를 끄덕인 후 다시 하던 일에 열중하기 시작했다.

"이 녀석! 대답을 해야 할 것 아니야? 알았지? 양권을 만나면 곧바로 기권하는 거다?"

"봐서."

순간 주용의 이마에 힘줄이 불끈 솟아올랐다. 왜 말리지 않았냐고 어제저녁부터 누님에게 엄청나게 시달렸다. 하나뿐인 조카 놈이 이리도 속을 썩일 줄 알았다면 애초부터 비무대 회장에 발을 못 붙이게 하는 것인데. 어릴 적부터 귀엽다고 오냐오냐하며 데리고 다니는 게 아니었다.

'쯧. 누님, 어쨌든 지가 원한 거니 내 잘못은 없소.'

시간이 조금 흐르자 비무장으로 사람들이 하나둘씩 들어

서기 시작했다. 예선은 정오부터 시작이었지만 고수들의 모습을 조금이라도 가까이서 구경하고픈 사람들은 일찍부터 나와서 자리를 잡고 있었다.

유혼이 포함된 이조의 비무는 오시(午時:오전 11~오후 1시) 이후였다. 그는 출전자들이 모여 있는 대기소에 앉아서 일조의 비무를 기다리기 시작했다.

'드디어 시작이다.'

비록 비무대회에 출전하더라도, 칠 년간 다른 사람의 비무를 구경해 온 유혼의 버릇은 바뀌지 않았다.

진행자가 이조의 번호표가 들어 있는 상자에 손을 넣었다. 뽑혀진 두 개의 번호를 가진 사람들끼리 비무를 해서 승리한 번호표는 두 번째 상자로 들어가고 패배한 번호표는 버려진다. 세 번째 상자까지 이동하고 나면 본선 출전자가 가려지게 된다.

"다음은……."

옆에서 진행자의 보조를 하고 있던 주용은 제발 유혼과 양곤의 번호표가 동시에 뽑히지 않기를 빌었다. 어제 보았던 왜소한 체구의 노인과 붙게 되면 여한이 없으련만. 어차피 무슨 짓을 하든 간에 첫 번째에 탈락하겠지만, 되도록 약한 상대를 만나야 큰 부상을 면할 수 있을 터였다.

"십삼 번 섬혼쌍쌍(閃魂雙雙) 양권과 삼십이 번 박지량의 비무입니다."

주용은 번호표를 보고 울어야 할지 웃어야 할지 모를 표정이 됐다.

박지량이라는 말에 사람들이 웅성거리기 시작했다. 양권은 비무대 위에 올라서 설마 하는 눈초리로 곧 올라올 상대방의 모습을 찾았다.

"어째서 이렇게 작은 비무대회에 출전하는 것입니까?"

마첨의 물음에 박지량은 피식 웃었다.

"수준이 맞거든."

"네?"

마첨은 자신이 잘못 들었나 했다.

박지량이 비무대 위로 올라서자 동시에 웅성이던 소리도 잦아들었다.

"뭐야. 이름만 똑같군."

누군가의 말에 사람들이 킥킥대며 웃었다.

양권은 노인의 모습을 보고 긴장하기 시작했다. 이래 봬도 강호에서 잔뼈가 굵은 몸이다. 노인의 몸으로 아무런 실력도 없이 이런 비무대회에 출전했을 리 없었다.

'그렇다고 해도 고수라고 하기엔 무리가 있어.'

양권은 절정에 이른 고수를 본 적이 있었다. 그런 고수는 멀리 떨어져 있어도 대단히 날카로운 기가 느껴졌었다. 하지만 이 노인에게서는 아무런 기세도 느낄 수 없었다.

양권은 올라선 박지량을 떠보기 위해 물었다.

"노인장, 병장기는 사용하지 않으시오?"

"병장기?"

박지량은 비무대 옆의 병기 진열대를 바라보았다. 형체가 없는 검을 수련한 마당에 무기 하나를 더 꺼내 든다고 해서 달라지는 것은 없겠지. 그는 봉(棒) 하나를 꺼내 들었다.

양권은 박지량이 검이 아닌 봉을 집은 모습을 보고 일단 저 노인이 전설의 신검일 리는 없다고 확신했다. 이십 년 전에 사라졌던 신검이 무슨 볼일이 있다고 이런 비무대회에 출전하겠는가?

'잡념은 버리자. 내 목표는 이런 작은 무대가 아니니까.'

박지량은 봉을 가볍게 휘둘러 보더니 일자로 들어 끝이 양권을 향하게 했다. 양권은 날이 세 개로 갈라진 갈고리 한 쌍을 양손에 끼운 채로 말했다.

"사정 봐주지 않을 테니 포기하려면 얼른 하시오."

박지량은 불끈 튀어나온 양권의 태양혈(太陽穴)을 바라보았다. 상당한 화후의 내공을 지니고 있다는 증거였다. 삼류무인들만 만날 것이라 생각하고 출전한 비무대회에서 이런 수준의 무인을 만나게 되다니…….

양권은 준비를 갖추자마자 박지량을 향해 달려들었다. 박지량을 지켜보고 있던 마첨의 눈이 빛났다.

박지량은 달려드는 양권을 향해 봉을 일직선으로 날렸다.

휘이익!

'으응?'

양권은 순간 멈칫했다. 분명 봉을 앞으로 찌른 게 아니라 아예 던진 것이다. 봉이 날카로운 암기도 아닐진대, 하나밖에 없는 무기를 그대로 집어 던지다니……

양권은 양쪽 갈고리를 십자 모양으로 휘둘렀다. 나무 봉 따위는 자신의 갈고리로 간단하게 잘라 버릴 수 있다.

박지량은 오른손의 검지와 중지를 펼쳐서 자신이 던진 봉의 끝을 겨누었다.

'누구 말마따나 이십 년 만의 출두치곤…… 참 소소하군.'

"어엇!"

유혼은 비무대에서 벌어지는 광경을 지켜보다가 눈이 커졌다. 박지량의 손끝에서 뻗어 나온 빛줄기가 엄청난 속도로 양권의 어깨를 관통해 버린 것이다. 양권의 어깨를 지나 앞으로 뻗어나가던 빛줄기는 나타났던 속도보다 빠르게 노인의 손으로 되돌아갔다. 봉은 아직 양권에게 다다르지도 않았다. 양권 본인도 자신의 어깨가 관통당한 사실을 못 느끼고 있는 듯했다. 마치 번개가 치기라도 한 것처럼 빛줄기가 반짝하고 사라져 버렸다.

유혼의 시선이 박지량의 손끝으로 향했다. 빛줄기는 이미 박지량의 손끝으로 돌아가 보이지 않았다.

'잘못 봤나?'

유혼은 갑자기 세상이 빨라진 건 아닐까 하여 주변을 둘러 보았다. 세상은 변하지 않았다. 다만 방금 전의 빛줄기가 지 나치게 빨랐던 것뿐이다.

뒤늦게 날아든 봉이 양권의 어깨에 닿는 순간, 그제야 그가 어깨를 움켜쥐며 바닥에 털썩 주저앉았다. 봉이 맥없이 바닥 으로 떨어지면서 승자를 알리는 깃발이 올라갔다.

관중의 눈에는 양권이 단순히 박지량이 던진 봉에 얻어맞 고 쓰러지는 것으로 보였다. 때문에 양권이 허무하게 무너지 는 모습을 보고 모두 황당하다는 표정들을 지었다.

박지량은 비무대 위에서 내려서며 혀를 찼다. 양권을 쓰러 뜨린 자신조차도 어떻게 그의 몸을 상하게 했는지 알지 못했 다.

'그만둬야겠군.'

괜찮을 것이라 생각했던 것이 오산이었다. 지금이야 다행 히 어깨 부근으로 무형검이 스치고 지나갔다지만 이것이 사 혈이나 목을 지나갔다면 양권은 죽었을 것이다. 이 정도 수준 의 무림인에게조차 제대로 펼치지 못하다니…… 박지량은 고 개를 저었다.

승자와 패자가 갈리고 비무대가 정리되기 시작했다.

마첨은 양권이 쓰러진 이유가 박지량이 던진 봉에 있을 것이란 생각에 곧장 비무대를 정리하는 관리원의 손에서 봉을 뺏어 들었다. 관리원이 이상한 눈초리로 쳐다보았으나 마첨은 봉을 살펴보는 것에만 급급했다. 봉에는 작은 흠집조차 없었다. 마첨은 어깨를 움켜쥔 채로 비무대를 떠나고 있는 양권에게 시선을 돌렸다.

'피?'

마첨은 양권이 견우혈(肩髃穴)을 마비당해 쓰러졌다고 생각하고 있었다. 그런데 피라니? 봉에 날카로운 경력을 실어서 견우혈을 관통시켰단 말인가? 하지만 경력으로 혈도가 파괴됐다면 피가 분수처럼 뿜어져 나와야 옳았다.

'검보다 더 미세한 형태의 경력을 이런 봉에다 실을 수 있다? 이 노인네, 이게 어디가 수준이 맞는 비무대회라는 거야?'

"이보시오!"

박지량은 갑자기 자신을 부르는 낯선 음성에 고개를 돌리며 의아한 눈길을 보냈다. 그의 시야에 한 소년이 들어왔다.

"그ー섬전(閃電)ー같은ー빛줄기가ー당신의ー무공ー이오?"

유혼은 박지량에게 말하다가 아차 싶었다. 빛줄기의 정체가 궁금하여 한달음에 달려온 터라 말을 느리게 해야 한다는 사실을 깜박 잊은 것이다. 분명 상대방은 자신의 말이 웅얼거리는 것으로 들렸을 것이다.

'…응?'

박지량은 소년의 말투가 무척이나 독특하다는 생각이 들었다. 잘못 들은 것이 아니라면, 자신은 지금 천하에서 가장 말을 빨리하는 사람을 만난 것이나 다름없었다.

"빛줄기라니 무슨 소린가?"

유혼은 다행히 박지량이 자신의 말을 알아들었다는 것을 알고 안도하며 천천히 말했다.

"노인장의 손에서 나온 그 빛 말이오."

"빛?"

박지량은 유혼을 자세히 살펴보았다. 무공을 익힌 흔적이 없는 평범한 소년이었다. 밋밋한 태양혈에 기본적인 권각조차 익히지 않은 듯 손마디에 굳은살 하나 박여 있지 않았다.

"자네, 무엇을 보기라도 했는가?"

유혼은 이번에는 급하지 않게 천천히 말했다.

"빛줄기를 보았소. 노인장이 던진 봉을 지나 양권의 어깨를 관통하고 사라진 빛줄기 말이오. 이것이 정녕 노인장의 무공이오?"

박지량의 안색이 변했다. 이 소년, 지금 무슨 소리를 하고 있는 거지?

"자네가 잘못 본 거네."

"그럴 리가 없소."

"그럴 리 없다니?"

"내가 잘못 보았을 리 없소."

박지량은 혹시 머리가 이상한 아이는 아닌가 하여 유혼을 자세히 살펴보았다.

'생긴 것은 멀쩡하지만.'

박지량은 시전자인 자신조차 볼 수 없는 무형검을 보았다는 유혼의 말을 믿을 수가 없었다. 아니, 백번 양보해서 보았다고 치자. 그런데 빛줄기라니? 형체가 없기에 보지 못하는 것을 어떻게 빛줄기라고 말할 수 있단 말인가? 있을 수 없는 일이다.

"자네……."

"다음은 삼십일 번 유혼과 칠 번 구류검(九流劍) 청곤(淸坤)의 비무입니다."

"이런. 실례하겠소."

유혼은 자신의 이름이 호명되자 박지량에게 가볍게 고개를 숙인 뒤에 비무대로 향했다. 박지량은 유혼에게 한마디 쏘아붙이려다가 말이 끊겨 버렸다.

박지량은 비무대 위로 올라서고 있는 유혼을 당황한 눈초리로 바라보았다. 아무리 수준 낮은 대회라지만 저런 소년까지 나오다니.

주용은 유혼의 이름이 불리자 잔뜩 긴장하기 시작했다. 유혼의 상대는 남창에서 세 손가락 안에 꼽히는 무관 출신의 무사였다. 이미 남창비무대회에 몇 번이나 출전해 좋은 성적을 거둔바 있는 노련한 자였다. 이대로라면 초반에 기권하지 않는 한 호되게 당할 가능성이 높았다.

주용은 비무대로 올라가는 유혼의 앞을 급히 가로막았다.

"혼아, 포기해라."

유혼은 주용의 말을 못 들었다는 듯이 묵묵히 병기 진열대 앞에 가서 뭉툭한 박도(朴刀) 하나를 꺼내 들었다.

"너도 일전에 청곤의 비무를 지켜보지 않았느냐? 비록 일류 소리는 듣지 못해도 그에 못지않은 실력을 가진 자다. 일단 비무가 시작되면 저자의 공격을 피할 수가 없어."

유혼은 박도를 가볍게 휘둘러 보곤 비무대 계단을 올랐다.

"기권하래도!"

유혼이 고개를 돌렸다.

"외삼촌."

"그래, 포기할 테냐?"

"나 아무리 봐도 정상은 아니지?"

"뭐?"

유혼은 기가 막히다는 듯이 쳐다보고 있는 주용을 모른 척하며 비무대 위에 섰다.

'싸우는 사람들을 가까이서 보고 싶어 비무대회에 나오는 사람이 정상일 리가 없겠지.'

유혼은 반대쪽에서 올라온 청곤이 날카로운 눈으로 자신

을 살피고 있음을 느꼈다. 아마 어느 정도 수준인지 가늠해 보려는 것이겠지.

청곤은 유혼의 아래위를 훑어보더니 피식하고 웃음을 흘렸다. 처음엔 유혼이 어려 보였기에 어느 무관의 수련생이 경험을 쌓으려고 나온 것이라 생각했었다. 한데 무인의 기본적인 자세조차 잡혀 있지 않은 상대라니. 너무 쉽지 않은가?

"꼬마야, 다치기 싫으면 돌아가라. 요행으로 일승을 바라고 비무대회에 나온 것이라면, 날 만난 것을 탓하고 일찌감치 저리 꺼져."

유혼은 잘 알고 있는 사람이 아니라면 대부분의 말을 한 귀로 흘려들었다. 느리게 발음되는 상대방의 말은 집중하지 않는다면 끝까지 듣고 있기가 힘들었다. 모든 사람의 느린 말을 일일이 이해하려고 들었다면 머리가 아파서 지금껏 살아오지도 못했을 것이다. 누구에게나 말을 짧게 하는 버릇을 가진 것도 이런 영향이 컸다.

유혼은 박도를 만지작거리다가 고개를 들며 말했다.

"그럼 시작하시오."

청곤은 유혼이 자신의 말을 못 들은 척 이런 말을 하자 코웃음을 쳤다. 설설 기어도 모자랄 판에 앞뒤 분별없이 설치는 꼴이라니.

"간이 배 밖으로 나왔구나."

청곤이 움직이기 시작했다. 그는 멀쩡히 보내줘야겠다는

생각을 포기했다. 아직 앞날이 창창한 나이에 팔 하나라도 잘려 버린다면 뼈저리게 후회하겠지.

청곤은 한 자루의 검을 차고 있었는데 유혼에게 달려들면서도 손잡이에 손을 가져다 대고 있을 뿐, 뽑지 않았다. 그는 순식간에 유혼의 코앞까지 도달하며 비릿한 미소를 머금었다.

'애송이, 팔목을 잘라 오줌을 지리게 해주지.'

주용은 청곤의 저 움직임이 바로 주특기인 쾌검을 쓸 때의 자세라는 사실을 알고 기겁했다. 애를 향해 인정사정도 없이 달려들다니!

청곤은 두 걸음 정도 되는 거리까지 유혼에게 다가섰다.

"음……."

유혼이 낮게 신음성을 흘렸다. 확실히 바로 앞에서 접하는 무림인의 무공은 박력이 있었다. 멀리서 구경할 때보다 상대방의 기세를 훨씬 생생하게 느낄 수 있었다.

차랑.

검이 뽑히는 소리가 느리게 귓전을 울렸다. 유혼은 흘깃 청곤의 검 손잡이에 시선을 던졌다.

'하지만…….'

유혼은 상체를 왼쪽으로 비스듬히 기울였다. 청곤의 검이 아래에서 위쪽으로 사선을 그으며 유혼의 오른팔을 아슬아슬하게 스치고 지나갔다.

'박력을 빼면 아무것도 없어.'

청곤의 공격이 빗나갔다. 동시에 유혼이 만지작거리던 박도의 끝부분이 청곤의 이마를 살짝 건드리며 멈추어 섰다.

"헛!"

청곤은 얼굴을 붉히며 급히 물러섰다. 쾌검이 의미없이 허공을 가르자 그의 얼굴엔 당황한 기색이 역력했다. 쾌검은 발검과 동시에 상대를 베어야 하는 기술이었다. 그런 기술이 실패하고, 도리어 역습을 당했다면 자신은 죽은 것과 다름없었다. 때문에 저렇게 어설픈 자세로 도를 쥔 애송이가 자신의 쾌검을 피하고 역습을 가했다는 사실은 도무지 믿기지 않았다.

'이런 걸 보고 싶은 게 아니었는데.'

유혼은 청곤의 검이 뽑히는 순간 이미 그가 자신의 오른팔을 노리고 있다는 사실을 알아차렸다. 전의 비무대회에서 몇 번이나 구경했던 무공이었다. 첫 손동작만 주의하면 발검하는 순간에 검이 어느 쪽으로 향한다는 사실은 너무도 쉽게 알 수 있었다. 문제는 그것을 몸으로 피할 수 있느냐인데, 길을 미리 알고 있으면 적절하게 피하는 건 어렵지 않은 일이었다.

시장 바닥의 주먹질 같은 규칙없는 싸움이 아닌 한, 무인은 자신의 무공만을 펼친다. 거기에 변초(變招)가 뒤섞인다고 해도 원래의 틀에서 벗어나지 않는다, 벗어난다면 이미 그것은 원래의 무공이 아닐 테니까. 규칙없는 주먹조차 간단히 피할 판인데, 틀에 박힌 움직임이라니.

청곤의 쾌검은 알아보기가 더욱 쉬웠다. 검이 아무리 빠르다 해도 유혼에겐 하품이 나올 정도로 느린 움직임이었다. 게다가 쾌검은 전력을 다한 일격필살을 노린다. 일격의 실패 후에는 커다란 틈이 생기는 건 필연적인 일이었다. 느린 박도로 청곤의 이마를 건드릴 수 있었던 것도 그 점을 노렸기 때문이다.

"오시오."

유혼이 물러서 있는 청곤을 향해 손을 까닥거렸다.

주용은 청곤의 검이 뽑히는 소리를 듣고 눈을 질끈 감았다. 조카의 생명이 이렇게 허무하게 끝나 버릴 줄 알았다면 무슨 수를 써서라도 비무대로 보내지 않는 것이었는데.

"하하하!"

주용이 다시 눈을 뜬 건 옆에 서 있던 사람들이 웃음소리를 냈을 때였다. 주용의 시선이 다시 비무대 위로 향했다.

"응?"

죽을 것이라고 생각했던 유혼이 멀쩡히 살아 있다. 거기다 주용의 눈으로는 따라가기도 힘들 만큼 청곤이 빠르게 검을 휘둘러 대고 있음에도 그 사이를 유유자적 움직이고 있었다. 청곤이 눈에 불을 켜고 유혼을 베기 위해 움직이고 있었지만, 유혼은 잡히기는커녕 박도로 청곤의 몸을 툭툭 건드리며 놀기까지 하고 있었다.

'저게 뭐야?'

주용은 청곤이 왜 저렇게 변변한 공격 한 번 못하고 있는지 이해가 가지 않았다. 마치 막대기를 든 아이가 어른을 놀리고 있는 것처럼 보일 정도였다. 유혼의 옷깃 하나 베지 못하는 청곤의 공격은 날카롭다는 생각 대신 괜스레 허공에 칼질만 해대는 것처럼 보였다.

비무를 구경하던 사람들이 하나둘씩 웃어대기 시작했다. 대놓고 박장대소하는 사람들까지 생겨났다.

"허억. 허억. 이 자식!"

청곤은 한참 동안이나 유혼에게 검을 휘두르다 지친 표정으로 멈추어 섰다. 어째서 저 애송이의 옷자락조차 자를 수 없는 건지 하는 의문 따윈 저 멀리로 날아가 버린 지 오래였다. 저 녀석의 박도가 뭉툭하지 않고 날이 서 있었다면 이미 온몸에 칼자국이 나 있었을 거라는 생각도 접은 지 오래였다. 저렇게 유약해 보이는 놈이 자신이 털끝 하나 건드리지 못하는 상대였을 줄이야.

청곤는 식식거리며 유혼을 노려보았다.

"젠장맞을 놈, 더러워서 못하겠다. 쳇!"

청곤은 너무도 화가 나 들고 있던 검을 비무대 바닥에 내던져 버렸다. 그가 등을 돌려 비무대 아래로 내려가자 심판이 들고 있던 깃발이 올라갔다.

"삼십일번 유혼 승!"

유혼은 이 소리에 놀라 고개를 돌려 비무 심사위원을 바라보았다.

'으음.'

유혼은 환호하는 구경꾼들과 달리 방금 승리를 따낸 사람답지 않게 멍한 표정으로 비무대를 내려왔다.

'이게 아닌데.'

유혼은 속으로 한숨을 쉬었다. 이런 걸 보려고 비무대에 올라온 것이 아니다. 좀 더 멋진, 좀 더 완벽한 무공을 보고 싶었을 뿐이다. 옆에서 지켜보는 것이 신물이 날 정도로 최근에 보아온 비무들은 성에 차지 않는 것들뿐이었다. 아니, 칠 년 전의 그날 이후로 온몸에 전율이 일 만큼의 멋진 무공은 단한 번도 본 적이 없었다.

직접 눈앞에서 보면 다를 줄 알았다. 처음에는 느끼지 못했지만, 시간이 지날수록 자신이 보는 무인들의 수준이 삼류에 불과하다는 사실을 알게 되었다. 그리고 점점 많은 비무들을 보게 되면서 어설프고, 허점이 가득한 무공들로는 만족할 수 없다는 걸 깨달았다.

그래서 비무대회에 출전한 것이다. 직접 마주 대하면 달라 보일 것만 같았다. 하지만 첫 상대인 청곤과 대결하면서 그런 기대가 와르르 무너지고 말았다.

"혼아!"

주용이 부리나케 달려왔다. 그는 유혼이 승리했다는 사실보다 몸 멀쩡히 살아 돌아왔다는 사실이 더 기뻤다.

"이 녀석아, 어찌 된 거야?"

"외삼촌."

유혼은 주용에게 들고 있던 박도를 건네며 말했다.

"나 비무대회 그만둘까 봐."

"뭐?"

"자네 잠시만 거기 서 있게."

유혼은 갑자기 들려온 전음성에 깜짝 놀랐다. 이런 식의 음성은 보통의 말을 듣는 것과 달리 느리다는 느낌이 들지 않을 정도로 이해하기가 편했다. 몇 해 전에 조패에게서 한 번 들었을 뿐이지만 이 느낌을 잊지 않고 있었다.

박지량은 졸졸 따라다니며 귀찮은 질문을 해대는 마첨을 떼어놓기 위해 애를 쓰고 있었다. 자신이 강호에 다시 나타났다는 소문을 흘리고 있지는 않다지만, 이런 식으로 계속 붙어다닌다면 언제 누구에게 소문이 흘러들어 갈지 몰랐다. 문제는 현재의 자신이 다른 무인들을 상대할 만큼 완성된 무공을 지니고 있지 않다는 점이었다.

"자네, 다른 무인에게는 관심을 안 가지는 건가?"

마첨은 피식 웃었다.

"이런 소규모 비무대회에 관심을 가질 만한 인물이 나올까요?"

"그럼 뭐 하러 참관하고 있는 겐가."

"혹시나 하는 것이죠. 그 혹시나 때문에 이렇게 신검을 만나지 않았습니까."

"저 소년은 어떤가?"

박지량이 가리킨 곳에는 유혼이 서 있었다. 마첨은 팔짱을 끼면서 고개를 흔들었다.

"흐음. 글쎄요… 무공을 익히지 않은 사람에게까지 관심을 둘 필요는 없지요."

"그 무공 하나 없이 상대를 꺾지 않았는가."

"그야 상대가 상대니만큼, 단순히 눈이 좋은 것일 수도 있습니다. 물론 어떤 무공도 익히지 않고 그만큼 좋은 눈을 가지고 있다는 건 상당한 재능입니다만, 눈이 좋은 무림인들은 강호에 수두룩합니다."

"나는 관심이 가네."

"네?"

박지량은 걸음을 옮기며 말했다.

"이제부터 저 소년을 만나러 갈 것이니 자네는 따라오지 말게. 혹 신검이니 뭐니 하면서 소문을 내고 다닌다면, 무산회(武山會)에 직접 찾아가 따질 테니까."

박지량을 따라가던 마첨의 걸음이 우뚝 멈추어 섰다.

"무산회라니요?"

"모르는 척 말게. 무림기 선별에 관련된 사람들이 대부분 무산회 소속이라는 걸 알고 있으니까."

"그렇긴 합니다만, 저는 무산회 소속이……."

"상관없네. 아무튼 난 조용히 지내고 싶으니 방해 말게."

박지량은 마첨을 떼어낸 뒤, 곧장 유혼에게 다가섰다. 주용에게 잔소리를 한참 듣고 있던 유혼의 시선이 박지량에게로 향했다.

"조용한 데 가서 이야기 좀 할 수 있겠나?"

유혼은 잠시 생각하다가 고개를 끄덕였다.

유혼은 다관(茶館) 앞에 서서 들어오라고 손짓하고 있는 박지량을 못마땅한 눈으로 바라보고 있었다. 자신의 예선 비무가 끝나고 놀랍도록 빠른 섬전에 대해서 이야기해 준다는 말을 듣고 따라나선 길이었지만, 그렇다고 박지량이 본인의 비무를 기권해 버릴 줄은 몰랐다. 거기다 남은 삼, 사조의 예선전을 보고 싶었으나 박지량은 막무가내로 자신을 대회장에서 끌고 나와 버렸다.

"노인장의 비무는 왜 기권했소? 어디 아프기라도 한 거요?"

박지량은 유혼의 말에 귀를 쫑긋 움직이며 고개를 흔들었다. 이상한 말투였다. 저 나이 대의 소년이라면 자신처럼 나이 많은 사람에게 좀 더 공손한 어투를 쓰는 것이 옳았다. 물론 예절 교육을 체계적으로 받지 않은 아이라면 상관없는 말투기는 했지만, 저 소년은 옷도 잘 갖춰 입고 얼굴도 멀쩡한 것이 제법 교육을 받은 티가 났다.

'흠. 거기다, 이 목소리.'

유혼의 목소리는 언뜻 들으면 정상적으로 들리지만, 신경을 써서 자세히 들어보면 일부러 말을 천천히 하고 있다는 인상을 심어줬다. 보통 사람이라면 이 차이를 알지 못하겠지만 박지량은 확연하게 깨닫고 있었다. 천성이 느려서 말을 느리게 하는 것과 일부러 발음을 천천히 하는 것. 이 둘은 엄연히 달랐다. 때문에 박지량은 유혼의 목소리가 어딘지 모르게 답답하게 느껴졌다.

박지량이 유혼의 이 말투가 칠 년간이나 연습해서 익힌 정상인에 가까운 말투라는 사실을 알았다면 분명 깜짝 놀랐을 것이다.

"자네가 본 섬전 때문일세."

"그 섬전은 대체 무엇이오? 지금까지 많은 비무를 지켜봤지만, 그런 무공이 있을 것이라곤 생각조차 해보지 않았소."

박지량은 유혼에게 들어오라는 손짓을 했다.

"나도 그것이 섬전의 형태인 줄은 몰랐네. 아니, 자네가 그걸 보았다는 사실조차 믿기 어려워."

"아직, 그 섬전 때문에 기권한 이유를 모르겠소."

"비교적 약한 무인들에게는 쉽게 펼칠 수 있을 줄 알았네. 하지만 위험했어. 자칫하면 상대가 죽을 수도 있었으니까."

"서로를 꺾기 위한 싸움이오. 위험한 건 마찬가지 아니오?"

"아니, 내가 비무대회에 나온 건 그걸 피하고자 함이었네. 내가 비무를 하는 건 마치… 음, 마치 진검(眞劍)을 가진 아이와 그가 진검을 가졌다는 사실을 모른 채 목검으로 상대하려 하는 아이가 비무를 하는 것과 같아. 아무리 조심하려고 해도 두 아이가 잘못해 엉키기라도 하면 크게 다치고 말겠지."

유혼은 이상하다는 듯이 물었다.

"혹시, 노인장도 자신의 검이 진검인지 목검인지 모르고 있는 것 아니오?"

박지량은 정곡을 찔렸다는 듯이 뜨끔한 표정을 하고는 너털웃음을 흘렸다.

"허허허. 정확하게 말하자면, 진검을 들고 있으면서도 손에 든 게 검인지조차 분간하지 못한다고 할 수 있네."

"내 눈에도 순식간에 지나가 버릴 만큼 빨랐었소. 노인장이 나와 같은 사람이 아니라면 보지 못할 테지요."

박지량은 '나와 같은 사람'이라는 말을 듣고 소년이 무슨 특이한 기공이라도 익히고 있는 건 아닌가 하는 의구심이 들었다.

"허허. 그것이 그렇게 되는 겐가? 일단 들어가서 얘기하지."

유혼은 잠시 생각해 보는 듯하더니 고개를 저었다.

"비무대회를 구경하는 편이 나을 것 같소. 노인장도 보지 못하는 무공이라면, 내가 거기에 대해 할 얘기는 없소."

유혼이 등을 돌리자 박지량은 놀란 눈이 되었다.

"아니, 궁금해서 찾아올 땐 언제고 그냥 간단 말인가."

유혼이 다시 박지량을 바라보며 냉담한 목소리로 말했다.

"노인장도 보지 못하는 엉터리 같은 무공이라는 사실을 알고 나니 궁금증이 사라져 버렸소."

박지량은 실소했다.

"엉터리 같은 무공?"

"주인이 알아보지도 못할 정도로 빠른 데다가 불안정하기만 한 무공. 그런 삼류무공에 대해서 내가 무슨 말을 하겠소?"

"뭐? 허허. 허허허……."

박지량은 웃기 시작했다. 삼류무공이라… 지난 이십 년간 고심해 왔던 무형검의 첫 시전을 보고—아직도 섬전을 보았다는 말이 미심쩍지만—엉터리라 말하다니. 소년의 말은 어떻게 보면 일리가 있었다. 이건 세상의 그 어떤 것도 베어버릴 수 있으나, 시전자조차 무얼 어떻게 베는지 확인이 불가능한 모순덩어리의 무공이니까.

유혼은 멍하니 서 있는 박지량을 뒤로하고 남은 비무가 벌어지고 있는 대회장으로 향했다. 따지고 보면, 박지량의 무공은 자신처럼 세상을 느리게 볼 수 있는 사람이 아닌 한 보지 못할 것이 분명했다. 유혼은 무공을 설명하기 위해 처음 보는

노인에게 자신이 보통 사람과 다르다는 사실까지 말해주고
싶지는 않았다.

　박지량은 유혼이 돌아가는 걸 우두커니 지켜볼 수밖에 없
었다. 이십 년이나 수련해 온 무공을 삼류무공으로 폄하까지
하는 상대에게서 자신도 보지 못하는 무공의 실체에 대해서
자세히 물어볼 수는 없었다. 그리고 저 소년이 확실하게 자신
의 무공을 보았다는 증거도 없지 않은가?

　무형검은 누구도 볼 수 없는 것이다. 처음 이것을 수련하려
했을 때만 해도 무슨 수를 써도 보지 못한다는 사실이 믿기지
않았었다. 이것 때문에 이십 년간 얼마나 좌절감을 맛보았던
가?

　보이지 않는 무공을 익히기 위해 누구와도 만나지 않고 살
아왔다. 이것을 원하는 대로 움직일 수 있을 때까지는 누구도
만날 수가 없었다. 그렇게 이십 년을 보내고 난 후에야 발출(發
出)과 중단(中斷)을 조절할 수 있었다. 하지만 그것뿐이다. 오
감을 모두 활용해도 무공의 실체를 확인할 수가 없었기에 이
이상의 발전은 기대조차 하지 못하고 있었다. 때문에 비교적
상대하기 편한 수준의 무림인들부터 천천히 상대해 가며 수련
을 해볼 생각이었다. 자신이 확인조차 하지 못하는 무공으로
아무하고나 비무를 했다간, 상대하는 자를 모조리 베어서 신
검이 아니라 마검(魔劍) 소리를 들어버릴 테니까.

*   *   *

무당산(武當山), 삼 개월 전.

"너는 오늘부로 파문이다."

냉정한 목소리. 무은(茂恩)은 무릎을 꿇었다. 목이 메여왔다. 허드렛일이라도 할 수 있도록, 제자가 아니더라도 남아 있게 해달라고 부탁하기엔 지금의 신분이 너무도 높았다.

대무당파(武當派)의 최연소 일대제자. 무당제일검(武當第一劍)의 직전제자. 무(茂) 자 항렬에서 유일하게 태극혜검(太極慧劍)을 익힌 기재. 지금까지 무은의 신분을 나타내는 수식어였다. 하지만 이제는 무당에서 쫓겨나 낭인으로 불리게 되겠지.

"사부님, 전…… 납득할 수 없습니다."

무당의 무공으로 천하제일이 되겠다고 다짐했던 지난 세월은 뭐였단 말인가? 떠돌이 신세에서 무당에 입문해 무당제일검의 제자가 되기까지. 지금까지의 노력들이 모두 물거품으로 돌아가 버렸다.

"속가제자라도, 아니, 속가의 속가제자라도. 무당에 남아 있을 수는 없습니까?"

정현자(正玄子)의 굳게 다물어져 있던 입이 열렸다.

"도호를 반납하고, 오늘 내로 무당산을 떠나거라."

"사부님!"

"그간의 정과 네 나이를 생각해 기해혈(氣海穴)을 파괴하고, 힘줄을 자르지는 않을 것이다. 내가 해줄 수 있는 건 이것밖에 없으니. 하지만 오늘부터 무당의 무공은 사용할 수 없다. 만약 이를 어긴다면 무당은 끝까지 널 쫓아 목숨을 취하고 말 것이다."

정현자는 등을 돌렸다. 그리고 무은은 무당산을 떠났다.

"이봐, 꼬마. 무슨 생각을 그리하고 있나?"

순우은(淳于慇)은 퍼뜩 상념에서 깨어났다.

"아무것도 아닙니다. 사조의 비무가 시작됐습니까?"

"곧 시작해. 자, 모두 준비들 하고 계시오!"

안내자의 말이 끝나자 비무 대기소에 있던 삼십여 명의 사람들이 몸을 일으켰다.

순우은은 비무장 근처로 걸어나가면서 나직이 한숨을 내쉬었다.

'이제는 무은이 아니라 순우은이지 않은가. 잊기는 힘들더라도 그것 때문에 계속해서 괴로워할 필요는 없다.'

"다음은 십칠 번 순우은과 이십이 번 노호(勞虎)의 비무입니다."

얼마 지나지 않아 자신의 이름이 불리자 순우은은 비무대 위로 올라섰다.

"오늘부터 무당의 무공은 사용할 수 없다. 만약 이를 어긴다면 무당은 끝까지 널 쫓아 목숨을 취하고 말 것이다."

무공을 펼치려 할 때마다 떠오르는 사부의 음성. 십 년 이상 익혀오던 무공을 한순간에 없었던 걸로 하기란 쉬운 일이 아니다. 검은 잡지 않으면 그만이었지만, 이미 몸에 밸대로 배어버린 건곤구보(乾坤九步)는 아직도 생각지 못하게 튀어나올 때가 많았다. 무당의 무공이긴 하나 강호에 널리 퍼져 대부분의 무림인이 알고 있는 무공들의 경우에도 사용할 수가 없었다. 무당 무공의 큰 특징인 이유제강(以柔制剛)의 원리, 무당의 심법인 태극심결(太極心訣) 때문에 사용하는 모든 무공에서 무당의 느낌이 녹아 나왔기 때문이다.

무당의 무공을 사용할 수 없다는 말은 무당에 관계된 모든 것을 끊어야 한다는 것이다. 무공을 잊기 위한 비무행. 이 우스운 말이 현재의 처지를 가장 간단하게 표현하는 말이었다.

순우은은 비무 상대를 바라보며 호흡을 가다듬었다.

무료하게 비무를 관전하고 있던 마첨은 하품을 하다 말고 놀란 표정으로 비무대 위를 바라보았다. 방금 올라온 소년의 외모가 이런 비무대회장에서 보리라고 생각할 수 없는 수준이기 때문이었다. 영준함도 저런 영준함이 다시없었다. 외모로만 따지자면 마첨이 알고 있는 후기지수 중 단연 일등으로 꿉고 싶을 정도였다.

'아니야. 외모만이 아니야. 기도를 안에 갈무리하고 있다. 허! 저 나이에 어찌 저런 성취를 이루었단 말인가? 젊은 혈기를 분출해도 모자랄 나이에 그것을 저리도 부드럽게 갈무리하고 있다니.'

대다수의 사람들이 알아보지 못한 신검의 모습도 처음 볼 때부터 알아챈 마첨이었다. 하물며 현묘한 눈빛에 부드러운 기도를 숨기고 있는 소년 고수임에야 어찌 눈에 들어오지 않겠는가?

'가만있자… 저 소년의 이름이 순우은이라고 했던가? 분위기로 미루어 보아 도가 계열의 심법을 익혔을 가능성이 높아.'

마첨은 자신이 알고 있는 도가 계열 문파의 후기지수 계보에 순우은이라는 이름이 있었는가를 되짚어보았다. 아무리 떠올려 봐도 순우라는 성씨는 없었다. 그렇다면 저 소년은 새로운 신진고수! 고수의 등장만큼 마첨을 흥분시키는 일은 세상 어디에도 없었다.

마첨은 기대감을 가지고 비무대 위를 쳐다보기 시작했다.

'참, 신검은……'

박지량은 별거 없어 보이는 소년과 함께 다른 곳으로 가버린 뒤였다. 박지량은 졸졸 따라다니는 자신에게 따라오지 말라고 엄포를 놓았다. 그런다고 따라가지 않을 자신이 아니지만, 당장 다른 지역으로 이동하는 것이 아님에야 신검을 바짝 붙어서 관찰할 필요는 없었다.

비무가 시작됐다. 마첨이 눈여겨보고 있는 소년, 순우은은 상대를 보며 한차례 호흡을 가다듬고 있었다. 마첨은 웬만한 무인이라면 비무 시작 전에 적잖게 긴장이라도 할 텐데 전혀 흔들림이 없어 보이는 순우은의 모습을 보며 작게 탄복했다. 마첨의 예상대로라면 저 소년은 분명 물건 중의 물건임이 틀림없었다. 같은 남자가 봐도 감탄할 정도의 환상적인 외모에 출중한 기도. 거기에 침착함까지. 이대로라면 필시 몇 년 내에 크게 이름을 날리리라.

마첨은 필첩(筆帖)을 꺼내 미리 목탄 가루를 발라놓은 붓에 침을 묻혀 글을 적기 시작했다. 회에 보고해야 할 것이 하나에서 둘로 늘어나고 있는 순간이었다.

"타핫!"

순우은이 먼저 공격을 시작했다. 그는 아무런 병장기도 지니고 있지 않았다. 상대인 노호는 큼지막한 도를 꼬나 쥐고 서 있었다.

'옳지. 시작이구나.'

마첨의 기대에 찬 시선이 순우은의 손끝으로 향했다.

노호가 막 순우은의 돌진에 응수를 하려는 순간이었다. 기기묘묘(奇奇妙妙)한 무공이 펼쳐질 것이라 생각하며 순우은의 손끝에 시선을 집중하고 있던 마첨의 표정이 갑자기 굳어졌다.

퍼억!

순우은의 주먹이 노호의 얼굴을 강타했다.

"크으윽."

노호의 정면을 향해 내지른 무지막지한 일격. 노호는 정신이 아찔해짐을 느끼며 손에 든 도를 놓쳐 버렸다. 이때를 놓치지 않은 순우은의 손과 발이 노호를 사정없이 구타하기 시작했다. 이미 첫 주먹질에 눈앞의 별을 세고 있던 노호가 바닥에 쓰러졌다.

노호는 순우은의 발길질을 당하지 않기 위해 바닥을 기며 주먹을 휘둘렀다. 도를 놓친 순간 졌다는 사실을 알았지만, 이렇게 우습게 당할 수는 없었다.

순우은의 발과 그것을 피하며 어떻게든 공격을 해보려는 노호의 반항이 한참 동안이나 계속됐다. 잠시 뒤 수많은 발길질에 곤죽이 되어버린 노호가 손을 휘저으며 말했다.

"져, 졌다! 그만 때려!"

마첨은 순우은이 펼친 무공을 보며 현묘함이나 정교함을 따질 수가 없었다. 단순한 주먹질로 상대방을 쓰러뜨리다니…….

'이건…… 개싸움이잖아.'

마첨은 고개를 저었다. 이럴 리가 없었다. 자신의 눈이 틀릴 리가 없었다. 순우은은 분명 내가 기운이 겉으로 드러나지 않는 경지에까지 오른 절대기재가 분명했다. 하지만 어찌 저렇게 비무를 한단 말인가? 강호천지에 저렇게 개싸움을 하는 고수가 어디 있단 말인가?

'아니지, 아니야. 상대가 상대니만큼.'

마첨은 노호가 순우은의 상대가 될 만큼의 고수가 아니라는 사실을 깨닫고 조금이나마 안도했다. 첫 공격에 무기를 놓쳐 버린 허섭스레기 같은 무사를 상대로 본신의 실력이 드러낼 필요까지는 없었다. 닭 모가지 비트는 데 소 칼을 쓸 이유가 없지 않은가?

사조의 이차 비무가 시작되자 마첨은 아까보다 더욱 지대한 관심을 가지고 비무대를 지켜보기 시작했다. 이번 순우은의 상대는 그래도 한가락이 있어 보이는 무사였다. 편(鞭)을 사용하는 자였는데, 이 무사가 비록 내력은 부족해 보일지라도 채찍의 특성상 방금처럼 단순한 치고받기로는 제압이 불가능할 것이다.

'자, 이제 실력을 드러내 보실까.'

마첨은 채찍을 든 무사를 적극적으로 응원했다. 이 무사가 잘하면 잘할수록 순우은의 실력이 금세 드러날 것이다.

비무가 시작되자 확실히 전의 비무와는 다른 양상으로 돌아갔다. 마첨이 응원하는 무사가 채찍을 날렵하게 움직이며 순우은의 요혈을 노린 까닭에 단순하게 돌진하지 못했기 때문이다. 그러나 그것도 잠시. 요리조리 뱀처럼 잘도 움직이는 채찍에 순우은이 그대로 몸을 들이대는 순간, 방금 비무와 다를 바 없는 상황이 발생해 버렸다.

팔뚝에 채찍이 감겨 상처를 입은 순우은은 아프지도 않은지 그대로 채찍을 움켜쥐며 자신 쪽으로 잡아당겼다.

"어어."

쿠웅!

채찍을 들고 있던 무사가 순우은에게 끌려오며 균형을 잃고 바닥에 쓰러졌다. 넘어진 무사를 순우은의 발이 사정없이 짓밟기 시작했다.

"그만 하시오!"

채찍을 손에서 놓은 무사가 손사래를 치며 항복 선언을 했다.

마첨은 순우은의 상대 둘이 모두 발에 밟히는 비참한 모습으로 비무를 끝마치게 되자 실소하는 한편, 순우은에게 더욱 관심이 쏠리는 것을 느꼈다.

'호오. 실력을 드러내기 싫다 이거군. 좋아. 예선 마지막 비무에는 손을 좀 써놔야겠어.'

마첨은 승자의 번호표를 새로운 상자에 옮겨 담고 있는 비무 관리인에게 전음을 보냈다. 무림기 선별위원의 신분이라면 이렇게 작은 비무대회쯤이야 대진표를 조작하는 건 어렵지 않은 일이었다.

'이번에도 무공을 펼치지 않을 수 있나 보자고. 후후후.'

사조의 예선전 마지막 비무가 시작되자 관전하던 사람들도 슬슬 자리에서 일어서기 시작했다. 지금의 비무가 끝나면 본대회는 내일 시작되기에 순우은을 응원하는 자가 아니라면 굳이 관전할 필요가 없었다.

"다음은 십칠 번 순우은과……."

순우은의 이름이 불리자 마첨의 입가에 미소가 어렸다.

"흠흠. 사십오 번 금나한(禽羅漢)."

없는 번호가 갑자기 불렸다는 사실을 알아챈 사람은 아무도 없었다. 워낙에 많은 비무가 행해진데다가 대부분의 사람들이 알려진 무사가 아니면 번호를 기억하지도 않았기 때문이다.

금나한은 비무대 위에 올라서서 가볍게 합장했다. 그리고 마첨이 서 있는 방향으로 고개를 돌리며 고개를 끄덕여 보였다.

'나한은 이미 일류의 반열을 넘어선 소림의 속가고수다. 내 손속에 사정을 두라고는 일러뒀지만 무공을 펼치지 않고서는 결코 못 배길 테지. 비무대회를 감독해야 할 수행원이 도리어 비무대회에 나온다는 게 좀 걸리기는 하지만. 뭐 어때? 이래야 보고서가 더 두툼해지지 않겠는가.'

삭발은 하지 않았지만, 짧은 머리에 가사를 입고 합장을 하고 있는 금나한의 모습은 그가 불문과 관련이 있는 사람이라는 사실을 충분하게 알려주고 있었다.

순우은은 이런 비무대회장에서 만날 수 없을 것이라 생각했던 수준의 무인이 눈앞에 나오자 조금 놀란 표정으로 금나한을 바라보았다. 금나한은 마치 자신의 숨겨진 실력을 알고 있기라도 한 것처럼 미소를 지은 채로 서 있었다.

'어쩌지?'

순우은은 잠시 고민에 빠졌다.

'뭐. 어차피 한 단계씩 올라가려고 하지 않았는가? 그게 조금 앞당겨진 것뿐이다.'

무공을 잊기 위한 비무행. 이젠 무당 사람이 아니라 파문당한 몹쓸 제자일 뿐이다. 무당을 잊기 위해서라도 이건 피할 수 없는 비무였다. 무슨 일이 있더라도 무당의 무공은 쓰지 않는다. 그러다 쓰러지면 그것도 좋겠지.

순우은은 비무의 시작을 알리는 소리가 들림과 동시에 금나한에게 돌진했다. 금나한은 순우은의 돌진에 정면으로 맞서지 않고 보법을 밟아 측면으로 움직이며 일권을 내질렀다.

퍼엉!

순우은은 어깨를 가격당한 채로 이 장여를 물러섰다.

'으윽. 소림의 권법이다. 어째 이름부터 냄새를 풀풀 풍긴다 했어.'

단순한 찌르기처럼 보이지만 정교하게 어깨를 노린 우조답지(右鳥踏地)의 일수. 소림의 절기인 나한권(羅漢拳)이었다.

금나한의 공격은 계속해서 이어졌다. 순우은은 왼쪽 어깨의 뻐근함을 뒤로한 채 금나한의 권법을 피하기 위해 급히 몸을 움직여야 했다.

마첨은 금나한의 공세를 맞아 안에서 빠져나오지 못하고 있는 순우은을 보며 이상하다는 듯이 고개를 저었다.

'공격을 모조리 얻어맞고는 있으나 양손으로 간신히 치명타만은 걸어내고 있다. 어째서 본신무공을 드러내지 않는 것인가? 내가 잘못 봤단 말인가?'

금나한의 권법이 계속해서 이어질수록 순우은의 팔과 다리엔 멍 자국만 늘어갔다. 금나한은 방금의 일격으로 비틀거리는 순우은에게 마지막 공격을 하기 위해 주먹에 힘을 더했다.

'마 위원이 대단한 소년이라고 해서 기대했건만, 이건 빌빌대기만 하고 영 아니군.'

금나한은 나한권 중에서도 가장 강한 위력을 가진 전호신요(前虎伸腰)의 자세로 순우은을 공격해 들어갔다.

'미안하군. 이걸 맞으면 달포는 고생할 걸세.'

금나한의 모습은 마치 호랑이가 마지막 일격을 위해 잔뜩 웅크리고 있는 것처럼 보였다. 순우은은 그 모습을 보더니 눈을 빛냈다.

"하앗!"

금나한의 우렁찬 기합성과 함께 그의 몸이 곧장 순우은을 향해 날아들었다. 금나한의 양 주먹이 순우은을 할퀴듯 사납게 움직여 왔다.

금나한의 주먹이 순우은을 가격하려는 찰나, 갑자기 순우은의 신형이 금나한의 시야에서 푹 꺼지듯 사라져 버렸다.

투웅!

금나한의 턱을 향해 순우은이 불쑥 머리를 들이밀었다. 금나한의 고개가 뒤로 튕겨 나갔다. 금나한은 턱에서 극심한 통증을 느끼며, 자신이 무슨 상황에 처했는지 생각해 볼 겨를조차 없이 바닥에 몸을 눕혔다.

바닥에 대자로 넘어진 금나한을 향해 순우은이 달려들었다. 순우은은 마치 지금까지 맞은 걸 복수라도 하겠다는 듯이 무지막지한 발길질을 시작했다.

"으으윽. 져, 졌소."

턱을 감싸 쥐고 있던 금나한의 손이 번쩍 들렸다.

"십칠 번 순우은 승! 예선 통과!"

비무가 끝나고, 금나한은 아직도 얼얼한 턱을 쓰다듬으며 겨우 몸을 일으켰다. 전호신요를 피해서 턱에 날린 일격의 여파는 자신이 다시 몸을 일으켜 세우지 못할 정도로 강했다. 분명 순우은의 박치기에는 어떤 초식도 들어 있지 않았다. 하지만 최후의 일격이라 생각하며 방심하고 있던 자신에게는 어떤 공격보다 막기 힘든 되받아치기였다. 이 한 수를 위해서 수백 초나 된 금나한의 공격을 참고 참은 것이리라. 어떻게 보면 무서울 정도의 집중력이고 어떻게 보면 단순무식한 무모함이었다.

금나한이 밟히다 못 견뎌 항복 선언을 하는 모습을 본 마첨은 허탈한 표정을 지었다. 마첨의 머릿속에 슬슬 개싸움이 순우은의 진짜 무공일지도 모른다는 불길한 생각이 치밀어 올랐다.

'아니야!'

마첨이 고개를 가로저었다. 그럴 리가 없다. 어찌 초식도 없는 발길질이 무공이 될 수 있단 말인가? 특히 금나한을 쓰러뜨린 박치기. 그건 무공 초식이 아니라 단순히 순간적인 허점을 노려 의외의 수를 쓴 것뿐이었다. 만약 이마가 아니라 주먹으로 금나한을 공격하려 했다면 피해는 입었다 해도 저렇게 한 방에 쓰러져 버리진 않았을 것이다.

'하지만 어떻게 단순한 박치기로 일류의 수준을 넘은 나한을 쓰러뜨릴 수 있단 말이냐!'

마첨은 금나한을 불러서 자세히 따져 봐야겠다고 생각했다.

"너, 어떻게 그럴 수 있지?"

순우은은 곳곳이 쑤셔오는 몸을 어루만지며 비무대를 내려서다 자신의 귀를 의심해야 했다. 느린 듯하면서도 결코 느리지 않은 목소리. 생전 처음 보는 소년이 화가 난 표정으로 자신의 앞에 서 있었다.

소년이 짙은 눈썹에 무척 선한 눈매를 가지고 있었기에 순우은은 화가 난 표정이 묘하게 어색해 보인다는 생각이 들었다. 순우은은 지금, 소년이 생전 처음 화를 내고 있다는 사실을 모르고 있었다.

"무슨 일이십니까?"

대뜸 반말로 물어온 불손한 소년과 달리 순우은은 공손한 어투로 답했다. 무당에 있을 때 배인 습관 중 하나가 어떤 사람을 대하든 간에 친절한 도사들의 말투가 된다는 것이었다.

"그 마지막 비무. 절대 당신 같은 자가 이겨서는 안 되는 비무였어."

"형장은 제가 비무에서 무슨 법도라도 어겼단 말씀을 하고 계신 것입니까?"

소년은 눈썹을 찌푸렸다.

"어겨도 한참 어겼어!"

같은 나이 대의 두 소년 중, 한 사람은 존칭을 한 사람은 평대를. 묘하게 말투가 대비됐다. 소년은 찬바람을 풀풀 풍기며 돌아섰다. 순우은은 성큼성큼 걸어 사라져 가는 소년의 등을 쳐다보며 머리를 긁적일 수밖에 없었다.

'정말 내가 뭘 잘못했나?'

유혼은 이렇게 화가 나기는 처음이었다. 처음 금나한이 순우은의 돌진을 피해 주먹을 움직이는 순간 그는 깜짝 놀랐다. 그가 그렇게 고대하던 한 단계 높은 수준의 무공이 눈앞에서 펼쳐졌기 때문이다.

강건한 기세, 군더더기없는 움직임. 이 비무장에서 처음 만나는 고수였다. 유혼은 두 손과 두 다리만으로도 저렇게 위력적인 무공을 펼칠 수 있다는 사실에 온몸이 흥분됐다.

거기에 비해 순우은은 무공이 없었다. 아니, 아예 비무의 법도조차 가지고 있지 않았다. 단순한 막기, 어설픈 발차기. 순우은은 정말 최악의 무인이었다. 그런데 금나한이 마지막 순간, 마지막 일격을 앞두고 실수를 해버렸다.

'틈이었어.'

완벽해 보이던 금나한의 권법이 그렇게 한순간에 무너져 버릴 줄은 몰랐다. 분명 같은 초식을 전에도 펼쳤었지만, 마지막의 초식을 펼치기 전엔 무언가가 달랐다. 다른 수준 낮은 무인들의 비무를 볼 때 느꼈던 모습과 금나한이 마지막 초식을 펼칠 때의 모습이 겹쳐 보였다. 하지만 그건 한순간일 뿐이었다. 초식이 펼쳐지고 나서는 곧 더할 나위 없이 강한 기세가 뿜어져 나오는 듯했다.

'그걸 놓치지 않다니.'

순우은은 금나한의 허점을 파고들었다. 하지만 무공을 펼치지는 않았다. 어떻게 그럴 수 있단 말인가? 완벽한 무공을 펼치다 단 한 번 실수를 했을 뿐인데, 비무 내내 무공조차 펼치지 않은 자가 어찌 이길 수 있단 말인가?

'무공이 아니야. 그런 건 인정할 수 없어.'

유혼은 어느새 집 앞에 도착했다는 사실을 깨닫고 조용히 숨을 내쉬었다. 처음 겪어보는 일이었다. 다른 사람에게 이리도 화가 나버리다니. 어릴 적, 자신을 수도 없이 놀려대던 아이들에게조차 화가 나는 감정이 생기지 않았었다.

끼이익.

"오오. 남창의 은둔고수! 조카님이 아니신가!"

문 앞에 서서 자신이 화가 난 이유를 이리저리 생각해 보던 유혼은 문이 열리며 주용이 고개를 내밀자 아차 싶었다. 주용은 이미 집으로 돌아와 있었다. 외삼촌의 성격이라면 분명 오늘 자신이 예선 비무를 모두 통과했다는 사실을 낱낱이 일렀을 터였다. 가족들이 어떻게 비무대회에서 이겼는지를 물어본다면 난감해질 것이 분명했다. 상대의 공격이 너무 느려서 피하다 보니 어찌해서 이겨 버렸다고 말하기엔 조금 무리가 있다. 그렇다고 자신의 비밀을 밝힐 수도 없다. 세상 모든 것이 느리게 느껴진다는 말을 누가 믿을 수 있겠는가?

"외삼촌."

"왜 그러는가? 우리 고수 조카님."

"대회가 끝날 때까진 비무관 별채에서 지내는 게 좋겠어."

"응?"

"엄마한테 잘 좀 말해줘."

"어어. 조카! 혼아!"

유혼은 등을 돌려 내빼기 시작했다. 말하기 거북할 땐 그냥 피하는 게 상책이다. 만약 내일 금나한과 같은 고수를 보지 못한다면 곧바로 기권해 버린 뒤, 우연이었다고 둘러대면 된다. 오늘처럼 지루함이 가득한 비무대회라면 안 나가느니만 못했다.

*　　　*　　　*

순우은은 밤새 뒤척이며 잠을 이루지 못했다. 비무대회 예선을 통과한 사람들에게 주어지는 조용한 방이었지만, 그에겐 자갈을 깔아놓은 듯 불편하기만 했다.

지난 삼 개월간 무당산에서 멀어지기 위해 정신없이 걸었었다. 호북성(湖北省)의 경계를 넘어 이 강서(江西) 지역에 왔을 때야 조금이나마 숨을 돌릴 수가 있었다.

그동안은 길을 걷느라 무공을 펼칠 수 없다는 고통이 얼마나 큰지를 제대로 느끼지 못했었다. 오늘이 되어서야, 금나한이라는 자에게 온몸에 멍이 들도록 얻어맞고 나서야 그 고통을 뼈저리게 느낄 수가 있었다. 나한권을 상대하면서 무의식적으로 무당의 권법을 펼치려는 몸을 막기 위해 얼마나 노력했던가? 무당의 심법으로 경력을 끌어올려 팔과 다리를 보호하지 않기 위해 얼마나 노력했던가?

어쩌면 마음 놓고 무당의 무공을 펼쳐 버린 뒤에 동문 사형
제들에게 잡혀 무당으로 끌려가는 것이 더 편한 일인지도 몰
랐다. 버림받는 데는 이미 익숙해질 대로 익숙하다고 생각했
지만 그게 아니었다. 이리도 괴로울 줄 알았다면, 목숨을 잃
는 한이 있더라도 무당산에서 내려오지 않는 것인데.
　"후우."
　감겨져 있던 순우은의 눈이 떠졌다.
　"죄송합니다, 사부님. 제자 마지막으로 한 번만……."
　순우은은 가부좌를 틀고 앉아 태허심공(太虛心功)의 구결
을 외웠다. 내력의 축기(蓄氣), 운기(運氣)를 위한 태허심공과
내력의 발경(發勁), 배분(配分)을 위한 태극심결(太極心結). 그
가 익힌 무당의 두 가지 내공심법이었다.
　부드러운 강기가 순우은의 주변을 감쌌다. 욱신거리던 몸
의 고통이 사라져 갔다. 삼 개월 만의 운기행공(運氣行功)에
몸은 물론이고 마음마저 가벼워지는 듯했다.
　'검을…… 그래. 마지막으로 검을 잡아보고 이별을 고하
자.'
　순우은은 자리를 박차고 일어섰다.

　유혼은 뿌드득한 표정으로 눈을 떴다. 밖을 보니 아직 새벽
녘이었다. 그는 머릿속은 남들보다 빠른데 잠은 왜 남들하고
똑같이 자야 하는가에 대한 생각을 해본 적이 있었다.

세상이 느리게 느껴진다고 해서 남들보다 적게 자고, 빨리 먹고, 빨리 움직이지는 않았다. 남들만큼 움직이면 똑같이 지치고, 남들만큼 먹지 않으면 금방 허기가 졌다. 이상하게 말만은 빠르게 할 수 있었지만, 이것도 많이 하면 금세 혀와 입이 피곤해졌다.

몸은 남들과 똑같이 움직여야 하는데 정신은 그걸 답답하게 느끼고 있으니 이래저래 피곤한 일만 더한 까닭에 깊게 생각해 보지는 않았지만, 그는 세상을 느리게 느끼는 만큼 자신이 빨리 움직일 수 있었다면, 아예 적응을 하지 못했을 거라고 생각했다. 말을 느리게 하는 것조차도 어려운데 하물며 몸까지 신경 써가며 느리게 움직여야 했다면…… 상상조차 하기 싫은 일이었다.

유혼은 밖으로 나오자마자 버릇처럼 비무장으로 발걸음이 향했다. 본선이 시작되려면 아직 반나절이나 남았지만, 비무대만큼 그에게 익숙한 장소도 없었다. 그는 기왕 일찍 일어난 거, 미리 주변 정리나 해둬야겠다고 생각했다. 비무대는 가로, 세로 십 장의 좁은 공간이었지만, 그간 자신의 세계에 유일한 재미를 주었던 단 하나의 공간이기도 했다.

유혼이 막 비무대 앞으로 들어섰을 때였다. 그는 새벽의 어슴푸레한 빛을 받으며 한 사람이 비무대 위에 서 있다는 사실을 깨달았다.

'누구지?'

이 시간대에 비무대에 나올 사람이라곤 자신 아니면 다른 관리인들밖에 없었다. 막 비무대 위에 서 있는 사람을 부르려는 찰나, 유혼의 두 동공이 눈앞에 비춰지는 상황이 믿어지지 않는다는 듯이 급격하게 떨려왔다.

순우은이 십여 장의 거리를 미끄러지듯이 도약해 유혼의 코앞까지 검을 들이댄 건 순식간에 벌어진 일이었다. 그간 펼쳐 보지 못했던 검법 수련과 나중을 위한 간단한 수련을 마치고 오래간만에 행복감에 젖어 있던 순우은은 낯선 발자국 소리에 자신도 모르게 태극혜검의 절초 중 하나인 궁비탄극(弓飛彈極)을 펼쳐 버렸다.

"아……."

유혼은 멍해진 표정으로 눈앞에 들이대어진 검의 끝을 바라보았다. 순우은은 뒤늦게 자신이 실수했음을 깨닫고 검을 치웠다.

순우은은 무언가에 홀린 것처럼 서 있는 유혼을 보고 자신이 펼친 검초에 놀라 얼어 있는 것이라 생각했다. 무공을 모르는 평범한 사람이 이런 검법으로 위협을 받는다면 놀라는 것이 당연했다.

"그 검법……."

순우은의 생각은 확실히 틀리지는 않았다. 유혼은 정말 생전 처음 보는 검초에 온몸이 전율이 일 정도로 놀라고 있는 중이었다. 다만 그것이 자기 자신의 목이 달아날까 봐 느낀 공포 때문이 아니라, 순전히 상승무공을 접해서 느낀 충격이었다는 것이 다른 점이다.

순우은은 유혼이 넋이 나간 얼굴로 서 있자 그의 눈 가까이에서 손을 흔들며 물었다.

"이봐요. 괜찮은 건가요?"

"여기서—거기까지—단번에…… 아."

유혼은 세 마디의 말을 거의 한순간에 토해내다가 실언했음을 깨닫고 목소리를 가다듬었다.

"다시 한 번만 보여주시오."

"네?"

"다시 한 번. 그 검초를. 여기서 저곳을 단번에 가로지르는 그 환상적인 검초를……."

유혼은 방금의 검초를 떠올리며 또다시 몸서리쳤다. 너무도 황홀했다. 순우은이 십 장의 거리를 한순간에 잘라내며 펼친 검초는 십오 년 전, 묵호도 조패의 무공에 필적할 만큼 대단한 것이었다. 다신 느끼지 못하리라 생각했었던 그 전율. 유혼은 자신이 전율을 느낀 무공이 극상승의 절기라는 사실은 몰랐지만, 적어도 삼류무인들만 득실대는 비무관에서는 볼 수 없는 무공이라는 것은 잘 알고 있었다.

"한 번만 더 보여줄 수 없겠소?"

순우은은 눈앞의 소년이 낯이 익다는 생각이 들었다. 그러

다 어제 비무가 끝난 뒤에 난데없이 화를 내고 갔던 소년이라
는 사실을 깨닫자 할 말을 잃었다. 화를 낼 때는 언제고, 이제
와서 어린애처럼 반짝이는 눈을 하고 잔뜩 기대감을 품은 채
자신을 바라보고 있단 말인가?

"그럴 수 없습니다."

"어째서…… 당신은 그, 그 엄청나게 멋진 무공을 펼칠 수
가 없다는 것이오?"

순우은은 눈앞의 소년이 혹시 조금 모자란 사람은 아닌가
하는 의문이 들었다. 다행히 자신이 펼친 무공이 무당파의 검
법이라는 사실은 모르는 듯하지만, 그렇다고 다시 무공을 보
여달라니. 방금은 잘못하면 목이 달아날 수도 있는 상황이었
다.

"그것이 마지막이었습니다."

"마지막?"

"네. 이제 두 번 다시는 펼치지 않을 것입니다. 그러니 그
만 잊어주십시오."

유혼은 눈을 치켜뜨며 재차 물었다.

"마지막?"

"네."

"마지막!"

유혼이 놀라서 소리쳤다.

"마지막이라니! 어째서! 그런 무공은 절대 마지막이 되어

선 안 되오! 그런 멋진 무공은 절대 사라질 수 없소!"

"고정하세……."

"제발―한 번―더―보여―주시오!"

순우은은 나직이 한숨을 쉬었다. 조금 모자란 정도가 아니었다. 이쯤 되면 정신이 이상하다고 해도 무방할 정도였다. 마지막 말은 도무지 무슨 소린지조차 알아들을 수가 없었다. 순우은은 서둘러 자리를 피해야겠다고 생각했다.

유혼의 두 눈에 간절함이 어렸다. 순우은의 검초. 유혼은 그것을 보고 확연히 깨달았다. 자신은 지난 칠 년간 비무하는 모습이 좋아서 이곳에서 살아온 것이 아니었다. 그저 묵호도 조패의 환영을 쫓아, 그것과 같은 무공을 보기 위해 이곳에서 살아온 것이다. 더 이상 이런 비무장에서 벌어지는 비무 따위는 흥미 거리가 되지 않을 것이다. 아무리 보고 또 봐도 채울 수 없던 갈증. 그건, 온몸이 흥분될 만큼의 멋진 무공을 보지 못했기 때문에 일어났던 것이었다.

또 보고 싶다. 다시 느끼고 싶다.

유혼의 머릿속에 완벽한 무공을 보고 싶다는 욕구들이 가득 차 오르기 시작했다.

두근.

갑자기 가슴이 답답해져 왔다. 유혼은 자신의 심장 소리가 이상할 정도로 빠르게 울리고 있다고 느꼈다.

둥. 둥. 둥.

유혼의 전신에서 맥박 소리가 느껴질 정도로 심장이 점점 더 빠르게 뛰고 있었다.

'빨라?'

비록 정신은 세상을 느리게 느낄지라도 몸은 다른 사람과 다를 바가 없었다. 그런데 심장 박동 소리가 빠르다니? 분명 몸은 다른 사람과 다를 바가……

순우은은 유혼의 얼굴이 갑자기 붉게 달아오르는 것을 보고 이상하게 느꼈다.

"이보세요."

유혼은 가슴을 움켜쥐었다. 심장이 세차게 뛰었다. 유혼은 주변을 둘러보며 무언가 잘못되고 있다고 생각했다.

"어디 아픈가요?"

유혼은 순우은의 목소리를 듣고서 깜짝 놀랐다. 순우은의 목소리가 마치 전음을 보내고 있는 것처럼 깨끗하게 들려왔다. 고운 음성. 사람의 목소리가 이렇게 듣기 좋은 음일 줄은 몰랐다.

"하아. 하아."

유혼은 주변을 둘러보다가 바닥에 있는 돌을 잡아 허공으로 던졌다. 완만한 포물선을 그리며 비무장 구석 벽으로 처박히는 돌. 유혼은 결단코 저렇게 빨리 날아가는 돌은 본 적이 없었다. 유혼은 다른 돌을 들어 던져 보았다.

"하하. 빠르네…… 하하하."

유혼은 감탄했다. 저것이 바로 자신이 모르던 진짜 세상이었다. 모든 사물들이 떨어질 때 떨어지고, 날아갈 때 날아가는 진짜 세상.

유혼은 잠시 동안을 정신없이 주위를 돌아보며 즐거움을 만끽하다 그대로 정신을 잃었다.

"이보세요……."

"…으."

"깼냐?"

비무자를 위해 마련된 숙소 안에서, 유혼은 정신이 들자마자 벌떡 상체를 일으켜 세웠다.

"괜찮은 거지?"

유혼은 주변을 살피다 움직이는 것이 보이지 않자 주용에게 시선을 돌렸다. 주용의 눈이 잠을 자는 것처럼 한동안 감겨져 있다가 서서히 떠지고 있다. '괜찮은 거지?'라는 주용의 음성이 너무도 느리게 귓가에 들려왔다. 유혼은 실망한 얼굴로 고개를 숙였다.

'착각이었나?'

유혼은 지금 이것이 꿈이고 정신을 잃기 전 느꼈던 것이 현실이기를 바랐다. 하지만 주변의 모든 것이 언제 그랬냐는 듯 느린 시간 속에서 돌아가고 있었다. 정신을 잃기 직전까지 짧은 순간에 불과했지만 모든 것을 정상적으로 느낄 수 있었다.

그때의 상황을 곰곰이 떠올려 보고 있던 유혼에게 주용이 궁금하다는 듯이 물었다.

"뭔 짓을 했기에 비무대 앞에서 퍼질러 자고 있었던 거야?"

"외삼촌이 날 이곳으로 데려왔어?"

유혼은 자신과 함께 있던 소년은 어디에 있는지 물어보려다가 문 쪽에 시선이 머물렀다.

"깨어났군요. 다행입니다."

순우은이 서 있었다. 유혼은 순우은의 얼굴을 보자 정신을 잃기 전에 했던 자신의 행동들이 떠올랐다. 갑작스럽게 본 환상적인 검법에 놀라 상대에게 상당한 추태를 보이고 말았다. 거기다 어제는 화를 내기까지 했었다. 소년은 자신의 괴상한 행동에도 불구하고 정신을 잃은 자신을 숙소에까지 옮겨준 듯이 보였다.

'저 사람의 검초를 본 후에 너무 흥분해서였을까? 혹시 다시 한 번 그걸 본다면 같은 상황을 겪게 되지 않을까?

유혼은 세상이 정상적으로 보였던 감각의 여운이 아직도 머릿속에 생생하게 느껴졌다.

"이 녀석, 어서 저 소협에게 감사하다고 말해라."

주용은 유혼에게 눈치를 주었다. 비무대에서 쓰러져 있던 유혼을 친절하게 옮겨주고, 사람을 불러 어디 아픈 것은 아닌지 보살펴 주기까지 한 순우은이었다. 그런데 유혼 이놈은 은

인을 그저 멀뚱하게 바라만 보고 있었다.

주용은 괘씸한 유혼을 손봐주기 위해 주먹을 들어올렸다.

유혼은 손가락을 말아 쥔 주용의 주먹이 이마를 향해 다가오는 것을 보고 속으로 한숨을 쉬었다. 비무대 위에서 휘두르는 날카로운 검조차 느리게 보일 지경인데 꿀밤을 주기 위한 주먹질이라니. 유혼은 주먹을 피하지 않고 오히려 살짝 이마를 앞으로 들이댔다. 외삼촌의 꾸지람을 아무렇지도 않게 피한다면―그것도 갑작스런 주먹질을―훨씬 더 난감한 상황이 될 터였다.

유혼은 주용의 말아 쥔 손가락이 이마에 닿는 순간 그것과 같은 속도로 머리를 살짝 뒤로 젖혔다.

"악!"

유혼은 전혀 아프지 않았음에도 아픈 척하며 머리를 숙였다. 주용은 손이 닿는 느낌이 약하다는 생각이 들었으나 혼이 녀석이 아픈 듯이 이마를 움켜쥐자 회심의 미소를 지었다.

'어라?'

순우은은 순간적인 유혼의 움직임을 보고 두 눈을 깜박였다. 보통 사람이라면 모르겠지만, 순우은은 상승무공을 수련해 온 무림인이었다. 방금 유혼의 움직임은 상대의 동작에 맞춰서 살짝 움직인 것만으로 피해를 최소화하는 행동이었다.

'잘못 본 건가?'

잠시 뒤, 유혼이 고개를 들고 순우은에게 말했다.

"미안하오. 어제 일도 그렇고, 오늘 일도 그렇고. 갑자기 고명한 무공을 보게 되어 많이 흥분했던 것 같소. 그럼에도 정신을 잃은 나를 도와주어서 정말 고맙소."

순우은은 유혼이 멀쩡한 모습으로 감사의 뜻을 전하자 새벽의 말과 행동들이 정말이었나 하는 생각이 들었다.

"괜찮습니다. 무사한 것을 보니 한결 마음이 놓이는군요. 그럼 비무대회가 곧 시작할 터이니 전 이만 가보겠습니다."

순우은이 가볍게 고개를 숙인 뒤에 밖으로 나가는 모습을 지켜보던 주용이 유혼에게 물었다.

"으응? 어제 일이라니?"

유혼은 주용의 말을 듣지 않고 있었다. 순우은이 비무대회에 참가하기 위해 가고 있다는 사실에 갑자기 정신이 번쩍 든 기분이었다.

'다시 한 번 그 검초를 볼 수 있을지도 모른다!'

유혼이 벌떡 일어나 비무대회장으로 뛰어가기 시작하자 주용은 멀뚱히 그걸 지켜볼 수밖에 없었다.

순우은에 대해 유혼과 비슷한 생각을 품고 있는 또 한 명의 사람이 있었다. 마첨은 남창비무관의 관주를 찾아가 아예 대진표를 바꾸어 버렸다. 설마 금나한조차 순우은의 무공 실력을 드러내지 못하리라곤 생각지 못했기에 어제 마첨이 받은 충격은 이만저만이 아니었다. 거기다 금나한은 무공도 아닌 박치기에 당한 패배를 치욕스럽게 생각해 순우은에 대해 아무런 말도 꺼내지 않고 있었다.

마첨은 자신과 함께 다니는 수행원 전부를 동원해서라도 순우은의 실력을 드러내고야 말겠다는 결심을 굳혔다. 무림기 선별위원으로 뽑히며 무산회에서 붙여준 수행원은 모두 네 명이었다. 소림의 속가제자인 금나한은 네 명 중에 가장 실력이 떨어지는 무인이었다. 마첨은 남은 수행원 셋에게 비무대회에 참여해 달라고 간곡히 부탁했다. 금나한과 같은 실수를 두 번 다시 겪지 않기 위해 손속에 사정을 두지 않되, 상대를 이기지는 말아달라는 조건과 함께였다.

"뭘 그렇게 고심하고 있나?"

마첨은 박지량이 다가오는 것을 보고 흠칫 놀랐다.

"기권하신 비무대회에 무슨 일 때문에 오신 것입니까?"

박지량은 헛기침을 했다.

"흠흠. 그게 말이야. 관심 가는 사람이 있어서 말이지. 그런데 자네는? 자네야말로 이런 소규모 비무대회는 별로라 하지 않았는가?"

마첨 역시 헛기침을 하더니 말했다.

"저 역시 흥미가 좀 가는 사람이 있어서 말이지요."

마첨은 혹 자신의 수행원들이 비무대회에 출전했다는 사실을 박지량이 알게 된다면 대진표를 조작했다는 사실이 밝혀질지도 모른다는 생각이 들었다. 비록 기권했을지라도 비무대회를 조작해서 마음대로 하려 했다는 사실을 박지량이 알게 되면, 무슨 반응을 보일지 알 수가 없었다.

마첨은 도둑이 제 발 저린 심정으로 이야기를 꺼냈다.

"어르신, 사실은 이번 비무대회가 좀 더 재미있어지기 위해 제가 몇 가지 수를 좀 썼습니다."

마첨은 순우은의 이야기는 쏙 빼버리고 자신이 이 비무대회장의 수준에 맞지 않는 고수들을 대회에 끌어들여 신검의 새로운 무공을 견식해 보려 했다는 거짓말을 했다. 그리고 이렇게 말을 하고 나자 오히려 진작 그래 볼 걸 하는 생각이 불쑥 치밀어 올랐다.

박지량은 마첨의 이야기를 묵묵히 듣더니 '그런가?' 하며 고개를 끄덕였을 뿐, 아무런 반응도 보이지 않았다. 마첨은 오히려 이런 반응에 당황스러워졌다. 박지량은 한동안 말이 없더니 한차례 기침을 한 연후에 슬쩍 입을 열었다.

"그러면 말일세. 혹 자네가 끌어들인 고수 중에 빠르고 변화가 많은 검법을 쓰는 고수도 있는가? 아! 꼭 검법일 필요는 없네."

"빠르고 변화가 많은 무공이요?"

"그래, 빠르면 빠를수록 좋아."

마첨은 순우은을 상대하기 위한 세 명의 수행원 중 가장 끝에서 기다리고 있는 고수가 변화가 많은 검을 주로 사용하는 무인이라는 것을 떠올렸다. 하지만 그 고수는 만약에 만약을

대비한 포석이었다. 절대 패할 리 없는 절정고수이기에 순우
은이 무공을 펼치지 않고서는 빠져나갈 수 없을 것이 분명했
다.

"있긴 있습니다만……."

마첨은 말끝을 흐렸다. 박지량이 무슨 이유에서 그런 고수
를 찾는지 알 수가 없었기 때문이다.

"그럼 내가 어제 관심이 간다던 그 소년과 첫 번째로 상대
하게 바꿔주게. 할 수 있겠지?"

마첨은 고민에 빠졌다. 어제와 같이 방심만 하지 않는다면
남은 두 명의 수행원으로도 충분히 순우은의 실력을 끌어낼
수 있을 것이다. 그러나 금나한의 패배가 가져다준 충격이 아
직 가시지도 않은 마당에 확실한 수 하나 정도는 남겨둬야 했
다.

마첨이 이런저런 생각을 저울질하고 있는 사이 박지량의
한마디가 마첨의 고민을 한 방에 날려 버렸다.

"부탁을 들어준다면 내 무공에 관한 자네의 질문 한 가지
정도는 대답해 줄 수 있을 텐데 말이야."

신검의 새로운 무공과 신진고수의 불분명한 무공. 마첨의
저울은 급격히 기울 수밖에 없었다.

본선에 올라선 서른두 명의 진출자 중에 소리 소문 없이 세
명의 진출자가 바뀌었다는 사실을 아는 사람은 그리 많지 않

왔다. 비무관에서 먹은 밥이 꽤나 되는 주용은 그 많지 않은
사람 중 하나였다.

주용은 비무관주에게 이런 부탁을 한 사람이 무림기와 관
련된 사람이라는 말을 듣고 그러려니 하며 고개를 끄덕였다.
이미 나타나지 않은 지 오래된 무림기지만 명성은 아직도 식
을 줄을 몰랐다. 남창 일대에 무관을 차린 사람치고 무림기를
노려보지 않는 사람이 없었다. 조금 더 큰 문파라고 해도 다
르지 않으리라. 때문에 주용은 비무자 몇 명이 바뀐 것에 대
해 크게 신경 쓰지 않으려 했다.

"뭐야, 이건!"

주용은 비무자 명단의 세 번째 란에 있는 유혼의 이름과 새
로 쓰여 아직 먹물도 채 마르지 않은 이름이 나란히 있다는
사실을 확인하고 소스라치게 놀랐다. 무림기와 관련된 인물
이 하필이면 유혼과 붙게 되다니. 혹시나 유혼이 본선에서 일
승을 거두지 않을까 했던 주용의 기대가 와르르 무너져 내렸
다.

주용은 슬슬 유혼의 목이 달아나지는 않을까 하는 걱정이
들기 시작했다.

주용이 걱정에 가득 차 있는 것과는 달리 유혼의 관심은 모
조리 순우은에게 쏠려 있었다. 비록 같은 대기소에 앉아 있어
도 어제, 오늘의 일 때문에 쉽사리 말을 붙일 수가 없었다. 그

나마 순우은의 비무가 대진표 끝자락에 걸려 있었기에 자신의 비무가 끝나고 천천히 관전할 수 있게 되어서 다행이라고 생각할 뿐이었다.

유혼은 잠시 어제의 그 노인처럼 기권해 버리고 편하게 순우은의 차례를 기다릴까 하는 생각을 해봤지만, 운 좋게 금나한과 같은 사람을 만날지도 모른다는 가능성 때문에 비무를 포기할 수 없었다.

"지금부터 세 번째 비무가 시작됩니다. 비무자께서는 준비해 주십시오."

대기소의 천막을 열고 안내원이 소리쳤다. 유혼은 몸을 일으키다가 자신과 동시에 일어서는 중년 사내를 보고 그가 자신과 붙게 될 사람이라는 생각을 했다.

황영검(恍影劍) 예초(倪草)는 무척이나 심기가 불편했다. 어제저녁, 마첨의 가당치도 않은 요구에 노골적으로 싫은 기색을 내보였다. 호위무사라는 자리도 마음에 들지 않는데, 그 호위를 받는 작자인 마첨이 마음에 들 리가 없었다. 이런 상황에서 벌어진 마첨의 요구는 정말이지 기가 찰 노릇이었다. 신검의 부탁이라는 말만 없었다면 당장에 마첨의 다리몽둥이를 부러뜨린 뒤, 무산회로 돌아가 버릴 생각까지 했었다.

거기다 빠르게 검법을 펼치며 시간을 최대한 끌어달라는

신검의 요구는 또 뭐란 말인가?

예초는 마침과 신검의 어이없는 부탁으로 인해 상대하게 될 유혼을 뚫어지게 쳐다보았다. 예초가 화를 내고 있다는 것을 눈치라도 챈 것일까? 눈을 마주친 유혼은 황급히 고개를 돌려 천막 바깥으로 나섰다.

"흥."

예초는 유혼의 모습을 보며 코웃음을 쳤다.

유혼은 예초의 눈빛이 무슨 불덩이를 마주 대한 것마냥 타오르고 있는 것을 느끼고 놀라는 중이었다. 유혼은 아직 상승무공을 수련한 절정고수는 주변 사람들을 놀라게 할 만큼의 강한 기도를 뿜어낼 수 있다는 사실을 모르고 있었다. 다만 예초의 기도가 범상치 않음으로 미루어 멋진 무공을 가진 사람일 가능성이 높다는 생각이 들기 시작했다.

유혼은 생각지도 않게 대단한 상대방을 보게 되자 기대감으로 가슴이 두근거리기 시작했다. 병기 진열대에서 박도를 꺼내 들려던 유혼은 새벽의 그 환상적인 검초를 떠올리며 검으로 바꿔 들었다. 어차피 들고 있는 무기는 의외의 상황에 대비하기 위한 방어 수단일 뿐이었다. 지금은 검 쪽에 좀 더 마음이 끌렸다.

비무를 알리는 깃발이 올라갔다.

유혼이 비무대 위로 올라서자 미리 대기하고 있던 예초가 날카로운 눈으로 쏘아보며 말했다.

"너, 무공을 배우기는 한 거냐?"

유혼은 예초의 질문에 고개를 저었다.

"많이 보기는 했소."

예초는 짜증이 난다는 표정으로 관중 사이에 서 있는 마첨에게 시선을 돌렸다. 마첨은 움찔하더니 손가락으로 옆에 서 있는 노인을 가리키며 '내가 부탁한 게 아니다' 라는 몸짓을 해 보였다.

"이제 시작합시다."

유혼의 말이 끝나자마자 예초는 젊은 놈의 혼쭐을 단단히 내주어야겠다는 생각에 검을 빼 들고 곧장 유혼에게 접근했다. 확실하게 정해진 법칙은 아니었지만, 강호의 비무에서는 선배가 후배에게 선수를 양보하는 게 일반적이었다. 하지만 너무도 화가 나 있는 예초는 모든 걸 무시한 채로 유혼에게 쇄도해 들어갔다.

예초의 손에서 눈부신 검광이 일었다. 지켜보던 관중은 이런 대회에서 전혀 기대하지 않은 수준의 고수가 펼치는 검광을 넋을 잃고 바라보았다. 더불어 유혼도 관중 중 하나인 것마냥 넋을 잃은 채로 예초의 검에 시선이 머물렀다.

으드득.

예초는 이를 갈았다. 그는 자신의 검이 무슨 구경거리라도 된 것처럼 시선이 끌어 모이는 것을 보고 속이 들끓어오르는 것을 느꼈다. 관중이 보는 것이야 그렇다고 쳐도, 어째서 앞

에 있는 이놈까지 무방비 상태로 검만을 쳐다보고 있단 말인
가? 이 검광이 자기 자신을 향해 펼쳐진 것이라는 걸 모르고
있는 것일까?

예초의 검이 몇 번이나 아슬아슬하게 유혼의 어깨와 옆구
리를 스치고 지나갈 동안, 유혼은 옴짝달싹도 하지 않고 서
있었다. 예초는 그렇다고 이자를 베서 시간을 최대한 끌라
는 신검의 말을 어길 수가 없었기에 화난 음성으로 소리쳤
다.

"왜 피하지 않는 거야!"

예초는 이렇게 소리치며 유혼의 미간을 꿰뚫겠다는 듯이
정면으로 검을 찔러 들어갔다. 유혼은 그제야 움찔 반응을 보
였다. 그러나 그뿐이었다. 유혼은 피하지도, 검을 들어 막지
도 않았다.

예초는 어쩔 수 없이 검을 유혼의 앞에서 멈춰야 했다. 예
초는 이쯤 되자 신검과 이놈이 짜고 자신을 놀리는 것일 수도
있다는 생각이 들었다.

"피할 때가 되면 피하겠지만, 피할 수 있을지 모르겠소."

"무슨 소릴 지껄이는 거냐."

예초의 눈빛이 싸늘하게 변했다. 유혼은 예초의 검법이 놀
라울 정도로 빠르고 다양한 변화를 가지고 있었으나 이상하
게도 자신을 상하게 할 것 같다는 느낌을 받지 못했다. 처음
의 공격이 어깨를 향해 다가왔을 때만 해도 피하려고 했으나

갑자기 위치를 바꾸어 다리를 노리는 것을 보고 피하려는 동작을 멈추었다.

유혼은 그것이 허초(虛招)라는 이름을 가진 초식의 연환(連環)에 자주 쓰이는 움직임이라는 사실을 몰랐다. 그러나 그것의 효용만은 제대로 파악하고 있었다. 오는 척하면서 다른 곳을 노린다. 그런데 예초의 검법은 이상하게 모든 느낌이 전부 그랬다. 화려한 곡선과 직선을 그리며 움직여도 정작 그 안에 실제로 공격이 들어오는 초식은 없다. 마지막에 이마에 구멍이 날까 봐 놀랐지만 그것 역시 진짜로 들어오진 않았다.

"이젠 봐주지 않는다."

예초는 이를 갈며 검을 들어올렸다.

마첨은 검을 축 늘어뜨린 채로 비무랑 전혀 상관없는 사람처럼 서 있는 유혼을 보고 박지량에게 이상하다는 듯이 물었다.

"어르신, 혹시 저 소년에게 비무 시간을 오래 끌기 위해 일부러 공격하지 않을 것이라고 말해주시기라도 했습니까?"

"말했을 것 같은가?"

"음. 말하셨다면 저 소년의 담력이 대단하다고 여길 수 있겠지만, 그게 아니라면…… 엄청나게 둔한 성격일지도 모르겠군요."

"둘 다 아니네."

"아니라면?"

"검초가 자신을 상하게 하지 않으리란 걸 모두 파악하고 쓸데없이 움직이지 않은 것이라면 어떤가?"

"어르신, 눈이 아무리 좋아도 그건 불가능합니다. 저리 어지럽게 검광이 휘날리는데 어떻게 아무런 움직임도 없이 허초와 실초를 구분한단 말입니까?"

"그래, 아무리 눈이 좋아도 그건 불가능하지."

무인도 아닌 유혼이 박지량도 보지 못하는 무형검을 보았다고 말했었다. 보이지 않는 걸 볼 수 있는 눈? 아니다. 이런 말보다 좀 더……

마첨이 이해가 안 된다는 듯이 고개를 흔들었다.

"암. 예 형이 일일이 검이 움직일 길을 말해주는 것도 아니고. 저럴 수는 없지."

박지량의 머릿속에 한 가지 생각이 번뜩 떠올랐다.

'미리 안다? 미리 대비한다? 상대방의 움직임이 일어나기도 전에 미리 안다? 아니야. 천기를 읽는 신선이라도 앞으로 일어날 일을 저렇게 자세하게 알 수는 없어. 그렇다면…….'

카앙!

예초는 자신의 검을 간단히 튕겨내 버린 다른 하나의 검을 바라보며 어이없다는 표정을 지었다. 자신의 검은 상대의 오감을 혼란시킬 만큼 빠르고 현란한 검로를 그리고 있었다. 그리고 방금은 상대를 제압하기 위해 재빨리 검의 궤적을 바꿔 날카롭게 변환했던 것이다. 그걸 마치 알고 있었다는 양 순식간에 막아내다니.

'뭐야. 설마 지금까지 내 검로를 모두 파악하고 있었단 말인가?'

예초는 시간도 흘렀으니 신검의 부탁을 충분히 들어주었다 생각하고 유혼을 비무대 아래로 쫓아내려고 했다. 그래서 유혼이 자신의 공격을 막아낸 지금의 상황이 도저히 믿기지 않았다. 고수 간의 싸움이었다면 분명 곧바로 수세에 몰렸을 것이다. 이건 완벽한 순간이라 여긴 상황에서 터진 완벽한 방어였다. 멍하게 서 있던 유혼이 어떻게 기다렸다는 듯이 검을 움직여서 공격을 막은 것인지… 예초는 재차 공격할 생각조차 잊고서 유혼을 살피고 있었다.

유혼은 검과 검이 부딪힌 충격 때문에 팔이 저린 듯 손을 떨고 있었다.

"역시. 피할 수 없을 것 같소."

유혼은 예초가 펼치는 검법에서 도무지 허술한 곳을 발견할 수가 없었다. 지금까지 상대해 온 무사들과 달리 허술한 곳을 공격해 상대의 움직임을 방해하는 동작을 할 수가 없었다. 예초의 검이 비록 자신을 노리고 있지는 않았으나 언제 돌변할지 몰랐다.

유혼은 예초의 검이 자신을 상하게 하기 위해 변하려는 순간, 어쩔 수 없이 그걸 막기 위해 검을 들어야 했다. 예초의 검을 더 보고 싶었지만, 그걸 피할 자신이 없었기에 멈추는 방법을 택해야 했다. 그 덕분에 손아귀가 떨어져 나갈 정도의 아픔을 느끼게 됐지만, 화려한 검광을 본 것만으로도 충분히 만족할 만한 보상이었으니 문제 될 것은 없었다.

유혼의 눈에 비친 예초의 검광은 새벽에 본 순우은의 검초 만큼 멋지진 않았다. 예초의 검은 초식없이 빠른 변환만을 자 유롭게 펼친 움직임이었다. 검법이 아닌 것이다.

예초는 자긍심에 금이 가는 것을 느끼며 낮은 목소리로 말 했다.

"내력이 없는 상대를 향해 내력을 쓰진 않겠다. 하지만 이 제부터 펼칠 검법은 도저히 네가 파악할 수 없을 것이다."

예초는 마첨의 호위무사이기 이전에 하나의 검객이었다. 그는 유혼이 자신의 검초를 모조리 파악하고서 그것을 막아 섰다는 사실을 믿을 수가 없었다. 비록 검법이 아니라 해도 검로를 단번에 파악당했다는 건, 곧 상대방이 자신보다 실력 이 위에 있다는 소리였다. 어떻게 무공을 배운 흔적조차 없는 저런 애송이가 자신의 검을 파악할 수 있단 말인가?

예초가 황영검법(恍影劍法)의 첫 초식을 펼치기 시작하자 관전하던 사람들의 입이 벌어지기 시작했다.

"아!"

유혼은 탄성을 지르지 않을 수가 없었다. 순우은의 검법이 막혔던 가슴을 뻥 뚫어줄 만큼 시원하게 허공을 가로지른 느낌이었다면, 예초의 검법은 끈적끈적한 기운이 사방에서 달라붙는 듯한 착각을 일으킬 정도로 수많은 변화를 일으키고 있었다. 빠르기도 방금 전에 펼치던 것과는 비교도 못할 정도로 빨라 보였다.

황영검법의 가장 큰 특징은 어떤 것이 허초이고 어떤 것이 실초인지 구분할 수 없을 정도로 많은 변화를 일으킨다는 것이었다. 자신을 공격하는 검이 수십 개로 보일 만큼의 빠른 변화에 웬만한 무인은 반격할 생각조차 하지 못하는 검법이었다. 예초는 내력을 싣지 않아 더욱 현란한 변화를 일으킬 수 없다는 게 아쉽기는 했지만, 이것만으로도 충분히 유혼의 간담을 서늘하게 할 수 있다고 생각했다.

유혼이 변화하는 예초의 검막(劍幕) 안으로 자신의 검을 들이밀었다. 유혼의 검은 너무도 시기적절하게 막 변화를 일으키는 검의 한쪽 면을 때렸다. 예초는 다음 변화를 일으키다 말고 유혼의 검을 저 멀리 쳐내려고 했으나 이미 검은 빠져나간 후였다. 예초의 안색이 변했다.

'뭔 짓이야, 이 자식!'

예초는 유혼이 찌른 한 번의 일격으로 다음 변화를 일으키는 시간이 배나 늘었다는 것을 깨달았다. 이건 큰 허점이 드러나 목이 달아났다고 해도 과언이 아닌 순간이다. 애송이가 황영검법의 틈을 비집고 들어온 것이다. 검초의 변화와 변화사이에 틈을 찔린 것이다, 그것도 무척이나 어설픈 한 번의 일격으로.

'말도 안 돼!'

예초는 너무도 화가 나 검에 내력을 불어넣어 곧장 유혼의 가슴으로 찔러 들어갔다.

슈우욱!

예초가 들고 있는 검의 기세가 급변했다. 유혼은 예초의 검 주위로 상상조차 하지 못할 기운이 맺히고 있다는 생각이 들었다. 그리고 그 검이 몸을 움직일 수 있는 시간보다 빠르게 가슴 한가운데로 쏘아져 들어오고 있다는 사실을 깨달았다.

'으윽.'

유혼은 지금껏 예초의 검을 상대할 수 있었던 까닭이 전적으로 내력을 싣지 않았기 때문임을 뼈저리게 느꼈다. 아직 다가오지 않았음에도 가슴팍의 옷이 해지고 상처가 날 정도인데, 이런 수준의 검을 계속 상대하려 했다면, 이미 예전에 온몸이 갈기갈기 찢기고 말았을 것이다.

"멈추시오―내가―졌소!"

유혼이 할 수 있는 일이라곤 이렇게 빠르게 소리치는 것밖에는 없었다. 하지만 상대인 예초는 멈출 생각이 없어 보였다. 유혼은 생사의 위협을 느끼며 억지로라도 예초의 검을 피하기 위해 몸을 옆으로 움직였다.

번쩍.

유혼의 눈앞에 섬전이 번뜩였다. 예초가 들고 있던 검의 앞부분이 섬전과 함께 잘려 나가 버렸다. 유혼은 눈앞의 빛이 어제 본 노인이 쏘아 보냈던 그 빛줄기임을 알고 놀란 시선으로 바라보았다. 검이 반으로 줄어들었다면 피할 수 있었다. 유혼은 전력을 다해서 몸을 옆으로 움직이며 검으로 예초의 공격을 막아섰다.

  잘려 나간 검 조각이 유혼의 옆구리를 스치고 지나갔다. 유혼은 뒤이어 다가오는 예초의 반쪽짜리 검을 자신의 검으로 막아섰다.

  그그그긍!

  유혼은 잘린 검에서 뿜어져 나오는 기세에 밀려 반대쪽으로 튕기듯 쓰러져 바닥을 굴렀다.

  "하아. 하아."

  유혼은 바닥에 쓰러져 거친 숨을 내쉬었다. 옆구리 쪽이 화끈거리는 것이 상처를 입은 듯했다.

  예초는 당황한 얼굴로 자신의 검을 바라보고 있었다. 검이 마치 처음부터 반쪽이었던 것마냥 깨끗하게 잘려져 있었다. 나머지 반쪽이 어디 있나 시선을 돌리던 예초는 비무장 한구석의 벽에 처박혀 있는 반쪽의 검신을 보고 황당한 표정을 지었다. 이게 무슨 귀신이 곡할 노릇이란 말인가.

  "미안하네."

  예초는 자신이 들고 있는 검을 향해 멋쩍은 시선을 보내고 있는 박지량을 보며 어찌 된 일인지 깨달았다.

"이봐, 꼬마. 내가 졌다."

유혼은 검에 기대서 억지로 몸을 일으키며 물었다.

"어째서…… 난 당신이 건드리기만 해도 쓰러질 지경이오."

"내가 분을 참지 못하고 내력을 사용한 이상 이건 내 패배다. 거기다 든든한 지원군까지 널 받쳐 주고 있는데 어찌 이기겠느냐."

유혼은 숨을 몰아쉬며 고개를 흔들었다. 비무대회에 나서면서 부상을 당할 수도 있다는 걸 예상 못한 것은 아니지만, 방금은 정말 간담이 서늘해질 정도로 위험한 상황이었다.

예초는 비무대에서 내려가기 직전 유혼을 향해 물었다.

"혹시 황영검법의 파해법을 익히기라도 했는가?"

"익히지 않았소."

"하면 어떻게 황영검법의 변화를 뚫고 그런 찌르기를 할 수 있던 거였지?"

"그게 유일한 허점 같아 보였소. 나라도 찌를 수 있는 유일한……."

"허점? 허점이라… 허."

예초는 착잡한 표정으로 유혼을 바라보았다. 처음 본 검법의 틈을 찾아 그것을 찔렀단 말인가? 그런 말도 안 되는 일이 가능할 리가 없었다. 그러나 그런 말도 안 되는 이유라도 붙이지 않는다면, 방금 전의 상황은 도저히 설명할 수가 없었다. 예초는 신검이 왜 이 소년을 상대해 달라는 부탁을 했는지 그 이유를 조금이나마 알 것 같다는 생각이 들었다.

"신검이 돕지 않아도 멈출 생각이었다. 오히려 검이 잘려 무게가 변한 까닭에 원하는 때에 멈출 수가 없었다. 사과하지."

예초는 이렇게 말한 뒤에 유혼의 시야에서 사라졌다.

유혼은 피가 배어 나오고 있는 옆구리를 움켜쥐며 비무대를 내려왔다. 화끈거리던 옆구리가 이제는 쓰라린 고통을 주고 있었다. 바로 앞에서 비무의 현장을 느끼고 싶어 출전한 것이다. 그러나 이건, 느낌이 생생하다 못해 뼈가 저릴 지경이다.

'잘못 생각했어. 피하지 못하는 무공을 펼치는 상대를 만나면 눈 깜짝할 사이에 죽을 수도 있다.'

비무를 하는 상대방은 무공을 자신에게 보여주기 위해 펼치는 것이 아니라 그 무공으로 자신을 쓰러뜨리기 위해 펼친다. 유혼은 아직까지 상대의 공격으로 자신이 위험해질 수 있다는 경험을 겪어보지 못했기에 편하게만 생각하고 있었다.

'죽음을 무릅쓰고 비무대회에 나와 무공을 볼 이유는 없어.'

박지량은 곧장 유혼에게 다가와 손바닥만 한 원통을 내밀었다.

"금창약이네. 발라두면 금세 피가 멎을 거야."

유혼은 그것을 받아 들며 말했다.

"노인장 덕분에 상처를 입었소."

"응? 내 덕분에 목숨을 구했다고 해야 옳은 거 아닌가?"

"상대가 원래 검을 거둬들일 생각이었다는 사실을 알기 전까진 그랬지만, 노인장의 그 삼류무공 때문에 상대가 실수했다고 했소."

유혼은 박지량이 건네준 금창약을 바르자 상처 부근이 시원해지며 고통이 가시는 것을 느꼈다.

"흠흠."

마첨의 헛기침 소리가 들려왔다.

"어르신의 부탁을 들어드렸으니, 이제 약속을 지키실 차례입니다."

마첨은 유혼의 비무가 벌어지는 내내 한 가지 생각에 골똘해 있었다. 무슨 질문을 해야 박지량이 익힌 무공의 정체를 파악할 수 있을 것인가? 마첨은 한참을 망설이다가 한 가지 질문을 선택할 수 있었다.

"어르신이 이십 년간이나 수련한 무공은 현재의 삼협(三俠), 사괴(四怪)를 꺾을 수 있을 만큼의 무공입니까?"

"그들이 아직도 삼협과 사괴로 불리고 있는가?"

"물론입니다, 신검이 아직 신검으로 남아 있는 것처럼."

삼협과 사괴는 박지량이 활동하던 시절 강호인들이 팔대고수라 치켜세웠던 신검무적 외에 남은 칠 인을 지칭할 때 쓰는 말이었다. 금협일검(金俠一劍) 문공(聞供)과 묵풍신장(默風神掌) 육고헌(陸固憲), 묘수공공(妙手公共) 요공령(饒恭玲)을 삼협으로, 묵호도 조패, 난영참마(亂影斬魔) 파불(破佛), 철마(鐵馬) 구륜(駒崙), 독수독안(獨手獨眼) 진중극(秦重克)을 사괴로 불렀다.

　마첨이 고르고 고른 질문은 과연 신검의 새로운 무공이 천하제일이겠느냐 하는 것이었다. 이미 이십 년 전에 천하제일검인 사람이었다. 그런 그가 이십 년간이나 수련한 무공은 대체 어떤 것일까? 그는 이 질문에 단서를 달았다. 이십 년 전, 신검과 함께 팔대고수라 불리던 삼협과 사괴와의 비교가 아니었다. 현재의 삼협과 사괴다. 신검이 무공을 수련하는 동안 삼협과 사괴 역시 놀고 있지만은 않았을 것이다. 그들 모두를 꺾을 수 있는 무공이라면, 명실상부 천하제일일 것이다.

　"그건 대답이 불가하네. 내가 현재 그들의 실력을 알지도 못할뿐더러, 이십 년 전에도 승부를 내지 못한 자들이네."

　"뭐라고요?"

　"대신에 자네도 방금 보았듯이 지금의 이 무공은 베지 못하는 게 없을 정도로 날카롭다라는 것만 알려주겠네."

　베지 못하는 것이 없다? 마첨은 예초의 검날이 어떻게 잘려 나갔는지 보지 못했기에—박지량도 보지 못했지만—더욱 궁금증이 배가되었다.

"좀 더 확실히 말해주십시오. 그건 무공을 벨 수 있다고 말하는 것입니까? 병장기 같은 물건을 벨 수 있다고 말하는 것입니까?"

박지량은 검지를 들어올렸다가 내렸다. 질문은 한 번뿐이라는 의미였다.

"약속이 다릅니다. 제 질문에 확답을 주지 않으셨잖습니까!"

"대답할 수 있는 걸 물어보지 그랬나."

마첨은 불만이 가득한 얼굴로 박지량을 바라보았다. 만약 이것이 천하의 모든 것을 벨 수 있다는 의미라면? 그건 어떤 호신강기도, 어떤 무구도 베어버릴 수 있다는 뜻일 것이다. 바꿔 말하면 신검이 익힌 무공의 정체는 어떤 것으로도 막을 수 없는 베기라는 것. 그런데 그런 무공이 존재하기는 할까? 설령 막지 못한다고 해도 그냥 피한다면 어떻게 될까?

박지량은 할 말을 끝마쳤다는 듯 마첨에게 저리 가라고 손짓해 보였다. 마첨은 필첩에 방금 들은 정보를 기입하며 끝에 '치사하기로도 천하제일인 신검'이라는 글도 적었다.

박지량은 유혼이 대충 상처를 치료한 듯하자 물었다.

"자네, 이번에도 어제와 같은 것을 보았는가?"

유혼은 고개를 끄덕였다.

"내 잠시 물어볼 것이 있네만."

순우은의 비무는 시간이 조금 지나야 시작될 터였다. 유혼
은 다른 사람들의 비무도 놓치고 싶지 않았지만, 쓸데없이
자신을 구해주기도 했고, 그 쓸데없는 일로 인해 난 상처를
치료할 약까지 준 상황 때문이라도 거절할 수 없다 생각했
다.

유혼은 비무관을 나와 칠 년 전, 묵호도를 만났던 그 대로
를 걷고 있었다. 비무대회장으로 사람들이 몰려간 까닭에 대
로는 무척이나 한산해져 있었다. 그는 문득 조패의 무공을 봤
던 기억은 있으나 그 뒤의 상황은 전혀 기억에 없다는 사실을
떠올렸다. 혹시 순우은의 검법을 보았을 때처럼 기절해서였
기 때문일까? 아니면 너무 오래된 일이라 전후의 기억이 희미
하기 때문일까?
주변에 아무도 없음을 확인한 박지량이 유혼에게 물어왔
다.
"그런데 말일세, 자네가 생각하는 삼류무공은 어느 정도까
지를 말하는 건가?"
"불안정하고, 틈이 많아 엉성하고, 멋지지 않은 무공이오."
"크음."
박지량은 너무도 직접적인 유혼의 대답에 신음성을 삼켰
다.
"불안정하다는 건 인정하겠네만, 자네가 보기에 그리 허점

이 많아 보이던가?"

유혼은 그 질문에 곰곰이 생각하는 듯하더니 답했다.

"섬전이 날아가는 것은 속도만 빠를 뿐이지, 그 방향에서 피하면 그만 아니오? 그것도 단순한 직선이기 때문에 단검이나 그것보다 더 작은 무기를 던지는 것과 다를 바가 없어 보일 따름이오. 그리고 그렇게 단순한 빛은 절대 멋있을 수가 없소. 그러니 삼류일 수밖에."

"듣고 보니 일리는 있네만, 그 던지는 단검을 자네 아니면 누구도 보지 못하니 피하지 못할 것 아닌가?"

"그렇다면 허점이 없다고 할 수도 있겠소. 노인장의 무공은 이류무공이오."

"쩝."

박지량은 입맛을 다셨다.

"그럼 불안정하다는 면을 한번 얘기해 보게. 직선으로 날아가 원하는 것을 벨 수 있는 무공이 그렇게 불안정한가?"

"빛줄기가 깨끗한 선이라면 모르겠소. 그런데 그건 마치, 어둔 하늘에 번개가 칠 때처럼 갈지(之) 자 모양을 긋고 있소. 어제 봤을 때는 잘 몰랐으나 방금 비무에서 확실히 알 수 있었소. 마치 움직일 방향이 정해지지 않은 채로 마구 흐르는 물줄기 같은 느낌이었소."

박지량은 어림짐작으로나마 곧은 검의 형태일 것이라 추측했던 그것이 찌그러진 모양의 볼품없는 빛줄기라는 사실에 적잖게 놀랐다. 거기다 자신이 위험을 피하기 위해 일부러 발출을 조절하고 있음에도 어디로 튈지 모르겠다니.

"노인장의 무공은 뭐라고 부르오?"

"이름? 음, 그것이 정확한 명칭은 없네. 아직 완벽한 것이 아니니. 혹 강호에 떠도는 무공 이름 중에 비슷한 느낌을 꼽으라면 무형검 정도 될까?"

강호인이 이 말을 듣는다면 무척이나 놀랐겠지만, 유혼은 고개를 저으며 말했다.

"형태가 없는 게 아니지 않소. 그걸 검이라 말하고 싶으면 차라리 섬전검(閃電劍)이라든지 광검(光劍)이라고 부르는 게 낫겠소."

박지량은 유혼이 자신이 펼친 무공을 빛줄기라고 말해주기 전까지 형태조차 짐작하지 못했었다. 형체가 없는 게 아니라면 더 이상 무형검이라 부를 수도 없었다.

'광검이라…… 허. 나는 내가 익히는 무공의 이름조차도 모르고 있었단 소린가?'

박지량은 '그래 봤자—이류무공—이름'이라고 빠르게 중얼거리는 유혼을 보며 걸음을 멈췄다.

"자. 그럼 말일세."

유혼은 몇 걸음 더 걸어가다 박지량이 멈추었다는 사실을 알고 시선을 돌렸다.

"지금부터 내 정말 궁금했던 것을 물어보겠네."

"무슨 소리요? 지금까지 한 대화가 그것 아니었소?"

마첨은 어째서 신검이 평범한 소년에게 관심을 보이는가에 대해 한참을 고민하고 있었다.

"그러니까 예 대협의 말씀은 그 소년이 예 대협의 검법을 단 한 번 보고서 파해했단 것입니까?"

예초는 고개를 끄덕였다.

"말도 안 됩니다. 황영검법은 무산회에서도 인정받은 검법 아닙니까?"

"마 위원도 그 소년에 대해서 잘 모르는 것 같군. 신검이 부탁할 정도면 어느 정도는 정체를 짐작할 수 있을 거라 생각했는데."

마첨은 도무지 믿을 수가 없었다.

"예 대협, 이건 있을 수 없는 일입니다. 예 대협이 혹시 검법을 펼칠 때 실수하신 것 아닙니까?"

예초는 불쾌한 표정을 지으며 말했다.

"자네는 내가 일부러 검법에 틈을 만들었다고 보는 건가?"

"예 대협도 생각해 보십시오. 어떻게 무공도 모르는 일개 소년이 삼류검법도 아닌 상승무공을 단 한 번 보고 파해할 수 있단 말입니까?"

"아니. 무공을 모르는 게 아니야."

마첨은 그 소리에 한숨을 쉬었다.

"하. 어쩐지. 그러면 그렇지. 그 소년이 무공을 배웠다면 가능성이 있는 얘기가 될 수는 있겠죠."

예초는 고개를 저었다.

"무공을 배웠다는 게 아니라 무공을 안다는 거네."

"그 말이 그 말 아닙니까?"

예초는 자신의 검법을 가만히 바라만 보던 유혼의 모습을 떠올렸다.

"달라. 생각해 보니 그건 관찰하는 듯한 눈빛이었네, 마치 네가 어떤 무공을 펼치는지 두 눈으로 똑똑히 보아주겠다는 듯한. 그리고 검법의 움직임 전부를 하나도 놓치지 않고 바라본 거지. 검법이 어디로 움직일지 미리 알고 있는 것처럼."

마첨은 그 말에 크게 놀랐다. 그러고 보니 신검도 예초와 비슷한 말을 했었다, 검초가 자신을 상하게 하지 못한다는 것을 눈으로 보고 파악했다느니 하는. 마첨은 자신도 모르게 필첩을 꺼내 들었다.

'유… 혼이라고 했었나?'

"무슨 짓이오?"

박지량은 유혼을 향해 한 손을 들어올려 빠르게 손을 흔들었다.

"내가 손가락을 몇 개나 폈는지 봤는가?"

유혼은 미간을 찌푸렸다.

"무슨 소릴 하는 거요?"

"괜찮네. 틀려도 좋으니 아무 숫자나 불러보게."

"뭣 때문에 그런 짓을……."

"못 봤나?"

"아니, 손가락을 전부 일곱 번이나 쥐었다 편다면, 서른다 섯이라고 말해야 하는 거요? 아님 다섯이라 말해야 하는 거요?"

박지량은 고개를 끄덕이며 미소를 지었다.

"자네 눈이 굉장히 좋군."

박지량은 유혼의 옆으로 다가와서는 말했다.

"눈이 얼마나 좋기에 무림고수가 펼치는 검법을 모조리 꿰 뚫고, 나조차 보지 못하는 그 엄청난 빠르기의 섬전을 자연스 럽게 볼 수 있단 말인가?"

"무슨……."

"혹시, 세상이 느리게 보이는가?"

유혼은 흠칫 놀랐다.

"금창약에 대한 보답은 이쯤에서 끝내야겠소. 곧 비무가 시작되니 이만 가보겠소."

유혼은 이렇게 말한 뒤에 발을 돌려 비무장을 향해 걸어가 기 시작했다.

"잠깐만! 자네가 오늘 상대한 황영검법을 쓰는 무인, 그건 내가 자네를 시험해 보기 위해 특별히 부탁한 것이었네."

유혼이 우뚝 멈추어 섰다. 박지량의 말은 계속해서 이어졌다.

"강호에서는 아무리 검법의 대가라 하더라도 단 한 번 본 검법을 그렇게 모조리 파악할 수는 없어. 거기다가 자네 같은 움직임으로 그걸 상대하는 건 불가능한 일이야. 눈이 좋다는 것만으론 부족하지. 그건 상대방의 움직임이, 생각을 충분히 하고서 몸을 움직여도 될 만큼 느리게 보이지 않는다면 할 수 없는 일일세. 말해보게. 자네는 세상이 느리게 보이는가?"

박지량은 이렇게 말한 뒤 유혼을 자세히 살펴보았다. 자신의 생각이 맞는다면, 저 독특한 소년은 지금 수만 가지 생각을 하는 중일 터였다. 그 빠른 검광을 평범한 움직임으로 피할 수 있을 만큼 경악할 만한 시간 감각을 가진 소년. 도대체 어느 정도의 시간이기에 처음 본 무림고수의 정교한 검법을 단순히 보고 피한단 말인가?

유혼은 박지량이 확신을 가지고 묻고 있음을 깨달았다. 뭐 안다고 해서 문제가 생길 것도 아닐 테니 굳이 부인할 필요는 없겠지.

유혼은 고개를 끄덕였다.

"노인장의 말이 맞소. 세상이 느리게 보이오."

박지량은 막상 유혼의 입으로 직접 대답을 듣고 나니, 오싹함마저 느껴지는 것 같았다. 세상이 느리게 보인다. 이런 일이 있을 수 있단 말인가?

"자네 혹시 무슨 무공이라도 익힌 것인가?"

유혼은 고개를 저었다.

"그럼 어찌 그런 능력을 갖게 됐는가?"

"나도 모르오. 태어났을 때부터 이랬소."

"아직 자네의 상태가 잘 이해가 안 가네만. 이 말소리 역시 느리게 들리는 건가?"

"모든 게 느리오. 노인장의 말, 움직임, 표정."

유혼은 박지량이 무슨 신기한 동물을 보고 있는 것마냥 놀란 표정을 하고 있는 것을 보고 속으로 한숨을 내쉴 수밖에 없었다.

"그러면 말일세. 자네 자신이 움직이는 것도 느리게 보……."

유혼이 박지량의 말을 끊으며 짧게 내뱉었다.

"그만 하시오."

유혼은 지금쯤이면 순우은의 비무가 시작될 시간이라는 생각에 빠르게 걸음을 옮겼다.

"노인장의 호기심이나 채워주려고 이곳에 나온 것이 아니오. 그리고 별로 내세우고 싶은 능력도 아니니 이야기는 이쯤에서 끝내야겠소."

조패의 도, 순우은의 검과 같은 무공에 대한 얘기가 아니라면 이렇게 무의미한 시간을 보낼 이유가 없었다.

"이보게!"

　아무리 이십 년 만의 출두라지만 신검이 한낱 소년에게 이리도 찬밥 신세를 면치 못하다니. 그것도 삼류무공을 쓴다는 이유로. 박지량은 이런 생각이 들자 내심 헛웃음이 흘러나왔다.

＊　　　＊　　　＊

　남창 번화가 삼거리, 칠 년 전.

　묵호도가 괴력을 뿜어내며 강서삼검을 모조리 패퇴시켰을 때, 조패는 기이한 느낌을 받았다. 자신의 도가 움직이는 길을 처음부터 끝까지 하나도 빠짐없이 지켜보는 강한 시선이 있다는 것이 느껴졌다. 조패는 비록 자신의 무공이 쾌(快)보단 중(重)에 치우쳐 있긴 하지만, 쉽게 간파당할 만큼 느리지는 않다 생각했다. 협공을 한 강서삼검조차 따라오지 못한 도의 움직임이었다.

　조패는 주위를 둘러보며 포권해 보인 뒤, 무리를 지어 서 있는 사람들을 향해 말했다.

　"어느 방면의 고인인 줄은 모르나 이 조모의 무공에 관심이 있다면 앞으로 나오시게나."

　사람들이 웅성거렸다. 강서삼검이 떠나 흥미 거리가 사라진 마당에 누군가 묵호도와 한판 붙게 된다면 또다시 큰 볼거리가 생기는 것이었다. 그러나 반 각이 지나도 조패의 앞에 나서는 사람이 아무도 없었다.

조패는 코웃음을 친 뒤, 광대 춤을 추기 위해 가져왔던 도구들을 챙겼다. 정체가 밝혀진 이상 이 지역에서 광대 짓 해먹기는 글러 버렸다.

'뭐, 어차피 구경꾼이라곤 그 꼬마…….'

조패는 대결을 시작하기 전에 보았던 꼬마에 대해 생각이 미쳤다. 조패는 사람들 틈을 살폈다. 그러나 꼬마는 어디에서도 모습이 보이지 않았다. 돈을 벌기 위해 시작한 광대 짓은 아니었기에 근 한 달 동안은 오로지 그 꼬마를 보는 재미에 이곳에서 살았었다.

'흠. 인연이 여기까지라면 어쩔 수 없는 일이지.'

꼬마에게 한 달간이나 자세히 보여주었던 칼춤. 그걸 전부 기억한다면 나중에 작게나마 얻는 것이 있겠지. 조패는 아쉬움을 뒤로한 채 남창을 떠났다.

순우은은 비무대 위로 올라서며 너무도 노골적인 눈초리로 자신을 주시하고 있는 두 사람을 발견했다. 하나는 어제오늘 자주 마주쳤던 이상한 소년이었고, 다른 하나는 두툼한 볼살을 가진 처음 보는 중년 남자였다. 마치 일거수일투족을 놓치지 않겠다는 듯이 초롱초롱한 눈으로 자신을 바라보는 두 사람의 모습에 순우은은 등줄기에 스멀스멀 오한이 이는 듯한 착각이 들었다. 무슨 이유로 저리 뚫어지게 자신을 바라보는 것일까?

"이봐, 소형제. 그만 본실력을 드러내는 게 어때?"

순우은은 이 소리에 흠칫 놀라 앞을 바라보았다. 오늘의 비무 상대. 홍문검(紅門劍) 방배(房培)가 입가에 비릿한 웃음을 띤 채로 자신을 쳐다보고 있었다.

"나는 금나한처럼 호락호락한 사람이 아니야."

'금나한처럼' 이라는 말에 순우은은 어제 마지막 비무에서 소림권을 사용했던 그 무사를 떠올렸다.

"그를 아십니까?"

"잘 알지. 소형제에게 턱을 얻어맞고 아직도 일어나지 못하고 있어."

"그렇다면……."

순우은은 주먹을 움켜쥔 채로 말했다.

"무공을 사용하게 돼서 정말 미안하다고 좀 전해주십시오."

방배가 이게 무슨 소린지 몰라 어리둥절하고 있을 때, 순우은이 그에게 돌진해 들어왔다.

"……!"

유혼은 비무대 위의 순우은을 보며 제발 그 검초를 다시 한 번만 보게 해달라고 간절히 빌고 있었다. 하지만 순우은은 검초는커녕 검을 들 생각조차 없어 보였다.

'어라? 저건…….'

순우은이 갑작스럽게 펼친 동작은 분명 어제 금나한이란 사내가 펼쳤던 나한권이었다. 순우은이 나한권을 수백 대나 얻어맞은 덕택에 유혼은 권법의 형을 자세히 기억하고 있었다.

'저기서, 그렇지. 그렇게 움직이는 거고. 아니야. 다음 동작은 다리가 같이 나가야 돼.'

유혼은 순우은의 동작에서 아직 미흡한 부분들이 있긴 하지만, 어제 금나한의 권법과 거의 흡사하다는 사실에 놀람을 금치 못했다. 완벽하진 않더라도 그럭저럭 봐줄 만한 움직임이었다.

마첨은 기가 차서 말이 안 나올 지경이었다.

"뭐야, 저놈!"

개싸움에 이어 오늘은 남의 무공이다. 그것도 어제 싸웠던 금나한의 권법. 순간 마첨의 머릿속에는 박치기를 얻어맞고 나자빠진 금나한이 정신을 번쩍 들게 해준 것이 너무 고마워 무공을 가르쳐 줬다는 말도 안 되는 상상이 떠올랐다.

방배는 나한권이 스치고 지나간 자리가 욱신거리는 것이 순우은의 주먹에 상당한 경력이 실려 있음을 깨달았다. 금나한의 말로는 자신이 쓰러진 박치기가 보통의 박치기가 아니었다고 했다. 경력으로 몸을 단단하게 만들 수준이라면 적어도 십 년 이상 내력을 수련해야 한다. 저 소년은 어린 나이임

에도 그런 수준의 내력을 수련한 것이 틀림없었다. 거기다 일
류고수인 금나한을 한 방에 쓰러뜨릴 정도의 경력이라면, 본
인은 이미 일류고수의 수준을 넘어섰다는 말이 된다.

방배는 신중하게 순우은의 공세를 피하며 검을 뽑았다.

슈욱!

검기가 느껴지자 순우은은 방배에게서 물러섰다. 검법을
펼치는 상대와 병장기 없이 싸우려면 빈틈을 포착하는 것이
무엇보다 중요했다. 보통의 경우라면 검법을 펼치기 어렵게
바짝 접근해서 틈을 만들어야 하지만 오늘 아침 급조한 권법
으로는 불가능한 일이었다.

'어쩐다.'

순우은은 나한권을 손쉽게 받아내는 방배의 수준으로 미
루어 어제처럼 쉬이 이기기도 힘들다는 판단에 조금 더 거리
를 벌렸다.

"깜짝 권법은 괜찮았다만, 이제는 어쩔 테냐?"

방배가 기수식(起手式)을 취한 채로 간격을 조금씩 좁혀왔
다. 순우은은 조심스러운 방배의 태도에 한숨을 쉬며 말했다.

"방법이 없는 듯합니다."

"방법이 없다?"

"이렇게 도망만 다니던가, 아니면 기권할 수밖에."

방배는 피식 웃었다.

"한 가지 더 있지. 네가 지금껏 배우고 익혀온 무공을 펼쳐

보이는 것."

"아니, 기권해야겠습니다."

"기권?"

"준비한 권법이 통하지 않는 상대니 질 것은 불 보듯 뻔한 상황입니다. 그럼 다음에 다른 비무장에서 또 만나뵙기를 빌겠습니다."

"뭐?"

순우은은 허리를 숙였다. 수준 높은 고수와 상대하다간 언제 어디서 무당파의 무공이 튀어나올지 몰랐다. 이런 자리는 피해야 한다. 아직은 무당파의 무공에 길들여져 있는 몸을 마음대로 조절할 수 없었다. 순우은은 기권 의사를 표시한 뒤에 곧장 비무대 아래로 내려서려고 했다.

차랑.

방배가 순우은의 앞을 가로막으며 검을 들이댔다.

"누구 마음대로 기권을 하는 거지?"

"저는 이미 비무를 포기하겠다는 의사를 밝혔습니다."

"착각하고 있군."

"네?"

방배는 검으로 위협해 순우은을 비무대 안쪽으로 몰아세웠다.

"이 비무에서는 말이야. 기권이란 없어, 내 검을 막지 못하겠다면 그냥 죽는 수밖에."

방배가 공격을 시작했다. 그의 검에서 펼쳐진 검광이 순우은의 좌우 옆구리를 노리고 빠르게 움직였다.

"이보세요!"

순우은은 방배가 이미 기권 의사를 표시한 상대를 공격하자 놀라서 비무대 옆의 심판을 쳐다보았다. 심판은 아무 일 없다는 듯이 비무대 위를 지켜보고 있을 뿐이었다. 순우은은 급히 몇 발자국을 더 물러서며 아예 비무대 아래로 뛰어나가려고 했다. 그러나 바깥쪽에서 날카로운 기가 날아들어 그를 다시 안쪽으로 몰아세웠다.

'뭐지?'

방배가 멈추어 서서 말했다.

"비무대 바깥으로 나갈 생각은 버리는 게 좋을 거야. 나보다 더한 고수 둘이 지키고 서 있거든. 후후후."

순우은은 이게 무슨 상황인지 도무지 갈피를 잡을 수가 없었다.

마첨은 속으로 쾌재를 불렀다. 이 정도까지 몰아세운다면 무공을 안 펼치고 배길 수 있겠는가. 밖으로 나가지는 못하고, 안에서는 죽자고 달려들고. 결국 방배를 꺾지 않는 한 순우은이 비무대를 벗어날 방법은 아무것도 없었다.

"본실력을 드러내 보시지!"

유혼은 방금 전에 자신과 비무를 벌였던 황영검 예초와 처음 보는 근육질의 거한이 비무대 가까이 버티고 서 있는 것을 보고 무슨 일인가 했다. 그러다 방배의 검이 절묘한 각도로 꺾이며 순우은에게 파고들자 탄성을 질렀다. 멋진 움직임이었다. 저 검과 아침에 본 순우은의 검이 만나기라도 한다면, 상상만 해도 즐거운 순간이 될 터였다.

'어서 검을 잡아!'

유혼이 속으로 신이 나서 소리쳤다.

푹!

그때였다. 모두의 기대를 한 몸에 받고 있던 순우은이 방배의 검에 그대로 몸을 내맡겼다.

"헛."

방배는 눈을 부릅떴다. 검신이 너무도 간단하게 순우은의 배를 파고들었다.

풀썩.

유혼은 심장이 덜컥 내려앉는 느낌을 받았다. 배를 찔린 순우은은 가지고 있던 걱정거리를 모두 덜어버린 사람처럼 편안한 표정으로 바닥에 주저앉고 있었다. 순우은의 배에서 검이 뽑혀져 나가며 피가 배어 나오고 있었다.

유혼의 머릿속으로 새벽에 순우은이 했던 말이 떠올랐다.

"이번이 마지막이었습니다. 이제 두 번 다시는 펼치지 않을 것입니다."

악몽을 꾸었다. 사형제들에게서, 사부에게서 버림받아 무당산에서 쫓겨나는 그런 꿈이었다. 더 이상 혼자가 되는 건 싫었다. 사부의 옷자락을 붙잡고 늘어져서라도 무당산에 남아 있고 싶었다. 하지만 무당의 문은 굳게 닫혀져 열릴 줄을 몰랐다.

"으으."

순우은은 뱃속이 불에 덴 것처럼 뜨겁다는 것을 느끼고 눈을 떴다. 괴로운 꿈을 꿨다. 무당산에서 쫓겨나 헤매다 어느 비무대회에 출전해 검에 찔려 쓰러지는…….

"그 노인장이 구하기 힘든 특제 금창약이라고 했는데. 효과가 있기는 한 걸까?"

"피가 금방 멎었으니 효과가 있는 거겠지."

"의원은 도대체 언제 오는 거야?"

"여 의원을 찾아야 하니 좀 오래 걸리는 거다."

순우은은 자신의 옆에서 두런두런 얘기를 주고받고 있는 소년과 젊은 사내를 바라보았다.

"어. 외삼촌, 눈을 떴어."

순우은은 배에 조악하나마 붕대가 감겨져 있는 것을 보고 자신이 죽지 않았다는 사실을 깨달았다.

주용은 멈칫멈칫 순우은에게서 최대한 시선을 돌리며 말했다.

"곧 있으면 의원이 올 테니 그때까지만 참게. 그런데 한 가지 물어볼 것이 있네만."

순우은은 왜 주용이 자신과 시선을 마주치려 하지 않는지 이상히 여기다가 문득 자신의 상체 옷이 풀어헤쳐져 있다는 사실을 깨달았다. 가슴에 단단히 감겨져 있는 천. 그것을 본 것이리라.

"자, 자네. 여자인가?"

순우은은 나지막한 목소리로 답했다.

"그렇습니다."

"흠흠, 절대 배의 상처만 건드렸으니 오해하지 말게. 그런데 남장을 하고 다닌 특별한 이유라도 있는 것인가?"

"……."

"아직 밖에 있는 사람들은 모르고 있네. 이곳으로 오고 있는 의원도 곧 알게 되겠지만 현재는 여기 있는 조카와 나밖에 모르는 사실이네. 이 사실을 함구하길 원하는가?"

"그래 주시면 고맙겠습니다."

"알겠네. 의원에게도 일러두도록 하지."

순우은은 다시 눈을 감았다.

꿈을 꾸자, 다시 무당산으로 돌아가는 꿈을. 아니, 무당산에서 쫓겨나기 전 행복했었던 그 시절의 꿈을. 여자라는 이유로, 무당의 정식 제자가 되어서 여자임을 속였다는 이유로 파문을 당한 자신의 처지를 모두 잊을 수 있는 그런 꿈을 꾸자.

마침은 부상자를 치료하는 숙소 앞에 서서 발을 동동 굴리고 있었다. 설마 하니 순우은이 그대로 상대의 공격에 몸을 내맡길 줄은 몰랐다. 순우은이 부상을 당한 것은 전적으로 자신의 책임이다. 세상의 어떤 고수라도 죽기 직전에는 자신의 본실력을 모두 드러내기 마련이다. 하지만 순우은은 그러지 않았다. 자신이 순우은을 잘못 판단하고 있었던 것이다.

"쯧쯧."

안절부절못하고 있는 마첨을 보며 박지량이 혀를 찼다.

"잘하는 짓이네."

"이거 왜 이러십니까. 어르신도 동참하지 않았습니까?"

"허허. 나는 자네처럼 배를 찌르라는 부탁을 한 기억이 없네만?"

"크으."

마첨은 말문이 막히자 그저 박지량을 흘겨볼 수밖에 없었다.

문이 열리고 주용이 밖으로 나왔다. 마첨이 급히 물었다.

"상태가 어떤가?"

"의원이 말하길, '다행히 혈맥의 손상이 없어 몇 달 요양만 하면 괜찮아진다'고 하더군요."

마첨은 한시름 놓았다는 표정으로 주용의 어깨를 붙잡았다.

"정말 잘 좀 부탁하네."

주용은 안심하라는 듯이 고개를 끄덕였다.

"조카 녀석이 정성을 들여 간호하고 있으니 걱정 마십시오."

의원이 가고 나서 간호를 목적으로 숙소에 남겨진 유혼은 무료하게 시간을 보내고 있었다. 순우은은 안정을 되찾은 듯했다. 유혼은 저런 상처를 입으면서까지 펼치지 않으려 한 검법이기에 다신 보지 못할 것이란 걸 알고 무척이나 우울해하는 중이었다. 어째서 그 대단한 무공을 죽을 각오를 하면서까지 펼치지 않는 것일까?

"한 박자가 느려."

순우은은 눈을 감고 있다가 갑자기 들려온 목소리에 고개를 돌렸다.

"무슨 소립니까?"

"낮에 펼쳤던 권법."

"네?"

유혼은 주먹을 뻗으면서 동시에 다리를 내뻗는 동작을 해 보였다.

"어제 그 남자는 분명 이렇게 펼쳤어."

"아!"

순우은은 유혼을 보며 눈을 깜박이다가 '풋' 하고 웃음을 터뜨렸다.

"우욱."

그러다가 상처가 아파와 웃음을 멈출 수밖에 없었다.

"이상한 사람입니다. 당신……."

유혼은 별다른 표정 없이 다음 동작을 펼치며 말했다.

"여기서 다음 동작으로 이어질 때 이런 식으로 주먹을 빨리 거둬야 그 사람과 똑같아져."

유혼은 한동안 나한권을 자세한 움직임과 함께 설명해 주었다. 순우은은 묵묵히 그것을 지켜보았다.

"그 권법의 이름은 나한권입니다."

"나한권?"

"소림의 권법이죠."

순우은은 유혼을 정말 이상한 소년이라고 생각했다. 그냥 무공에 관심이 있는 소년일 뿐이라고 보기엔 석연치 않은 구석이 많았다. 형식이 갖춰진 동작은 아니었지만 유혼이 설명하고 있는 나한권은 자신이 어설프게나마 흉내 냈던 것과는 전혀 달랐다. 마치 나한권을 창안해 낸 사람이라도 된 것처럼 동작 하나하나의 의미를 자세하게 설명하고 있었다.

똑똑.

방문을 두드리는 소리에 유혼은 대화를 멈추고 문 앞으로 다가갔다.

"잠시 들어가도 되겠나?"

마첨의 목소리였다. 유혼은 고개를 돌려 순우은을 바라보았다.

"괜찮아요."

순우은이 고개를 끄덕이자 유혼이 방문을 열었다.

마첨은 방배, 예초와 함께 방 안으로 들어섰다. 예초는 방
안에 유혼이 있는 것을 보고 놀란 눈이 됐다.

"자네가 여긴 무슨 일인가?"

유혼은 덤덤한 얼굴로 말했다.

"일단은 비무장 관리인이니."

예초는 순간 자신의 검법이 어느 유명한 문파의 제자나 고
명한 무인의 자식이 아닌 고작 비무장 주변을 치우는 소년에
의해서 파해됐다는 사실을 슬퍼해야 할지, 기뻐해야 할지 모
를 얼굴이 됐다.

마첨은 순우은에게 다가와 고개를 숙였다.

"나는 무림기 선별위원인 마첨이라고 하네. 정말 미안하게
됐어. 내 고약한 심보로 인해 자네가 큰 부상을 당했네."

"이건 비무로 인해 생긴 부상입니다. 미안해하실 필요는
없습니다."

"아니. 멋대로 대진표를 바꾸고, 심판에게 자네의 기권 선
언을 무시하라 지시하고, 자네를 비무대에서 내려오지 못하
게 막은 게 나일세."

순우은은 당혹감이 어린 눈으로 마첨을 바라보았다.

"무슨 이유로 그러셨습니까?"

"자네의 사문이 궁금했네. 어떤 무공을 사용하는지, 얼마만큼의 실력을 가지고 있는지."

"저는 사문이 없습니다."

마첨은 그럴 리 없다고 말하 싶었지만 상대는 목숨을 버리더라도 무공을 펼치지 않은 사람이다. 사정이 있어서 말할 수 없는 거겠지.

"몸이 나을 때까지 걱정 말고 여기서 머물게. 관주에게는 내 잘 말해놓을 테니 필요한 것이 있다면 언제든지 말하게나. 여기 있는 비무관 관리인에게 말하면 대부분 들어줄 테니까."

마첨은 거듭 사과를 한 뒤에 방 안을 나섰다.

예초는 방 한쪽에 말없이 서 있는 유혼을 계속해서 바라보고 있었다.

"자네, 신검이 관심을 가지고 있다는 사실은 알고 있는가?"

"신검?"

유혼은 전혀 모르는 듯한 얼굴을 하고 있었다.

"내 검을 날려먹은 자네의 든든한 지원군 말일세."

"아, 그 말 많은 노인장."

예초는 다시금 충격에 휩싸였다, 말 많은 노인장이라니. 전 무림인이 우러러보는 강호의 대선배를 지칭하는 말로서 상상을 초월할 정도의 호칭이다.

"아무튼 자네가 지적한 황영검법의 허점을 보완하면, 다시 한 번 봐줄 수 있겠나?"

유혼은 그 소리에 눈을 반짝이며 말했다.

"물론이오."

밤이 되어 간병을 할 다른 관리인이 올 때까지, 순우은은 자신이 펼친 나한권이 얼마나 허술했었는지 유혼에게 무척이나 자세히 들을 수 있었다.

"동작을 그렇게 짧은 단위로 끊어서 생각할 수 있을 줄은 몰랐습니다."

"응?"

"당신이 설명하는 나한권은 이미 다른 무공 같습니다. 저는 당신이 설명하는 것처럼 한 동작에 그렇게 많은 주안점을 가지고 펼칠 수 있을지 잘 모르겠습니다."

순우은은 여러모로 유혼이라는 소년에 대해서 경탄을 금치 못하고 있었다. 유혼이 설명하고 있는 나한권은 자신이 생각했던 나한권과는 차원이 달랐다. 초식 하나에 변환식이 늘어서 초식 자체가 길어진다는 말은 들어봤어도, 간단한 동작에 너무도 많은 의미가 담겨져 있어서 도리어 초식이 길어진다는 것은 상상도 할 수 없는 일이었다. 거기다 그 동작에 숨겨져 있는 의미가 하나하나 모두 타당한 이유를 가지고 있었다.

"그런데 당신은 왜 무공을 익히지 않은 것입니까?"

유혼은 대수롭지 않다는 듯이 말했다.

"그냥 보는 게 좋으니까. 그리고 무공을 익히지 못할 거야."

"네?"

"무공은 심신(心身)을 단련하는 것이잖아."

"그렇죠."

"난 마음도 몸도 문제가 많아. 그래서 단련이라는 걸 할 수가 없어."

순우은은 이해가 가지 않았다. 비록 어제, 오늘 이상한 모습은 많이 보여주었어도 유혼은 멀쩡해 보이는 몸을 하고 있었다.

"문제가 있어도 간단한 무공 정도쯤은 배울 수 있습니다. 제가 알고 있는 어떤 강호인은 한쪽 팔과 한쪽 눈이 보이지 않지만, 천하에서 손꼽히는 팔대고수 중 한 사람으로 불립니다."

유혼은 고개를 저었다.

"그 사람은 적어도 몸과 마음이 정상적으로 이어져 있을 테니까."

순우은은 유혼의 눈으로 보는 세상이 보통 사람보다 지독히도 느린 세상이라는 사실을 알 수 없었기에 이 말을 이해할 수 없었다.

칠 년 전의 그날 이후로 유혼이 무공을 배워보려는 시도를
해보지 않은 것은 아니었다. 하지만 보는 것과 몸을 움직이는
것 사이에 엄청난 시간의 벽이 있는 유혼으로서는 제대로 된
무공을 익힐 수도, 펼칠 수도 없었다. 초식의 동작은 비슷하
게 따라 할 수 있다고 해도, 정상적인 사람이 정상적인 느낌
으로 펼치는 무공을 느린 시간 속에서 익혀내기란 쉬운 일이
아니었다.

보통 사람이라면 동작을 연마할 때 혼연일체가 되어 꾸준
한 연습을 할 수 있겠지만, 주먹을 하나 뻗는 시간에 수십 가
지 생각을 하게 되는 유혼으로서는 그사이 어제저녁에 먹은
음식이나 내일은 어떤 비무가 펼쳐질까 따위의 잡념을 가지
지 않을 수가 없었다. 마음과 몸이 따로 노는 상황에서 제대
로 된 몸의 단련은 고사하고, 무공의 근간이 되는 내력 수련
조차 시도할 수 없었던 것이다.

'지루해서 직접 배울 생각이 없다는 것이 더 정확한 말이
되겠지.'

유혼은 자신의 몸이 어디가 어떻게 불편한지를 살피는 듯
한 순우은의 눈초리에 속으로 웃으며 말했다.

"정말 다시 못 볼까? 새벽의 그 검법."

유혼이 순우은이 원하지도 않았고, 자신 역시 지루해하는
나한권을 하루 종일 자세히 설명해 준 것은 혹시나 하는 마음
이 깔려 있기 때문이었다.

"안 됩니다. 그리고 새벽의 일은 제발 잊어주십시오. 그것이 정말 마지막이었습니다."

"정말 안 될까?"

순우은은 웃음이 흘러나왔다. 유혼의 관심사는 오로지 무공인 것 같았다. 반나절을 같이 있었지만 무공에 관련된 말 외에 다른 말은 한 번도 하지 않았다. 마치 무당산에서 쫓겨나기 전, 더 나은 무공을 익히기 위해 발버둥 쳤던 자신의 모습과도 같았다.

"그럼 말이야. 혹시 내가 한 가지 춤을 알려줄 테니 그걸 해줄 수 있겠어?"

*   *   *

비무대회는 아무도 예상치 못한 남창의 중소 무관 출신인 구청도의 우승으로 막을 내렸다. 일류고수인 양권도, 그에 근접한다던 청곤도 모두 패퇴한 가운데 나온 삼류무사의 우승이었기에 큰 주목을 받아야 마땅했지만, 중간중간에 나타났던 절정고수들이 갑자기 사라졌다는 사실을 안 사람들이 실망하여 우승자라는 말이 주는 명예 자체가 바닥으로 떨어진 상태였다.

유혼은 자신이 상대했던 고수 예초가 마첨과 박지량의 부탁으로 나온 사람이었다는 사실을 안 후 곧바로 비무대회를 기권했다. 칠 년간 한 번도 보지 못한 고수를 여럿 본 것은 그만한 이유가 있었다. 순우은의 검법을 본 이후로 삼류무사들이 펼치는 비무에서는 더 이상 어떤 감흥도 느낄 수가 없었다. 전에는 그나마 시간이라도 잘 갔지만, 이제는 그 시간마저도 지루했다.

'나는… 아마도 비무하는 모습이 좋아서 비무장에 산 것은 아닌 것 같아.'

오로지 다시 한 번 칠 년 전의 그 도법을 보고 싶었을 뿐이다. 아니, 자신의 눈을 확 뜨여지게 할 만한 무공들을 보고 싶다는 것이 더 정확할 것이다. 비무장이라는 좁은 세상에 한정되어 있던 자신에게 요 근래 나타난 무인들은 더욱 커다란 세상이 존재하고 있다는 사실을 절실히 일깨워 주었다. 그전까지는 신경조차 쓰고 있지 않았다. 강호라는 곳이, 남창을 벗어난 천하라는 것이, 그렇게 엄청난 무공을 가진 사람들로 넘쳐 나는 곳이란 것을.

유혼이 이런저런 생각을 하며 하루의 일과를 시작하기 위해 비무관에 도착했을 때였다.

"도와주게나."

아침부터 비무장의 숙소로 찾아온 박지량은 유혼을 무척이나 귀찮게 하고 있었다.

"무엇을 도와달라는 말이오?"

"하…… 그것이 말일세."

문가(聞家), 이십 년 전.

"자네 미쳤나?"

"응?"

"무림기를 받은 자네의 구금일검과 구극상쇄심결(九極相殺心訣)은 강호인들이 눈에 불을 켜고 달려들 만한 절학들이야. 그것을 그냥 포기해 버리겠다니, 그게 말이 되는가?"

"더 이상 사용하지 않겠다는 것이지, 포기하는 것은 아닐세."

"내 말이 그 말 아닌가! 자네는 자식도 제자도 전혀 없는 몸일세. 그런데 이대로 은퇴해 버린다면 자네의 절학들은 그대로 땅속에 묻히고 말 것 아닌가!"

"하하. 그렇다고 당장 마땅한 제자가 없지 않은가?"

"그럼 은거를 한 연후에는 제자를 들일 생각인가?"

"내가 그런 것에 취미가 없다는 걸 잘 알지 않는가."

"우리가 한 약속은? 자네와 나 모두 이제부터 강호의 발전을 위해 노력한다 하지 않았나?"

"미안하게 됐네."

금협일검 문공은 박지량이 평생 겪은 비무 중에 무승부를 이뤘던 네 사람 중 하나였다. 문공은 박지량이 이대로 강호를 떠나는 것이 못내 아쉬웠다. 자신과의 끝내지 못한 승부는 둘째 치더라도, 박지량이라면 자신이 하지 못할 일들을 해낼 수 있을 것이란 믿음이 와르르 무너지는 기분이었다. 박지량은 자신이 평생 가도 받지 못할 무림기를 두 개나 차지한 천재였다. 한 무림인이 평생에 걸쳐 새로운 무공을 창안한다고 해도 그것이 신공절학이 되기란 하늘의 별 따기와도 같았다. 박지량은 그것을 두 번이나 해낸 것이다.

문공은 많은 절학들을 익히고 있었지만 그 속에서 자신이 만들어낸 무공이라곤 단 한 가지도 없었다. 모두 문가(聞家)에서 오래전부터 내려오던 무공들뿐이었다.

"어쩌면 말일세……."

박지량은 화를 내고 있는 문공을 담담한 눈빛으로 응시했다.

"나는 보이지도 않는 무공을 쫓고 있는지 모르겠어."

문공은 박지량의 말에 안색이 변했다.

"무슨 소린가?"

"새로운 무공을 익히려고 하네. 그래서 평생 익혀온 검법과 심법을 버리지 않으면 안 되네. 그것을 버리지 않으면 지금부터 만들어 나갈 무공의 길이 터무니없이 좁아져 버릴 테니까. 더 이상 자네나 다른 지기들과 비무를 할 수 없다는 사실이 안타깝긴 하지만, 마음 한편에서는 어떤 무공이 나올지 흥분되기도 한다네."

"이보게, 자네의 나이가 이미 마흔이야. 거기다 자네의 무공들은 오랜 기간을 절치부심해서 완성한 것이네. 그걸 버릴

만큼의 가치가 있는 무공인가?'

"죽는 날까지 수련하는 게 바로 무인의 삶 아니겠나."

"미쳤군. 단단히 미쳤어."

"그래, 무공에 미쳤다네."

문공은 박지량의 저 끝 모를 자신감에 허탈한 마음까지 들었다.

'이 사람아, 나는 그런 자네의 재능이 부럽네. 불혹의 나이에 다시 무공을 배우겠다니.'

"적어도 십 년은 강호에 모습을 보이지 않을 생각이네."

문공은 굳은 표정으로 있다가 결심했다는 듯이 말했다.

"십 년이라… 좋아. 내 자네에게 제안 하나 하지."

"무슨 제안?"

"자네, 나에게 아들이 하나 있다는 것은 알고 있지? 나는 이 아이에게 문가의 무공을 가르치지 않을 생각이야. 나는 비록 문가의 무공을 익혀 가주의 자리에 얽매여 있지만 이 아이는 자유롭게 강호를 돌아다니며 원하는 무공을 익히게 할 것일세. 비록 어린 나이이지만 재능은 나를 한참이나 능가하고 있네. 젊었을 때 자네의 모습을 보는 것 같아 두렵다는 생각이 들 정도야. 십 년이 될지 이십 년이 될진 몰라도, 분명 내 아들도 무언가 얻는 것이 있을 것이네. 그때 자네의 새로운 무공과 내 아들이 익혀 나갈 무공을 비교해 보는 것일세."

"흠, 그게 가능하겠는가? 내가 그전에 죽는다면……."

"그렇게 된다면 없었던 일로 하면 되겠지. 그리고 무공의 고하를 떠나, 만약 자네의 무공이 내 아들의 무공보다 뛰어나다면 내 아들로 하여금 자네의 뒤를 잇게 하겠네. 내 아들의 재능이면 자네의 절학을 발전시키면 시켰지, 절대 퇴보하게 하진 않을 것일세. 자네의 뒤를 이어 신검이 되겠지."

"하하하. 자네의 아들을 내 제자로 주겠단 소린가? 그럼 반대의 경우라면?"

"내 아들 녀석이 이긴다면, 나는 자네가 받은 무림기 중 하나를 문가에 넘겨주길 원하네."

"날 이긴 무공이라면 자연스럽게 무림기를 얻게 될 터인데?"

"그래. 하지만 문가의 목표는 하나가 아니라 둘이거든. 천하의 문가가 소가주를 강호로 내치면서 무림기 하나만 얻는다면 섭섭하지 않겠나. 내 아들 녀석이라면 하나는 반드시 얻게 될 테지만, 두 개는 글쎄."

"자네 아들의 이름은 뭔가?"

"문소혁(聞小革). 앞으로 천하를 진동할 이름이 될 걸세."

박지량은 항시 표정의 변화가 없던 유흔이 떨떠름한 얼굴을 한 것을 보고 이 변화를 좋게 받아들여야 할지 말아야 할지 하는 고민에 빠졌다.

"그러니까 노인장과 내기를 한 그 아이가 지금 찾아오고 있단 말이오?"

"정확히 말하면 이십 년 전의 이야기니 아이가 아닌 청년일 테지. 자네도 알다시피 내 무공은 미완성이네. 난 친구의 아들을 죽이고 싶진 않아."

"사실대로 말하면 되지 않소."

"그래서 자네의 도움이 필요한 걸세."

박지량은 아무도 보지 못하는 자신의 무공을 볼 수 있는 유혼이라면 문공의 아들을 충분히 납득시킬 수 있을 것이라 생각했다.

"내가 노인장의 이류무공은 사람을 쉽게 상하게 할 수 있으니 정상적인 대결이 불가능하다는 사실을 확인시켜 줘야 한다는 것이오?"

"흐음, 흠. 그, 그렇지. 내가 무공을 완성할 때까지 대결을 미루어야 한다는 사실을 전해주어야 하네."

"그럼 완성하면 되지 않소."

"노부는 자네와 같은 눈을 가지고 있지 않네. 자네 덕에 조금 감을 잡았을 뿐, 완성은 아직 먼 얘기일 뿐이야."

유혼은 간단한 문제를 가지고 쓸데없이 말을 오래 한 박지량을 답답하다는 듯이 바라보았다.

"졌다고 말하시오."

"뭐라?"

"무림기를 뭔지 넘겨주면서 졌다고 말하면 되지 않소."

"크음."

박지량은 한숨을 쉬었다.

"무림기를 넘겨준다는 것은 단순히 깃발을 넘겨준다는 의미가 아니네. 그 무림기를 차지한 무공을 넘겨준다는 것이 정확한 의미일세."

"노인장의 이류무공을 말이오?"

"노부가 과거에 펼쳤던 무공 말일세."

"그것도 노인장이 못 보는 무공이오?"

박지량은 온몸에 힘이 쭉 빠지는 듯한 기분을 느꼈다. 체면이 있지 '이놈아, 내가 과거 천하제일검이었다!' 라고 어린놈에게 억박지를 수도 없는 일이지 않은가.

"아무튼, 무림기를 얻은 자는 가만히 있어도 사람들이 꼬이게 되네. 그리고 금세 세력을 불려 큰 문파를 세울 정도가 되지. 문공은 이미 문가라는 한 세력의 수장이네. 그런 그가 무림기를 얻게 된다면 문가는 작은 집단을 넘어서 천하제일 세가로 발돋움할 것이네. 문제는 하나가 아니라 두 개의 무림기라는 것에 있네. 하나로도 천하를 호령하는 문파로 탈바꿈할 수 있을진대, 두 개라니. 두 개를 가졌다는 의미는 천하에서 당해낼 세력이 없어진다는 의미가 되네. 그렇게 되면 아무리 협객임을 부르짖는 자라고 하더라도 욕심이 생기지 않을 수가 없어. 세력이란 건 그런 것이네. 끊임없이 욕심을 부르지. 난 친구에게 그런 욕심을 가져다주고 싶진 않아."

"잘 모르겠소."

"자네의 도움이 꼭 필요하네. 강호의 정의를 위해서라도."

박지량은 유혼의 도움이 필요해 강호의 정의까지 운운해야 하는 자신의 처지가 씁쓸할 따름이었다. 유혼의 말마따나 패배를 시인하고 무림기를 건네줄 수도 있고, 문공이라면 자신의 무공을 강호의 안녕에 보탬이 되는 데 쓰지 강호의 안녕을 끝내 버리는 데 쓰지 않으리란 것도 확신하지만, 그럴 수는 없었다.

이건 신검의 자존심이 걸린 문제였다. 이십 년간이나 수련한 무공이 이제 겨우 이십 정도 됐을 법한 청년이 만든 무공과 겨루지 못한다는 사실이 용납되지가 않았다.

"교대 시간이 되어서 이만 가봐야겠소."

"이, 이보게!"

애가 타는 박지량을 속을 아는지 모르는지, 유혼은 고개를 설레설레 저으며 사라졌다.

똑똑.

유혼은 준비된 아침 식사를 가지고 방문을 열었다.

"아침 먹을 시간이야."

유혼은 침상에 덩그러니 베개만 놓여져 있는 것을 발견하고는 순우은이 잠시 측간에라도 간 것 아닌가 하여 방 안에 앉아 기다렸다. 들고 온 국이 차갑게 식어가기 시작했다.

"……."

한 시진여가 흐른 뒤, 유혼은 자리에서 일어섰다.

순우은은 아무 말도 없이 가버렸다. 비무대회가 끝나자마자 사라져 버린 마첨과 그 수행원들에 비하면 오래 있던 것이었지만, 어쨌든 가버렸다. 이로써 아주아주 멋지고 환상적인 무공들과의 연결 고리는 모두 사라진 것이다.

사실은 방문을 열었을 때부터 느꼈었다. 잠시 측간을 다녀오는 사람이 이불을 깨끗이 정리하고, 가지고 있던 모든 짐을 들고 나갈 리 없었다. 아니, 사실은 어제저녁 무척 미안한 표정을 하고 자신에게 고개를 숙였을 때부터 알았을지 모른다. 아니다. 사실은 보름 전, 이상할 정도로 씁쓸한 표정으로 자신에게서 광대의 춤을 배우기 시작할 때 알고 있었을지도 모른다.

'완벽히 펼치는 모습을 보여주지도 않았으면서…….'

순우은은 무림인이다. 무림인은 무공과 함께 강호를 떠돈다. 자신은 무림인이 아니다. 무림인이 될 수도 없고, 보통 사람과 다르게 세상을 느끼는 이상한 상태의 사람이다.

유혼은 자신과 강호에 대해서 생각해 보았다. 이런 좁은 비무관에서 과연 온몸에 전율이 일 만큼의 무공을 볼 수 있을까? 그것을 기대하며 말단 관리인의 자리를 계속 지키며 살아갈 수 있을까? 그것을 기다리다 지쳐 쓰러지는 것이 더 빠를지 모른다.

"도와주게나."

왜 그 노인의 얼굴이 떠오르는 것일까? 가끔 하늘에서 보게 되는 벼락과 다를 바 없는 위험하기 짝이 없는 무공을 가지고, 어쩌면 저주받았을지도 모를 자신의 능력을 부러워하는 듯한 모습을 보이는 괴상한 노인이었다.

그 노인을 도와줌으로 해서 자신에게 무언가 변화가 찾아올 리 없었다. 단순히 노인의 상대가 될 사람에게 노인의 무공이 불안정한 무공이라는 사실만을 전해주면 되는 일일 테니.

'지금까지 나는 강호를 별개의 세상으로 생각했어.'

겪어보지 못한 사람은 아무도 이해할 수 없겠지. 이미 생각은 저 멀리 가 있는데도 상대는 아직도 지나간 옛날얘기를 하고 있다는 것. 그럼 자신은 똑같은 생각을 수십 번이나 다시 해야 했다. 다른 사람은 웃고, 즐거워하고, 슬퍼해야 할 일 같은 것도 자신에겐 그저 느려 터진 세상의 한 부분일 뿐이다. 하루가 일 년 같고 그 일 년을 하루를 살고 있는 것처럼 행동해야 하는……

'그래, 나는 그런 사람이지.'

그렇기에 무공을 보는 것을 그만둘 수 없다. 세상에서 유일하다고 할 수 있는 가장 재밌고 시간이 잘 가는 것이니까.

그렇기 때문에, 이대로 있을 수는 없었다.

유혼은 방문을 열고 나오면서 결심을 굳혔다. 왜인지는 모르겠지만, 그 노인의 부탁을 들어주고 나면 무언가를 볼 수 있을지도 모른다는 강한 예감이 들었다. 순식간에 강호인으로 탈바꿈하지는 않겠지만 환상적인 무공을 볼 수 있는 연결고리를 하나쯤은 찾게 될지도 모르겠다는 생각이 들었다.

'나는 나고 강호는 강호다. 하지만 이제부터 나는 강호를 좋아해야 한다, 그래야 멋진 무공들을 볼 수 있을 테니까.'

그리고 강호의 범주에 속하는 무림인 역시 좋아해야겠지. 그런 의미에서 그 노인은 불안정한 무공을 펼치는 비웃음의 대상이 아니라 좋은 관계를 유지해야 하는 강호인으로 여겨야 할 테지.

비무대회에 참여하지 않았다면, 순우은의 검법을 보지 않았다면 결코 몰랐을 테지만 이제는 확실히 안다. 환상적인 무공을 더 이상 보지 못한다면 자신은 지루하고 우울한 현실에 갇혀서 죽을지도 모른다는 것을.

*　　　*　　　*

방현(房縣) 민가 뒷골목. 십 년 전.

젊었을 적 어미의 아름다운 용모를 쏙 빼닮았다고 해서 미려(美麗)라는 이름이 붙여진 꼬마 아이가 골목 어귀에 앉아서

울고 있었다. 배가 고팠다. 벌써 훨씬 전에 깨어서 밥을 차려 주어야 할 어미가 아직 일어나지 않고 있었기 때문이다.

"네가 미려구나."

청색과 홍색의 수실이 꼬아져 있는 도관(道冠)을 쓴 노인이 아이 앞으로 다가섰다.

아이는 눈물을 훔치며 말을 건 상대를 올려다보았다.

"할아버진 누구야?"

노인은 측은한 표정으로 야윌 대로 야위어 있는 아이의 얼굴을 바라보았다.

"이 할아비는 이 근처 무당산에서 살고 있는 도사란다."

"도사 할아버지, 엄마 좀 깨워줘. 아무리 깨워도 일어나질 않아. 나 배고픈데."

노인은 아이의 머리를 쓰다듬었다. 깨어나지 않는다니, 아직 죽음이란 말의 의미조차 알고 있지 못한단 말인가?

"미려야, 지금부터 이 할아비의 말을 잘 들어야 한다."

노인은 아이에게 죽음에 관해 자세하게 설명해 주었다. 아이는 집 안으로 뛰어들어 갔다. 아이의 뒤를 따라 방 안으로 들어간 노인은 썩어 문드러진 시체를 보며 눈을 찌푸렸다. 이 정도면 죽은 지 보름 이상 됐을 터였다. 그동안 아이는 시체와 함께 그대로 방치되어 있었다. 죽지 않은 것이 다행일 정도였다.

아이는 시신의 손을 잡고 흔들었다. 노인은 아이를 말렸으나 아이는 조금 있으면 일어날 거라고 굳게 믿으며 어미에게서 떨어지려 하지 않았다.

"아니야. 엄마는 좀 있다 일어날 거야! 어제도 일어났었단 말이야."

노인은 심각해진 얼굴로 아이를 어미의 시체에서 떼어냈다. 굶주림과 피로가 극심하게 겹친 까닭에 꿈과 현실을 혼동하고 있는 것이리라. 노인은 아이의 수혈을 짚고 두 팔로 안았다.

"쯧쯧. 어찌 이리 고약하누. 이 애에게 무슨 잘못이 있다고 이리 버려두었단 말인가."

노인은 아이를 소중히 보듬은 채로 민가를 떠났다. 적어도 이런 곳보단 무당산이 살기 편할 것이다.

순우은이 관도 위를 걷다 멈추어 서게 된 건 순전히 피로를 풀기 위함이었다. 그리고 길을 막아선 채로 서 있는 한 무리의 사람들 바로 앞에서 휴식을 취하게 된 것은 그저 우연에 불과한 일이었다.

"훼. 이봐, 꼬마. 그렇게 넋 놓고 있다고 순순히 보내줄 거라 생각지는 마라."

길을 점거한 채 불법적으로 통행세를 걷는 도적치고는 꽤나 점잖은 얼굴을 하고 있는 사람들이 말을 걸어왔다.

순우은은 문득 자신이 돈이 많아 보이는 행색을 하고 있나

하는 의문이 들었다.

"저기, 한 가지만 여쭈어봐도 되겠습니까?"

무리 중의 우두머리로 보이는 사내가 코웃음을 쳤다.

"뭐냐? 혹시 돈이 없다는 소리를 지껄인다면 네놈의 그 잘생긴 면상을 짓이겨 놓겠다."

"이곳이 장사(長沙)로 향하는 길이 맞습니까?"

사내는 부하 중 하나를 손가락질해 불렀다. 곧 가진 돈을 모두 털릴 놈이 태연하게 길을 물어보다니… 사내는 작은 목소리로 부하에게 물었다.

"저놈 혹시 무림인 아닐까?"

"형님, 열다섯도 안 돼 보이는 꼬마요. 어린놈이 실력이 있어봤자 얼마나 있겠소?"

"저놈 면상을 봐라. 저게 어디 쉽게 볼 수 있는 얼굴이더냐? 혹 난다 긴다 하는 어느 무림가의 자식이면 어쩌지?"

"그렇다고 저렇게 좋은 먹잇감을 그냥 보내줄 수는 없지 않소? 비무대회가 시작되면 당분간은 장사 접어야 하오. 애들을 쫄쫄 굶길 수는 없는 법 아니오."

"그래. 그게 얼마나 남았지?"

"열흘이오. 그리고 그 뒤로 한 달 동안은 장사 근처엔 얼씬도 하지 말아야 하잖소."

순우은은 다 들리는 말을 소곤거리고 있는 두 사람을 보며 저들이 모르고 있는 한 가지 사실을 말을 해줘야 할지 말아야 할지 하는 고민에 빠졌다.

"저기……."

우두머리 사내는 손을 휘휘 저었다.

"가만히 있어봐. 그래서? 그냥 털자 이 말이냐?"

"이놈저놈 이유를 붙여서 그냥 보내준 것만도 벌써 네 번째요. 오늘 장사 종치자는 거요?"

"알았다."

우두머리 사내가 순우은에게 성큼성큼 다가왔다.

"내놔."

순우은은 사내의 행동에 문득 궁금증을 느끼어 물었다.

"관도 위에서 통행세를 걷어도 되는 것입니까?"

"뭐?"

"관도는 나라에서 만든 길입니다. 이런 곳에서 나라의 허락도 없이 통행세를 걷는 일을 했다간 당장 관군의 추격을 받게 될 터인데……."

우두머리 사내는 무슨 소리냐는 듯 부하에게 시선을 돌렸다.

"개소리요, 형님. 누가 어디서 턴 줄 모르면, 관군이 우리 뒤를 따라올 수 없소."

우두머리 사내는 고개를 끄덕이며 돈을 내놓지 않는 사람들에게 수도 없이 읊던 대사를 한 번 더 읊어야 했다.

"돈을 내놓지 않으면…… 죽인다."

순우은은 슬쩍 배를 만져 보았다. 겉의 상처는 꽤나 아물어 있었지만 아직 급격한 움직임을 보이기엔 안쪽의 부상이 다 낫지 않았다.

"돈은 내어줄 수 없습니다."

순우은은 아까부터 말해주지 않은 한 가지를 드디어 입 밖으로 꺼내게 됐다.

"저는 무림인입니다. 제 길을 억지로 막으려 하신다면, 죄송스럽게도 죽는 쪽은 그쪽이 될 것입니다."

죽음이라는 단어를 말한 순우은은 지금 말하고 있는 이 단어의 의미가 과연 오래전 자신을 구해준 무당의 도사에게 들었던 그 의미와 같은 것인지 헷갈린다고 생각했다.

마첨은 필첩에 적힌 세 명의 이름을 보며 고민에 빠져들었다. 처음에는 신검의 이름을 적어둔 것만으로 무척이나 만족스러웠다. 하지만 신검의 무공이 무엇인지 도무지 감을 잡지 못하게 되자 실망감을 가득 안은 채로 신검의 뒤를 졸졸 따라다녀야 했다. 그리고 그런 순간에 만난 순우은은 그에게 한줄기 빛이 되는 듯했다. 순우은이 비록 비무를 개싸움으로 일관하고 그것을 바꿔보려 나간 금나한까지 쓰러뜨리긴 했지만, 그때까지도 순우은은 그에게 하나의 빛이었다. 분명 배를 관통당해 쓰러지기 전까지는 그랬다.

마첨은 마지막에 적혀진 이름을 보며 고개를 저었다.

'유혼.'

아무리 생각해 봐도 이 이름을 적어놓은 것은 실수 같다. 어떤 무공도 익히지 않고, 어떤 문파와도 연관이 없고, 그렇다고 무공에 관한 특출한 재능이 있어 보이지도 않는 소년이었다. 단순히 신검이 관심을 보이고, 예초가 자신의 검법을 파해한 천재라고 치켜세웠기에 억지로 적어놓은 이름일 뿐이었다.

무림기를 받을 만한 무공을 찾으러 돌아다니며 단련된 그의 감은 한 번도 틀린 적이 없었다. 무림기는 강한 무림인이 받는 것이 아니라 한 시대를 풍미할 만한 신공절학을 만들어 낼 수 있는 사람에게 주어지는 것이었다.

유혼이 어떤 경악할 만한 재능을 가지고 있더라도 앞서 적어놓은 두 사람보다 나을 순 없었다. 예초에게 듣고, 신검에게 들은 그가 보여준 재능은 무공을 만드는 것이 아니라 무공의 틈을 찾아내 파괴하는 것이었으니까.

마첨은 깊게 생각할 것도 없이 유혼의 이름을 필첩에서 지우기 시작했다. 앞으로 집중해야 할 사람은 둘뿐이다. 이 둘 중에 자신이 추천할 후보를 정하는 것이다. 영원한 천하제일 검 박지량이냐, 비밀스런 무공을 지닌 순우은이냐. 시간은 아직 많이 남아 있다. 천천히 지켜보며 한 사람을 정하자.

마첨은 이번 무림기야말로 자신이 내세운 후보가 꼭 뽑힐 것이라 생각했다.

"도, 도, 도신(刀神)이다!"

길 한가운데를 절단하며 일 장 깊이로 파헤쳐져 있는 구덩이가 있었다. 그리고 그 구덩이 바깥에는 도적 한 무리가 사색이 된 채 서 있었다.

도적들은 경악한 얼굴로 순우은을 바라보았다.

"자, 잘못했습니다!"

부리나케 도망치기 시작하는 도적들을 보며 순우은은 뒤따라갈 생각도 잊어버린 채 자신이 파놓은 구덩이를 바라보았다. 단지 십오 일을 배운 도법이다. 거기다 처음엔 도법이아니라 칼춤인 줄 알았다. 칼춤에는 어떤 내공이나 특별한 준비가 필요한 것도 아니었다. 단순히 유혼이 설명해 주는 움직임을 따라 팔과 다리를 움직이기만 하면 되는 것이었다. 유혼이 설명해 준 소림권보다 오히려 간단했던, 그런 춤에 불과했다.

순우은은 유혼이 가르쳐 주는 칼춤이 지금껏 자신이 보아온 어떤 무공보다 심오하고 놀라운 무공이라는 사실을 깨닫게 되면서 커다란 충격을 느꼈었다. 이건 배워선 안 된다. 무공을 익히지 않은 일개 소년이 어떻게 절정의 신공을 알고 있단 말인가? 이건 분명 어떤 고인이 유혼에게 기연을 베푼 것이리라. 이건 그것을 뺏어가는 것이다.

결론적으로 무공을 뺏어 도망친 나쁜 놈이 되어버렸지만,

유혼은 단지 완성된 칼춤을 자신에게 펼쳐 보여주는 것 외엔 다른 것을 원하지 않았다. 하지만 이 도법은 미완성이었다. 단순히 칼춤으로 펼칠 수는 있겠지만, 그것만으론 결코 완성된 도법이 될 수 없었다. 그래서 순우은은 떠나는 걸 택했다. 유혼의 부탁을 들어주려면 이것을 완성된 칼춤, 아니, 완성된 무공으로 익혀 나가야 했다.

무당과의 무공을 잊기 위한 비무행은 여행 도중 만난 한 소년에 의해 너무도 간단히 해결되었다. 이젠 이 미완성의 도법을 완성하기 위한 비무행이 되겠지. 그 소년에게 자신있게 펼쳐 보이는 것으로 보답을 끝마친다면, 그렇게 된다면 무당과의 인연도 마무리 지을 수 있겠지.

순우은은 험악하게 파여서 절단이 나버린 관도를 보며 생각했다.

'이거 관군의 추격을 받게 되는 건 저 도적들이 아니라 내가 될지도 모르겠어.'

*　　　　*　　　　*

박지량은 유혼이 무뚝뚝한 얼굴을 하고서 자신의 앞으로 다가올 때까지 전혀 기대를 않고 있었다.

"도와주겠소."

"저, 정말인가?"

"단."

"단?"

"내가 멋진 무공을 볼 수 있도록 도와줄 수 있겠소?"

박지량의 얼굴에 웃음꽃이 맺혔다. 멋진 무공? 문제도 되지 않는 일이다. 과거에서 현재까지 계속해서 신검으로 불리는 자신에게 이보다 쉬운 부탁이 어디 있단 말인가? 자신이 강호에 나타났다는 소문이 퍼지기 시작한다면 원치 않는다 해도 한가락 하는 무림인들이 불나방처럼 자신에게 달려들 것이다.

이십 년 전에 이미 천 번이 넘는 비무를 했던 자신이 아닌가. 자신과 겨뤄보기 위해 모여든 사람들의 무공만 따져도 유혼의 바람은 너무도 손쉽게, 가볍게 이뤄질 수 있는 것이다.

'그래, 아주 쉽게 말이야.'

제二장

일 년을 잃다

일 년을 잃다

장사(長沙), 늦봄[晩春].

남창에서 장사까지 보통 사람이 보통의 보폭으로 걸어서
온다면 보름이 걸린다. 물론 중간중간에 휴식을 취하고, 잠을
자는 시간까지 감안한 시간이다.

보통 사람인 유혼은 장사까지 단 오 일 만에 도착했다. 말
을 탄 것도 무림인들처럼 경공을 펼친 것도 아니었지만, 보통
사람이 걸린 시간의 반도 들이지 않고서 장사에 도착해 버렸
다. 유혼이 남창에서부터 달리기 시작해 장사에 도착하는 상
황을 모두 지켜본 박지량은 그 행동을 이렇게 표현했다.

"쯧쯧. 무슨 실성한 놈도 아니고……."

　유혼은 정말 미친 듯이 달렸다. 달리고 달리다 지칠 때쯤에
야 멈추어서 휴식을 취했고, 회복한 연후에는 다시 달리는 것
을 시작했다. 유혼이 이런 지독한 강행군을 시도하게 된 것은
바로 이것 한 가지 때문이었다.
　장사비무대회(長沙比武大會)!
　이것이 유혼이 보름 거리를 오 일 만에 뛰어온 이유이며,
박지량에게 실성했다는 평을 듣게 된 원인이었다.
　장사비무대회는 다른 이름으로 육성연합비무대회(六省聯
合比武大會)라고 불린다. 호남성(湖南省)을 중심으로 그 경계
에 맞닿아 있는 다섯 성에서 모여든 무림인들이 누가 최고인
지를 가르는 대회. 호남에 황보세가(皇甫世家)와 백리세가(百
里世家)가 호북에 무당파가 있다는 사실은 차치하고서라도,
가히 남부무림의 모든 이목이 쏠리는 거대한 비무대회라 할
수 있었다.
　장사에서 펼쳐지는 비무는 남창의 비무대회와는 규모 자
체가 달랐다. 일주일도 안 되어 막은 내린 비무대회와 한 달
에 걸쳐서 펼쳐지는 비무대회라는 사실 하나만으로도 이미
비교가 되지 않았다. 강호의 난다 긴다 하는 절정고수들이 자
신의 무공을 뽐내기 위해 모여들고, 그 가운데서 또다시 최고
를 뽑는, 천하의 가장 큰 비무대회 중 하나인 것이다.

유혼은 이런 비무대회를 앞두고 술렁이고 있는 장사의 초입에 들어서며 자신 역시 크게 흥분하고 있다는 것을 깨달았다.

장사의 입구에는 드나드는 무인을 대상으로 물건을 파는 상인들이 줄지어 앉아 있었다. 병장기를 늘어놓고 파는 상인에서부터 멋들어진 옷가지와 장신구를 파는 상인, 무공 비급을 파는 상인까지. 비무대회에 출전하려는 무사들의 구매 욕구를 당기는 물건들이 사방에 즐비해 있었다.

유혼의 시선도 쉴 새 없이 움직였는데, 그가 관심을 가진 건 상인들이 파는 물건이 아니라 그 물건에 관심을 보이는 무림인에게 있었다. 누가 고수인가? 눈이 확 뒤집힐 정도로 절륜한 무공을 펼쳐 줄 무림인은 누가 될 것인가?

"이런 곳엔 뜨내기 무사들뿐이네. 비무대회에 출전하는 진짜 무사들은 이미 장사비무관 안에 숙소를 마련하고 자리를 잡고 있을 것이네."

유혼은 고개를 끄덕였다. 주변에 황영검 예초 같은 느낌을 풍기는 무인은 없었다.

박지량은 유혼이 자신의 말을 수긍하여 고개를 끄덕인 것이라 생각했지만, 유혼은 시야에 들어온 모든 사람을 일일이 파악하고 나서 혼자 끄덕인 것이었다.

처음 박지량이 장사비무대회에 대한 이야기를 꺼냈을 때만 해도 유혼은 자신이 일하고 있는 곳과 별반 다를 바 없는 비무대회를 말하는 것으로 여겼었다. 남창 주변에 있는 도시

들에서 열리는 비무대회라 봤자 규모가 거기서 거기였다.

박지량은 못 미더워하는 유혼에게 장사의 비무대회는 다른 지역에서 벌어지며, 사 년마다 열리기에 그동안 들어보지 못했을 뿐이라고 말했다. 그리고 남창이라는 곳은 주변에 큰 문파도 없고, 이름난 고수도 없는 곳이기에 대회 자체가 작은 규모로 행해질 수밖에 없음을 강조했다. 장사의 비무대회는 호남과 주변 다섯 개의 지역에서 펼쳐진 거의 모든 비무대회의 승자들이 출전한다. 박지량은 거기에 숫자를 헤아리기 힘들 정도의 고수들이 몰려든다는 말로 일장 설파를 끝마쳤다.

유혼이 눈이 돌아가며 실성한 사람처럼 행동한 것은―박지량이 보기에―그때부터였다.

유혼이 장사까지의 여행을 시작하려 할 때 반대하는 가족은 아무도 없었다. 병에 걸린 사람마냥 하루도 거르지 않고 비무장에 처박혀 나오지 않는 것보다야 어디로든 여행을 다녀오는 것이 차라리 나았으니까. 물론 구경하러 간다는 것이 또 비무대회라는 사실에는 가족 모두가 조금 고민을 했지만 말이다.

문제는 고작 열다섯인 유혼이 그 먼 거리를 혼자 다녀올 수는 없다는 것이었다. 그렇다고 비무에는 전혀 취미가 없고, 남창에서 생업을 하고 있는 유혼의 부모가 같이 갈 수도 없는 일이었다. 이 문제는 박지량과 외삼촌 주용에 의해 간단히 해결되었다. 박지량과 함께 가면 안전하다는 것을 납득한 유혼의 부모가 무척 손쉽게 승낙했기 때문이다.

박지량은 아직도 정신이 멍해진 상태로 있을 주용을 생각하며 속으로 미소를 지었다. 처음 남창비무대회에 등록하기 위해 박지량이 이름을 말했을 때 주용은 신검과 이름이 똑같다며 바꾸길 원했다, 박지량이 마른 체구의 볼품없어 보이는 노인이라는 눈빛을 보내면서. 주용은 그 볼품없어 보이는 노인이 진짜 신검이라는 사실을 알게 되자 두려움에 몸을 떨었다. 신검과 조카를 싸우게 하기 위해 수까지 썼던 자신에게 엄청난 자괴감을 느껴야 했다.

"자, 그럼 장사에 들어가기 전에 내 자네에게 조언을 하나 해도 되겠는가?"

유혼은 고수 찾기를 포기한 채, 상인들이 내어놓은 물건을 보며 남창비무관에서 저런 것을 판다면 꽤나 장사가 잘될 것 같다는 생각을 해보았다. 병장기는 비무관 쪽에서 대여해 주니 제하더라도 고수가 된 듯한 느낌을 갖게 해주는 멋진 의복이라든지, 부상에 대비한 갖가지 상비약이라든지, 효용성이 있어 보이지는 않지만 절세 비급이라고 적혀진 무공 비급과 같은 것은 남창비무관을 찾는 뜨내기 무사들에게 좋은 반응을 이끌어낼 수 있을 것 같았다.

"장사에 들어서면 우리는 두 가지 선택을 할 수 있네."

"두 가지 선택?"

"하나는 내 이름을 대고 직접 비무관 안에 들어가서 비무대회를 지켜보는 것이네. 그리고 다른 하나는 그냥 다른 사람들처럼 밖에서 비무대회를 기다리다가 관객석에서 그것을 지켜보는 것이지."

"그 두 개가 별 차이가 없어 보이오."

"차이가 있네. 전자를 택하면 자네는 비무대회 전에 무림의 고수들을 두 눈으로 똑똑히 살펴볼 수 있게 될 테고, 후자를 택하면 지금 보는 것처럼 뜨내기 무사들만 줄곧 보아야 할 테지."

"어쨌든 비무대회가 시작되어야 비무를 볼 수 있지 않소?"

"전자는 말일세, 잘만 보면 대회 전에 누가 고수이고 우승 가능성이 있는지 점쳐 볼 기회가 생기겠지만, 후자는 가봐야 알게 될 테지. 자네, 알고 보는 것과 모르고 보는 것이 얼마나 차이가 있는지 아는가?"

"조언을 한다고 하지 않았소?"

"아! 내 조언은 첫 번째를 선택하라는 것이네."

"그럼 뭣 하러 두 번째 말을 꺼낸 것이오?"

"문제는 첫 번의 선택을 하기 위해선, 자네와 나의 관계를 조금 더 개선해야 하는 데 있지."

"개선?"

"내 이름을 대고 출전자 외엔 출입이 허락되지 않는 비무관에 들어간다는 것은 곧, 자네가 믿지 않는 강호상의 내 명예를 팔아서 들어간다는 소리가 되네. 그러니 나와 함께 들어가는 자네의 위치를 그들에게 명확히 설명해 줄 필요성이 생기지. 자네가 내 몸종인지, 내 손자인지, 아니면 내…… 제자인지."

"음… 서로 부탁을 들어주고 있는 상황이니 서로에 대한 의탁자라고 하면 어떻소?"

"아니, 자네의 위치는 그런 말로 설명할 수 없네."

유혼은 순간 '용건은—간단히!'라는 말이 입 밖으로 나오려다 멈추었다. 한마디 말을 듣는 순간 상당한 생각을 떠올릴 수 있는 유혼에게 뜸을 들이고 말을 돌리는 행위는 그 자체로 짜증이 나는 것이었다.

"흠흠. 나는 자네에게 다시 이렇게 조언하겠네. 비무대회 기간 중 내 제자라 속이고 비무관에서 지내는 것이 어떤가?"

"그 조언을 받아들이지 않겠소."

"아니 왜?"

"무공이 좋다고 그 무공을 펼치는 사람에게 무작정 달려가 보여달라고 떼를 쓰는 것은 실례라는 것을 깨달았소. 그 사람이 나에게 무공을 보여주기 위해 무공을 익힌 것이 아니라면 내 부탁을 들어줄 의무가 없으니까. 노인장의 제자라고 속이고 행동해서 정작 무공을 보지 못한다면, 쓸데없는 일 아니오?"

"그러니 비무관 안에 들어가서 쓸데없는 일에 시간 낭비하고 싶지 않다?"

"그렇소."

박지량은 머리를 탁 치며 거기까진 생각지 못했다는 듯이 말했다.

"이거 큰일이군."

"바깥에 숙소를 잡고 비무대회를 기다리기만 하면 되는 일이오. 큰일날 것이 있소?"

"그러니 큰일이란 말일세."

박지량은 미안한 표정으로 말했다.

"이틀 정도 다녀와야 할 곳이 있네. 자네를 데려가고 싶어도 자네의 걸음으론 이틀 만에 다녀올 수 없는 곳이네. 적어도 비무관 안에 들어가 있다면 자네를 돌봐줄 만한 사람들이 많이 있을 텐데."

"아아!"

"아아? 자네의 그 감탄사에 혹, '나이도 먹을 만큼 먹고 보호자를 자처한 노인이, 열다섯의 어린 소년을 이 사람 많은 곳에 혼자 버려두고 가버리려다 실패해서 인상을 쓰고 있다'라는 생각이 포함되어 있는 건 아니겠지?"

유혼은 대답없이 고개를 저었다.

"혼자서도 충분히 기다릴 수 있으니 노인장이 용무를 마치고 와도 상관없소. 음… 내가 어느 객잔에서 지내고 있는지 모를 테니, 삼 일 후 유시(酉時:오후5~7시) 초쯤에 이 자리에

서 만나도록 합시다."

유혼은 박지량이 미처 대답할 새도 없이 장사의 안으로 들어가기 시작했다.

장사는 호남성에서 가장 큰 도시였지만 그것보다 북쪽에 위치한 거대한 호수 동정호(洞庭湖)의 원류가 시작된다는 것이 더욱 널리 알려져 있는 곳이었다. 그리고 이 원류 위에 천하에서 단 하나밖에 없는 수상비무대(水上比武臺)가 건설되어 있다는 사실은 장사가 어떤 크기며 장사에 어떤 명소가 있는지 전혀 상관이 없을 만큼 장사를 유명하게 만들어주었다.

물결의 흔들림에 따라 서서히 출렁거리는 비무대의 모습은 유혼이 보기에도 확실히 놀라운 광경이었다.

일부러 막아놓았을 것이 분명한 둑 안에 호수라 불릴 법한 강이 있고, 그 안엔 팔각형의 단단해 보이는 지상과 어디에도 이어져 있지 않은 땅이 있었다. 팔각형의 땅 위를 덮고 있는 것은 유혼도 남창비무관에서 익히 보아온 청강석이었다.

비무를 수도 없이 보아온 유혼임에도 저 위에서 어떤 방식으로 비무가 벌어지게 될는지는 전혀 예측할 수 없었다. 그는 그저 순수하게 물 위에서 벌어질 기상천외한 비무에 대한 기대감으로 불타오르고 있는 자신을 느꼈다.

유혼은 문득 지상과 전혀 이어져 있지 않은 비무대로 과연 어떻게 올라설 것인가 하는 궁금증을 느꼈다. 배를 타고 이동한다는 가장 간단한 방법이 있겠지만, 물 위에 떡하니 비무대를 세워놓은 사람들의 발상을 볼 때에 다른 특별한 방법이 존재할 것만 같았다. 그리고 그가 자신의 생각이 반은 맞고 반은 틀리다는 사실을 깨닫게 된 건 아주 조금의 시간이 흐르고 난 뒤였다.

유혼은 수면 위를 가볍게 가로지르며 비무대 위로 올라서는 몇몇 사람들을 보며 벌어진 입을 다물지 못했다. 물 위를 걷는 등평도수(登萍渡水)라는 거창한 경공술은 떠올리지 못한다고 해도, 무공이 저런 식으로 적용될 수도 있다는 사실은 상대를 이기기 위한 무공만을 생각하고 있던 그에게 정말 새로우면서도 놀라운 모습이었다.

장사비무관의 관주 용운비(容韻琵)는 바닥을 툭툭 밟아보며 뒤따라온 여인에게 입을 열었다.

"역시 튼튼한 듯하군. 이번 개조에 얼마가 들었다고 하였소?"

용운비가 바라보고 있는 여인은 이미 중년의 문턱을 넘은 그에 비해 무척이나 어려 보이는 소녀였다.

"저희 당에서는 과거 수상비무대를 건설할 당시와 지금의 시세 차이를 감안하여, 처음에 금 이백십삼 냥을 제안드렸습니다. 하지만 개조 공사를 시작하면서 사각의 비무대가 원형의 비무대에 비해 수면의 흔들림에 취약점을 보인다는 사실을 보고했고, 사각과 원형의 중간 단계인 팔각의 비무대를 완성하면서 추가로 금 십오 냥이 들었습니다."

"하면 금 이백이십팔 냥을 요구하는 것이오?"

"그래서 금 이백삼십 냥입니다."

"허! 금 두 냥은 뭐요?"

"앞으로도 저희 당과 더욱 관계를 돈독히 유지하기 위한 투자입니다."

소녀 조가약(晁嘉若)은 방긋 미소를 지었다.

"한데 조 소저의 당에서는 이번 비무대회에 관심이 없는 것이오?"

"관심이 없다기보다는 당원들이 돈이 되지 않는 일은 하지 않는 주의라 참가하지 않는 걸로 알고 있습니다."

"후후. 상금이 있다면 그걸 차지할 수 있단 말이오?"

"그럼요. 저희 당에 어떤 고인들이 있는지 아신다면 깜짝 놀라실걸요?"

"본대회에는 상금이 없지만, 대회 시작 전에 열리는 이십세 이하 젊은이를 위한 비무대회에선 제법 큰 상금이 걸리오."

"이십 세 이하요?"

"조 소저도 가능할 것 같소만. 생각있소?"

"상금에 따라서요."

유혼은 물을 달려 수상비무대로 올라선 두 사람을 살피며 멍하니 생각에 잠겨 있었다.

유혼의 주변에는 유혼처럼 수상비무대를 보며 감탄하는 사람들이 많았는데, 더러는 비무대보단 그 위에 서 있는 미인에게 관심을 가지는 이들도 있었다. 유혼 역시 비무대보단 비무대로 올라선 사람들에게 관심을 가지고 있다고 해야겠지만, 그것이 비무대 위에 아름다운 소녀가 서 있기 때문은 아니었다.

물 위를 걷는다는 것은 땅을 걸을 때처럼 직접적으로 물을 밟고 움직여야 한다는 소리였다. 유혼은 물 위에 떠 있을 수 있는 건 가벼운 물체밖에 없다는 사실을 알았다. 그리고 사람은 그 가벼운 물체의 범주에 들어가지 않는다. 그렇다면 물 위를 밟았음에도 가라앉지 않는 것은 어떻게든지 몸을 가볍게 만들었다는 말이 된다.

유혼은 이 생각을 하고 있었다. 얼마만큼 가벼워야 물 위에 설 수 있단 말인가? 낙엽만큼? 깃털만큼? 유혼은 그 이상의 무게는 상상조차 할 수 없었다. 그보다 무겁다면 물 한 방울 묻히지 않고서 저 위에 서 있을 수 없을 것이다.

유혼은 그러다 두 사람이 지나온 자리에 작은 나뭇조각이 떠 있는 모습을 발견했다. 많지는 않았다. 수상비무대와 강변

사이에 여섯 개 정도의 나뭇조각이 떠다니고 있었다. 그는 작은 호기심이 발동했다. 물 위를 걸은 것이 아니라 저 나뭇조각을 밟고 움직였다면? 그렇다면 몸이 낙엽보다는 더 무거워도 상관없을지 모른다.

유혼이 가볍게 돌팔매질을 해 지상과 가까운 나뭇조각 두 개 위치를 조금 먼 곳으로 움직였다는 사실은 온통 비무대에 관심이 쏠려 있는 강변의 사람들이 신경 쓸 만한 문제가 아니었다. 그리고 여분의 나뭇조각을 지니지 않고 비무대로 움직인 조가약과 용운비도 처음에는 유혼이 무슨 짓을 하는지 깨닫지 못하고 한가롭게 담소를 나누고 있었다.

몇 번의 던지기가 끝나자 돌에 얻어맞은 나뭇조각들이 물결을 따라 요동쳤다. 비무대와 강변 사이에 균형있게 놓여 있던 여섯 개의 나뭇조각이 균형과 전혀 상관없는 방향으로 흘러가 버렸다.

조가약은 용운비가 주게 될, 그러나 총 공사 비용에는 결코 들어가지 않을 금 두 냥에 대한 즐거운 미래를 설계하고 있었다. 거기다 젊은 층을 대상으로 벌어지는 비무대회의 상금은 자그마치 금 열 냥이었다. 때문에 용운비가 황당하다는 눈초리로 강 건너편을 바라보고 있다는 사실은 그녀에게 있어서 전혀 고려의 대상이 아니었다.

"이게 무슨……."

용운비는 비무대로 오르기 위해 편의상 만들어놓은 작은 징검다리들이 제멋대로 흩어지는 모습을 보며 눈이 커졌다. 무슨 짓이란 말인가?

용운비는 건너편의 유혼이 돌 던지기를 멈추고 침착한 시선으로 자신을 바라보고 있다는 것을 깨닫고, 저자가 무슨 의도로 이런 짓을 한 건지 이해할 수가 없어 잠시 멍하게 서 있었다.

용운비는 이미 저 멀리 강 한복판으로 떠내려간 나뭇조각들을 바라보며 조가약에게 물었다.

"조 소저, 혹시 여분의 받침대를 가져온 것이 있소?"

"네?"

"받침대 말이오."

용운비가 비무대 근처로 밀려온 나뭇조각 하나를 가리켰다.

잠시간 용운비가 한 말의 의도를 생각해 보던 조가약이 놀란 눈으로 지상과 비무대 사이에 있어야 할 나뭇조각들을 찾기 시작했다.

"아무래도 건너의 소년이 장난을 친 듯한데, 혹시 밟고 움직일 만한 물건이 있소?"

조가약은 고개를 저었다. 용운비는 비무대 가까이로 흘러온 나뭇조각을 손에 들고는 말했다.

"난 이것 하나면 되오."

강변과 비무대 사이의 거리는 약 삼십여 장. 용운비는 한 번의 도약으로 도착할 수 있다 말하고 있었다. 조가약은 자신의 경공 수준으론 결코 한 번의 도약으로 건널 수 없다는 것을 알았다.

　"관주님!"

　강변에서 누군가의 목소리가 들려왔다.

　"손님이 오셨습니다!"

　용운비는 강변에 서 있는 사내에게로 시선을 움직였다. 그리고 사내가 보내온 전음에 안색이 변했다.

　"금방 가겠다고 전해주게!"

　용운비는 조가약을 바라보며 미안한 표정을 지었다.

　"이거 어쩌나. 귀한 손님이 오셔서 급히 가봐야 할 것 같소. 대금 처리는 내일 총관이 해줄 것이오."

　용운비는 나뭇조각을 정확하게 비무대와 강변의 중앙 지점에 던진 뒤 공중으로 날아올랐다.

　"요, 용 관주님?"

　유혼은 용운비를 주의 깊게 살펴보다가 가볍게 미소를 지었다. 나뭇조각을 들었다는 것은 물 위를 걷는 것과 저 조각들이 확실히 관련이 있다는 소리였다. 역시나 용운비는 나뭇조각을 밟고서 강변으로 뛰어올랐다. 단 한 번의 도약이었지만 물 한 방울 튀기지 않고 안전하게 강변에 도착했다.

용운비는 강변에 도착하자마자 유혼에게 무슨 말이라도 꺼내려다 안에서 기다리고 있을 손님을 떠올리고는 지체없이 몸을 날렸다. 관주의 신분으로 어린애의 장난에 일일이 반응할 필요는 없었다.

조가약은 물끄러미 십오 장 바깥에 떠 있는 나뭇조각을 바라보다가 그 건너에 있는 유혼에게로 시선을 돌렸다. 그녀는 삼십 장 밖에 있는 사람에게 전음을 보낼 능력이 없었기에 육성으로 자신의 불편한 심기를 전했다.

"너, 거기 꼼짝 말고 있어!"

유혼은 결코 조가약의 기분을 상하게 할 의도가 없었지만, 나뭇조각을 밟고서 물 위를 걸을 수 있다는 호기심을 충족한 마당에 더 이상 이곳에 서 있을 필요성을 느끼지 못했다.

가볍게 고개를 숙여 보인 뒤에 강변에서 멀어져 가는 유혼을 보며 조가약은 이루 말할 수 없는 원망과 분노를 느꼈다.

"이, 이……."

유혼은 앞으로 며칠간 지내게 될 객잔을 찾기 위해 숙박소가 밀집되어 있는 지역으로 걸어가기 시작했다.

한참을 걷던 유혼은 갑자기 머리를 탁 치며 왜 그 생각을 못했는가를 의아해했다. 한 사람은 한 개의 조각을 밟고 나왔다지만, 여섯 개의 나뭇조각을 밟고 비무대로 올라선 사람은 나올 때도 마찬가지로 여섯 개의 조각이 필요할 것이다. 그러나 자신이 대부분의 나무조각들을 흘려보내지 않았는가? 나뭇조각이 없다면 배를 타고 나오거나 헤엄쳐서 나오거나 아니면 실제로 물 위를 걸어서 나올 수밖에 없었다.

'돌아가서 조각이라도 던져 줘야 하지 않을까?'

유혼이 다시 강변으로 가기 위해 등을 돌렸을 때였다.

"너, 이 자식."

웬만한 일에는 눈썹조차 꿈쩍하지 않는 유혼으로서도, 물을 뚝뚝 흘리며 시퍼렇게 눈을 부라리고 있는 소녀가 눈앞에 서 있는 모습 앞에서는 간담이 서늘해지지 않을 수 없었다.

"너 뭐야? 뭐 하는 놈인데 그따위 장난짓거리를 하고 도망친 거야?"

수상비무대에서 나오는 방법 중 가장 단순하면서 여타 장비가 필요없는 '헤엄을 치다'를 택한 조가약은 눈에 불을 켜고 유혼의 뒤를 따라왔다. 그녀는 온몸이 물에 젖어 몸의 굴곡이 전부 드러났다는 사실조차 망각한 채로 유혼을 노려보고 있었다.

"장난?"

유혼이 전혀 모르겠다는 표정으로 반문하자 조가약은 분통이 터져 오르는 듯한 기분을 느꼈다.

"강에다 돌을 던진 짓거리 말이야!"

"아."

이제야 알았다는 듯 고개를 끄덕이는 유혼을 보며 조가약은 분을 참지 못해 반사적으로 주먹을 휘둘렀다. 주먹이 다가오는 것을 본 유혼은 고개를 살짝 움직인 것만으로 조가약의 주먹을 피해냈다.

부웅.

조가약은 딱히 어딜 노리고 휘두른 주먹은 아니었지만 마땅히 닿아야 할 상대방의 신체 일부분이 느껴지질 않자, 경계의 눈초리를 보내며 유혼을 살폈다.

"그건 장난이 아니었소."

조가약은 갑작스런 공격을 받았음에도 전혀 그렇지 않은 사람처럼 태연하게 서 있는 유혼을 보며, 순간 자신이 정말 주먹을 휘두르기는 한 건가 하는 의문이 들었다.

"그저 돌을 강물에 던진 것뿐이오."

"그게 장난이잖아!"

"아니오."

조가약은 불끈하여 이번엔 번개같이 오른발을 들어 그대로 찍어 내렸다. 그녀는 일단 상대를 쓰러뜨려 놓은 뒤에 잘잘못을 따져 봐야겠다 생각했다.

"오오!"

질풍각(疾風脚)이라 불리는 자신의 발차기를 손쉽게 피하며 감탄사를 터뜨리는 유혼을 본 조가약은 기가 막힐 수밖에 없었다. 질풍각은 일류고수라 해도 결코 간단히 피해낼 수 없을 만큼 빠른 각법(脚法)이다. 하물며 예고도 없이 이루어진 기습 공격을 피하다니? 그것도 환호성을 지르면서!

조가약은 유혼 대신 바닥을 찍어버린 발을 축으로 삼아 반대쪽 다리로 재빨리 찔러 들어갔다. 빠르면서 동시에 뼈를 부러뜨릴 만한 위력을 가지고 있는 파쇄축(破碎蹴)이라는 수법이었다. 거기다 이번에는 대충 몸의 어느 한 부분이 아니라 가슴의 요혈을 노리고 있었다.

유혼은 감탄한 표정을 지우지 않으며 양팔로 가슴을 보호한 채로 뒷걸음질을 쳤다. 조가약의 발끝이 팔에 닿는 순간 그는 뒤쪽으로 쓰러지듯 몸을 날렸다. 그는 이 장 정도를 날아 볼썽사납게 바닥을 굴렀다.

조가약의 얼굴에 미소가 어리는 찰나, 유혼이 전혀 피해를 입지 않은 듯한 모습으로 흙을 툭툭 털며 일어섰다. 그녀는 눈이 커지지 않을 수가 없었다.

"너……."

유혼은 또다시 아무 일 없었다는 듯이 말을 꺼냈다.

"그건 장난이 아니었소. 나는 그저 강 위로 돌을 던진 것이오. 그것이 당신이나 다른 사람에게 피해를 주었다면, 그건 내 행동 때문이 아니라 그것을 아무렇게나 방치해 둔 당신들의 잘못이 되는 것이오. 나뭇조각이나 강변에 '돌을 던지지 마시오' 라고 쓰여 있었다면 하지 않았을 것이오. 아니면 애초에 내가 처음 돌을 던졌을 때, 소리를 질러서 막았으면 되지 않았소?'

조가약은 연이어 두 번의 분노를 방출한 까닭에 급격한 흥분이 가라앉아 있는 상태였다. 그녀는 유혼의 겉모습을 천천히 살펴보았다. 수수한 옷차림에 그런대로 봐줄 만한 얼굴을 가진, 특별한 점이 없어 보이는 소년이었다. 그러다 그 별거 없어 보인다는 말속에 무공까지 포함될지도 모른다는 사실을 깨닫게 된 그녀는 경악성을 터뜨렸다. 유혼에게서 내공이 충만하다거나 무공을 익혔다는 어떠한 흔적도 발견할 수 없었다.

"너 뭐야?"

조가약은 유혼이 자신의 공격을 피해없이 막아냈다는 사실보다 그가 무공을 익히지 않은 몸이라는 사실이 더욱 믿기지 않았다. 처음의 주먹질을 피한 것까지는 이해할 수 있었다. 그러나 뒤이어 펼친 무공마저 받아낸 것은 아무리 생각해 보아도 있을 수 없는 일이었다. 분명 유혼은 그녀의 공격을 우연찮게 피한 것이 아니라 받아낸 것이다.

조가약은 혹시나 해서 물었다.

"무공을 숨기고 있는 거야? 그렇다면 그만둬. 나 정말 화낸다."

유혼은 고개를 저었다.

"무공은 익히지 않았소."

"그럼 어떻게……."

유혼은 조가약이 잇지 못한 말이 '그럼 어떻게 내 공격을 피했는가'라는 것을 알고 대답했다.

"당신의 발차기에 경력이 실려 있었다면 이렇게 서 있지 못했을 것이오."

유혼에게 있어 빠름이란 다른 사람의 빠름과는 달랐다. 마치 보통 사람이 거북이와 굼벵이가 서로 누가 빠른지 겨루는 것을 지켜보는 것처럼. 때문에 빠름을 장기로 삼는 무공은 유혼에게는 역으로 그 장점이 허점으로 변하는 것이다. 조가약은 이 사실을 모르고 있었기에 유혼이 자신을 놀리고 있다 생각했다.

조가약이 분노와 당황스러움과 경악이 한데 어울려 괴상한 기분을 느끼고 있을 때, 유혼이 마지막 한마디를 날렸다.

"혹시 방금 전의 그 발차기를 한 번 더 보여줄 수 있겠소?"

"크음."

용운비는 자신을 찾아온 특별한 손님을 안절부절못하고 바라만 보았다. 비무관을 운영하면서 수많은 무림인들을 만나보았지만, 지금의 이 손님은 일반적인 범주 내에 있는 강호의 인사가 아니었다.

"내가 여기에 나타났다는 사실은 자네와 나만 아는 비밀로 하도록 하지."

"어르신, 아무리 그래도 이런 부탁을 하시면서 정체를 숨기겠다고 하시면 제 체면이 뭐가 되겠습니까?"

"흐음. 어려운 부탁이라 못하겠다는 건가? 그럼 자네 마음대로 하게. 다만, 일이 어긋난다면 내 기분이 조금 언짢아질 것이란 사실만 알아두게나. 그리고 비무대회 참관도 없었던 일이 되겠지. 아무튼 볼일이 있어서 이만 가보겠네."

용운비의 안색이 변했다. 갑자기 찾아온 이 손님은 자신에게 필요한 말만 죽 늘어놓고 그대로 떠나려 하고 있었다.

"어, 어르신!"

일반적인 범주 훨씬 바깥의 이 손님은 순식간에 용운비의 눈앞에서 사라져 버렸다.

"이봐! 곽 총관 밖에 있는가?"

용운비는 곽 총관이 방 안으로 들어서자마자 급히 말했다.

"지금부터 내가 하는 말 잘 듣게. 이번 대회의 상위 참관인 명단에 구금일검을 포함시키고 대회가 시작되기 전까진 밖으로 새어나가지 못하게 막아두게."

"네에?"

"그리고 말이야. 지금 장사 안의 객잔들을 수배해서 한 사람을 찾아내게."

용운비는 끔찍하다는 듯이 고개를 휘저었다. 자칫 잘못해서 이 부탁을 들어주지 못한다면 신검의 기분을 상하게 할 것이다. 천하제일검의 분노를 사게 된다니, 생각만 해도 두려운 일이었다.

"유혼이라는 이름을 가진 열다섯의 소년인데, 누구의 짓인지 절대 알 수 없도록 하면서 그 소년을 이번 비무대회에 출전하도록 만들게."

"과, 관주님?"

"어서 움직여! 대회가 삼 일밖에 남지 않았다고!"

발차기를 다시 한 번 보여달라는 말에 조가약은 화를 낼 수가 없었다. 방금 전이야 화가 나서 얼떨결에 나간 발차기였다지만, 이자는 그것을 모조리 피해낸 채로 다시 한 번 부탁하고 있다. 시비를 걸고 무공을 보여달라고 청한다. 비록 깨끗한 방법은 아닐지라도 이건 비무를 청하는 것이 분명했다.

당의 일 자체가 남과 싸우는 것과는 전혀 무관한지라 밤낮으로 무공을 익히지는 않았으나, 그래도 누구에게 진다는 생각을 해본 적이 없는 그녀였다. 거기다 상대는 동년배. 비슷한 나이 또래의 상대가 요청하는 비무에 꼬리를 말고 회피하는 건 그녀의 성격상 있을 수 없는 일이다.

"좋아. 보여주지."

감탄사가 절로 나왔던 무공을 다시 한 번 보여준다는 말에

유혼은 속으로 쾌재를 불렀다. 비무대회가 시작도 되지 않았
지만 공짜로 대단한 구경을 하게 생겼다.

조가약은 지나는 사람들이 자꾸만 자신을 힐끔거리는 것
을 보고 그제야 몸이 젖어 굴곡이 그대로 드러나고 있다는 것
을 알았다. 그녀는 팔로 가슴 부분을 가리며 분노한 눈으로
행인들을 쏘아보았다. 행인들은 움찔하며 그녀의 눈을 피해
얼른 고개를 돌렸다. 그녀는 옷이 마를 때까지 대로 한복판에
계속 서 있을 수는 없는 터라 앞에 보이는 객잔을 가리키며
말했다.

"저곳에서 반 시진만 기다리고 있어. 단단히 준비하는 게
좋을 거야."

조가약은 사람들의 시선을 무시한 채로 일단 옷을 갈아입
기 위해 성큼성큼 걸어가기 시작했다.

유혼은 아까의 발차기에 내력까지 싣는다면, 생각만 해도
멋진 광경을 볼 수 있을 것이라 생각했다.

'그런데 단단히 준비할 게 뭐가 있지? 멋진 발차기를 보기
전에 마음의 준비라도 하라는 소린가?'

유혼은 이런 생각을 하며 객잔 안으로 들어섰다.

와장창!

무림인들의 출입이 잦은 객잔이 가져야 할 덕목에는 음식
의 맛이나 종업원의 태도가 좋아야 한다는 기본적인 사항 이

외에도, 부서지면 언제든지 복구가 가능한 식기와 탁자가 항시 준비되어 있어야 한다는 것이 반드시 포함되어야 한다. 만나면 시비가 붙어 싸우는 일이 잦은 무림인들이 언제나 부담 없이 찾아올 수 있는 환경을 만들어주는 것. 그것이 무림인들의 출입이 잦은 객잔이 가져야 할 첫째 덕목이었다. 때문에 객잔의 이용료에 부서진, 혹은 부서질지 모를 물건의 가격이 일부 포함되어 있다는 사실은 무림인들에게 그리 놀랄 만한 문제가 아니었다. 딱히 특별 가격이라고 명시되어 있는 것은 아니었지만, 대부분의 무림인들은 불만없이 객잔에 이용료를 지불하고 있었다.

조가약이 악록객잔(岳麓客棧)에 들어섰을 때, 이 특별 가격이 적용되는 상황이 전 층에 걸쳐 정신없이 벌어지고 있었다.

부수라고 있는 탁자는 아니었지만 그 위로 한 사람이 엎어지자 반으로 갈라져 버린 탁자. 던지라고 있는 그릇은 아니지만 어떤 사람의 뒤통수에 처박히며 산산조각이 나버린 그릇. 사람이 떨어지는 걸 방지하기 위해 있는 난간은 어디론가 사라져 사람이 떨어지는 걸 방조해 주고 있었다. 이것들은 모두 특별 가격에 포함되어 부담없이 파괴할 수 있는 것들이었다.

하지만 이 와중에 객잔의 구석에서 난장판과는 전혀 상관없다는 듯이 평온한 얼굴로 식사를 하고 있는 유혼을 본 조가약은 객잔 안에서 난동을 피우고 있는 무림인들이 미친 것인지, 그가 미친 것인지 잠시간 판단을 하지 못하고 서 있었다.

조가약이 다가오는 것을 본 유혼은 머리를 살짝 끄덕이며
아는 체를 해 보였다.

"고맙소."

난데없는 유혼의 감사 표시에 조가약은 잘못 들은 것이 아
닌가 하여 귀를 쫑긋 세웠다.

"당신이 권해준 객잔은 확실히 대단한 것 같소."

조가약은 서서히 진정 국면에 들어가고 있는 객잔 안의 싸
움을 보며 뭐가 대단하단 소린가 생각해 보았다. 설마 음식이
맛있다는 소린 아닐 테고.

우지직!

"방금 벽을 뚫고 튀어나간 사람이 무슨 문파라고 했는
데…… 형의문(形儀門)이었나? 아무튼 저 사람이 가운데 탁자
에 앉아 있었는데 옆을 지나가던 사람이 가볍게 웃었소. 그래
서 저 사람이 물었소. '형장, 지금 날 비웃은 거요?' 지나가던
사람은 아니라며 또 가볍게 웃었소. 그러자 싸움이 일어났소.
가볍게 웃은 사람은 또 가볍게 웃으면서 저기 창에 걸려 있는
사람이 식사하고 있던 탁자를 뒤집어엎었소."

조가약은 그제야 일반적인 무림인들 사이의 사소한 다툼
을 경험한 유혼이 그것을 감사히 여기고 있다는 사실을 깨달
았다.

"후우."

나지막하게 한숨을 내쉰 조가약은 유혼의 팔을 잡아끌었다.

"이봐, 일단 나가서 얘기하자."

난장판이 된 객잔을 뒤로한 채 바깥으로 나선 조가약은 한숨을 쉬며 유혼에게 물었다.

"너 말이야, 머리가 이상한 거 맞지?"

조가약은 이렇게 말하면서도 미친놈이 자기가 미쳤다고 말할 리 없다는 생각을 하며 고개를 저었다.

"맞소."

유혼의 긍정은 미쳤다는 의미라기보단 정말 머릿속이 남과 다르다는 얘기였지만, 조가약은 순간 말문이 막혔다.

"조가 꼬마야, 이놈이 네가 말한 신랑감이냐?"

유혼과 조가약의 옆으로 한 사내가 갑작스럽게 다가섰다. 물론 갑작스런 느낌을 가진 것은 조가약 혼자였고, 빠름에 절대적인 면역을 가지고 있는 유혼으로서는 아주 천천히 중년 사내를 살펴볼 수 있었다.

첫인상으로 사람의 모든 것을 알 수는 없지만 유혼은 갑자기 나타난 중년 사내를 바라보며 놀라움을 느꼈다. 헝클어진 머리와 제멋대로 걸쳐져 있는 옷은 단정치 못하다는 느낌을 심어주었다. 그러나 차림새와 대조되는 깨끗한 얼굴과 부드러운 눈매는 사내가 매우 단정한 용모를 지니고 있다는 생각을 품게 해주었다. 마치 혼란스러움과 정돈됨이 공존하고 있는 듯한 묘한 인상이었다.

유혼은 사내에게서 느껴지는 묘한 무언가가 필시 대단한 무공일 것이란 생각이 들었다. 황영검 예초에게서 받았던 느낌처럼 저 사내에게서도 고수의 풍모가 강하게 느껴졌다.

"그게 무슨 소리예요, 소륵(簫簕) 아저씨!"

조가약은 소륵이라 불린 사내에게 버럭 소리를 질렀다.

"왜, 네가 평소에 말하지 않았느냐. 네 신랑감은 네 손으로 직접 낚아채겠다고."

조가약은 그제야 객잔에서 유혼을 끌고 나올 때 잡았던 팔을 아직도 붙잡고 있다는 사실을 알았다. 그녀는 얼른 손을 놓으며 쏘아붙였다.

"농담 마세요, 이건 그런 의미가 아니니까."

소륵은 유혼을 흘깃 바라보고는 혀를 차며 말했다.

"조가 꼬마야. 이 정도면 허우대는 멀쩡하다만, 평민 아니냐. 혹시 네가 말한 신랑감 요건 중에 무공 실력이 빠지고 밤일이라도 추가된 것이냐? 아니면 이 꼬마 집에 돈이 꽤나 있나 보지?"

"으휴. 진짜."

조가약은 이 자리에 소륵 대신에 서우(徐牛)가 있었다면 얼마나 편했을까 하는 후회를 했다. 조금만 더 기다려, 서우가 돌아왔을 때 함께 왔어야 하는 것인데.

"정말 네가 말한 놈이 이 애가 맞는 거냐?"

"맞아요. 그리고 겉만 보고 판단하면 안 돼요. 저래 보여도 내 각법을 피했으니까."

소륵은 조가약의 말에 다시금 유혼을 바라보았다. 유혼은 흘끔거리는 소륵의 시선이 무안해서 다른 쪽으로 시선을 돌렸다. 보는 쪽은 잠깐 바라봤을 뿐이라도, 유혼에게는 한참 동안의 부담스런 시간이었다.

"어이! 이봐, 꼬마."

소륵이 유혼을 손짓하며 불렀다.

"자네 이름이 뭔가?"

"유혼이오."

"그래, 유가 꼬마. 놀라지 말게."

소륵의 손이 순식간에 유혼의 목덜미에 닿았다. 유혼은 별다른 반응 없이 자신의 목을 소륵에게 내주었다. 위해를 가할 목적으로 움직인 손이 아니란 것을 알았기에 피하지 않은 것이지만, 실상은 도저히 피할 수 없는 속도로 목까지 다가왔기에 피할 수도 없는 손이었다.

"무슨 짓이에요!"

조가약은 소륵에게 눈을 치켜떴다. 소륵은 그녀의 반응을 전혀 개의치 않은 채 눈을 반짝이며 유혼에게 물었다.

"특별한 이유가 없다면 내 질문에 답해주게. 무공을 익혔는가?"

"익히지 않았소."

"이봐이봐, 진지하게 생각해 보고 답하라고. 무공을 익혔지?"

"전혀."

"하면, 왜 조가 꼬마에게 비무를 청했지?"

유혼은 소륵의 말에 전혀 모르겠다는 눈을 하고서 물었다.

"비무라니?"

"조가 꼬마가 나에게 비무의 참관인이 되어달라고 부탁했다. 상대가 너라고 하는데?"

유혼은 고개를 저었다.

"말도 안 되오. 난 비무를 청한 적이 없소. 무공도 모르는 내가 무슨 재주로 무림인을 상대하겠소?"

소륵은 유혼이 이렇게 말하자 조가약을 바라보며 어찌 된 영문이냐는 시선을 던졌다. 조가약은 유혼이 비무를 청했던 것을 이제 와서 발뺌하자 화난 표정으로 말했다.

"뭐야! 네가 분명 나한테…….."

"발차기를 한 번 더 보여줄 수 없냐고 물어보았소."

"그래! 그래서 난…….."

"발차기를 보여주겠다고 승낙했소."

"그렇지."

"거기에 비무를 하겠다는 말은 없는 것 같소만."

유혼은 예초의 검에 의해 죽을 뻔한 위기를 넘긴 이후부터 무림인과 직접 비무를 하며 무공을 살피는 일 같은 것은 절대

하지 말아야 할 것으로 단정 짓고 있었다. 말이 무공을 살피는 것이지, 잘못하다 목이 달아날 판에 어찌 제대로 된 무공 견식을 할 수 있겠는가.

전혀 사실무근이라는 듯한 유혼의 반응은 조가약으로 하여금 화를 낼 생각조차 잃게 만들었다. 소륵은 그녀를 향해 고개를 흔들며 말했다.

"확실히 유가 꼬마가 비무하겠다는 말은 한 적이 없는 것 같군."

조가약은 소륵에게 돌리며 쏘아붙였다.

"무공을 보여달라고 했잖아요!"

"비무를 하자고는 안 했지."

조가약은 화가 나 소리쳤다.

"그게 그거죠!"

"그래. 그게 그거다."

"생각을 해봐요! 처음 본 상대가 이유없이 시비를 걸더니 무공을 보여달라고 청했어요. 이게 싸우자는 말이 아니면 뭐란 거죠? 아…… 그게 그거라구요?"

소륵은 고개를 끄덕였다.

"무림인에게 무공을 견식해 보고 싶다고 말한다면, 백이면 백 비무를 청하는 것이라 생각할 것이다. 이런저런 수식어를 달아봤자, 무림인에게 무공이란 어차피 상대를 상하게 하는 수단이니까. 그 무공을 허공에 대고 펼치는 모습을 아무한테

나 보여주는 무림인은 강호 어디에도 없을 거다."

유혼은 속으로 움찔했다. 지금의 논리로 비무가 기정사실이 된다면, 조가약에게 딱 죽지 않을 만큼 얻어맞을 공산이 컸다. 문제는 당장 소륵에게 목이 제압당해 있는 상황이라는 것. 이들을 피해 도망을 칠 수 있을지는 모르겠지만, 당장은 시도조차 할 수 없는 상황이었다.

"내 말이 그거예요. 저 인간이 대체 무슨 생각으로 내 무공을 보여달라고 했는지 이해가 안 간다니까요!"

소륵은 진정하라는 듯이 조가약에게 손을 들어 보이고는 말했다.

"하나, 이런 이상한 눈을 가진 자가 정말 순수한 의도로 비무를 할 수 있을까?"

조가약은 무슨 헛소리냐는 듯이 불만의 시선을 던졌다. 소륵은 유혼의 눈동자를 자세히 살피며 혼잣말을 중얼거리기 시작했다.

"참 이상해. 내가 목을 움켜쥘 때 보통 사람이라면 약간의 움직임이라도 보여야 했음이 옳아. 그런데 이 꼬마는 전혀 반응이 없군. 손이 움직이는 것을 미처 확인하지 못해서일까? 물론 그럴 수도 있지만, 그러면 더 더욱 미동이라도 보여야 하는 게 이치지. 보면 본 대로 못 보면 못 본 대로 눈동자만은 반응해야 하거든."

소륵은 유혼의 목 언저리에 닿아 있던 손을 떼어 그대로 유혼의 눈앞에 대고 흔들어대기 시작했다.

"이봐, 유가 꼬마. 지금 내 말 듣고 있나? 이게 보이나? 어떻게 눈앞에서 알짱거리는데 한 번의 반응도 보이지 않는 건가? 혹시 눈 뜬 소경인가?"

장님인 것처럼 무반응으로 일관하는 눈동자. 그러나 앞을 못 보는 것은 아니다. 소륵은 손 흔들기를 멈추고 조가약에게 말했다.

"흠. 아무리 봐도 소경은 아니군. 이봐, 조가 꼬마. 비무를 하면 네가 당할 수도 있겠다."

"뭐라고요?"

조가약은 눈을 치켜떴다.

"말도 안 되는 소리예요!"

"강호에서의 싸움은 실력이 삼 할, 경험이 칠 할이다. 너는 상대가 어떤 능력을 갖추었는지 파악조차 못하고 있기에 더욱 불리한 입장이지."

"저는 제 사부님의 무공을 믿어요. 그리고 제가 사부님의 무공을 제대로 익혔다는 것도 믿죠."

소륵은 다시금 유혼의 눈을 바라보고 있었다.

유혼은 살짝 긴장하고 있었다. 자신이 보통 사람과 다르다는 사실을 알아챈 듯한 행동은 둘째치더라도, 무슨 근거로 이길 수 있다고 말하는 걸일까?

"이봐, 유가 꼬마. 처음 보는 사람 앞에서, 그것도 비무를 하네 마네 하는 무림인 앞에서 어떻게 이렇게 흔들림없는 눈을 할 수 있는 거지? 무공을 배우지 않은 것이 확실한가?"

"배우지 않았소."

소륵은 유혼의 눈이 전혀 무반응이라 생각하고 있으나 사실은 그가 알아채지 못할 정도의 속도로 눈앞의 행동 모두에 하나하나 반응을 보이고 있는 중이었다. 너무도 많은 반응을 보이기에 오히려 고정되어 있는 듯이 보이는 것일 뿐이었다. 유혼의 눈동자가 어떻게 움직이는지를 판단하는 것은 유혼과 같이 사물을 극도로 느리게 볼 수 있는 경우가 아니라면 불가능에 가깝다.

조가약은 소륵을 밀치며 성난 표정으로 말했다.

"그런 소리 백날 해봤자 소용없어요. 직접 싸워보면 알게 될 테니까."

소륵은 고개를 끄덕이며 말했다.

"그래. 직접 싸워보면 알게 되겠지. 다만."

"다만?"

"조가 꼬마, 너는 비무를 할 수가 없다."

"무슨 소리예요? 할 수 없다니요?"

"애초부터 상대가 원치도 않는 비무는 할 수 없었어."

조가약이 참지 못해 소리치려는 순간, 소륵의 말이 이어졌다.

"네가 어느 당의 사람임을 잊은 것이냐?"

강호에서 거대 문파를 손꼽아보라면 많게는 수십 개에서 적어도 대여섯의 이름이 엇갈릴 테지만, 거기에 강한 고수들이 많으면서도 다른 문파와 아무런 싸움이나 교류가 없는 곳이라는 단서를 단다면 유독 하나 꼽히는 곳이 있었다.

유료건업당(有料建業黨).

유건당이라는 짧은 이름으로 더욱 알려져 있는 이 문파는 일반적인 강호의 문파가 가지기 힘든 두 가지 규칙을 지키고 있었다.

첫째, 유건당은 강호인과 싸우지 않는다. 유건당 사람은 설령 누군가 시비를 걸더라도 도망치면 도망쳤지, 절대 싸우는 일이 없었다.

모름지기 하나의 문파가 유명세를 타기 위해선 크고 작은 싸움들을 거쳐 가며 인정을 받아야 했다.

유건당에는 이름이 알려지지 않은 고인들을 비롯해 팔대고수 중 무려 두 사람이나 속해 있었다. 묘수공공 요공령과 난영참마 파불. 그러나 유건당이 강호 어디에서 싸움을 벌였다는 소문은 단 한 번도 들린 적 없었다. 간혹 몇몇 상금이 걸려 있는 비무대회에 나타나 상금을 모조리 쓸어갔다는 후문만 들릴 뿐. 유건당에 속한 팔대고수의 명성도 그들이 유건당에 속하기 전에 만들어진 것일 뿐, 유건당에 들어와서는 단

한 번도 강호에서 싸움을 하지 않았다. 이 때문에 강호에서 악명을 떨친 무림인이라도 일단 유건당 사람이 되면 은원을 물으러 찾아오길 포기할 정도였다.

둘째, 유건당은 돈이 되는 일이면 무엇이든지 만든다. 감숙성(甘肅省)의 성도이며 번화한 마을인 주천(酒泉)의 남쪽에는 무척이나 황량한 벌판이 하나 있었다. 농지로 개간하기엔 너무 척박하고, 그냥 놓아두기엔 너무 삭막한 곳이었다.

주천의 현령은 이 땅을 활용하기 위한 방안으로 땅 위에 건물을 짓는 사업을 계획해 각지에서 전문 건설인들을 모집했었다. 현령과 전문 건설인들이 땅 위에 환락가를 만드느니, 사찰을 짓느니 하는 계획들을 논의할 무렵, 유건당이 현령에게 주천을 유명하게 만들 건물을 만들어주겠다는 제안을 해왔다. 일단 건물을 지을 테니 비용은 보고 나서 마음에 든 만큼 내라는 조건을 달고서.

얼마 후 벌판 위에 만들어진 건물을 본 현령은 까무러칠 듯이 놀랄 수밖에 없었다. 벌판 위에 세워진 건 보통의 건물이 아니라 십여 개의 봉우리로 이루어진 탑 형태의 산이었다. 봉우리마다 정상으로 향하는 나선형의 계단이 있고, 봉우리 끝에는 다음 봉우리로 이어지는 긴 다리가 있어서, 한 봉우리를 오르면 다른 아홉 봉우리까지 모조리 오른 듯한 느낌을 가질 수 있는.

기련산(祁連山)이라 이름 붙여진 이 명산은 주천을 단박에 유명한 도시로 만들어주었다. 또한 이로 인해 평범한 건설인들은 꿈조차 꿀 수 없는, 건축물이라 부르기도 마땅치 않은 산을 만들어 버린 유건당의 명성은 순식간에 강호 전체로 퍼지게 됐다.

탑패(塔覇)는 객잔의 창가에 앉아 있었다. 장신에 무척이나 큰 덩치를 가진 사내였다. 그의 앞에는 진홍색의 소홍주가 들어 있는 자그마한 잔이 하나 있었는데, 그는 이 술잔을 벌써 한참이나 바라만 보고 있는 중이었다. 손가락 하나에도 가려질 만큼 작은 술잔이었으나, 그는 진귀한 보물이라도 되는 것인 양 조심스럽게 다루고 있었다.

덜컹.

객잔의 문이 열리며 두 사람이 안으로 들어섰다. 탑패는 문소리에 화들짝 놀라며 술잔을 내려놓았다. 그는 두 손으로 급히 술잔을 가리며 반가운 표정을 지어 보였다.

"어, 어이. 소륵, 어딜 갔다 오는 건가?"

풀이 죽은 얼굴을 한 조가약과 그런 그녀의 옆에서 무엇이 그리 즐거운지 희희낙락 밝은 표정을 짓고 있는 소륵이 탑패의 곁으로 다가왔다.

"잠시 바람 좀 쏘이고 왔네. 비무대를 뜯어고치고 나서 계속 여기에 처박혀 있었더니 좀이 쑤셔서 말이지."

탑패는 소륵의 즐거운 표정과 심히 대비되는 얼굴을 한 조가약의 모습을 보더니 어찌 된 일이냐는 듯한 시선을 던졌다.

"아아. 웬 꼬마 놈에게서 수모당할 뻔한 일을 막아주려고 했더니만, 저렇게 아무 말 안 하는군 그래. 후후후."

소륵은 찌릿한 시선이 쏘아지고 있다는 것을 느꼈으나 개의치 않고 말했다.

"이보게, 탑가 형제. 서가 형제는 내일 대금을 받으면 바로 떠나겠지?"

"아마도."

"난 좀 더 있겠네."

"더? 뭣 때문에?"

"이번 비무대회에 무척이나 재밌는 일이 일어날 것 같거든. 그걸 놓칠 수야 없지."

탑패는 궁금하다는 얼굴로 소륵을 바라보았다.

"뭐야? 뭔 일이야? 나도 좀 같이 재밌어보자."

"아까 유씨 성을 가진 웬 꼬마 놈을 만났는데 말이지."

뽀드득.

가녀린 열여섯 소녀가 냈으리라곤 상상조차 하기 힘든 무시무시한 이빨 가는 소리를 들은 소륵은 움찔하며 손을 흔들었다.

"이런이런, 몸이 좀 피곤해지는 것 같으이. 자세한 건 나중에 얘기해 주겠네."

소륵이 총총히 자신의 숙소로 돌아가는 것을 확인한 조가약은 힘없이 고개를 숙였다.

탑패는 기분이 좋지 않아 보이는 조가약에게 무슨 일인지 물어보기가 좀 껄끄러웠던 터라 침묵을 지킬 수밖에 없었다. 덕분에 탁자에 잠시 동안 정적이 흘렀다. 몸집 좋은 거한이 작은 소녀 앞에서 두 손을 가지런히 모으고 앉아 있는 모습은 무척이나 부자연스러워 보였다.

"그거 술인가요?"

잠자코 있던 조가약이 갑자기 말을 꺼내자 탑패는 당황해서 그녀의 시선을 피했다.

"크흠. 흠. 뭐가?"

"그 손 아래 있는 거 술이냐고요."

"아냐, 술은 무슨. 내, 내가 원래 예의 차리는 걸 좋아하잖아. 모름지기 숙녀 앞에서는 이렇게 손을 공손하게……."

조가약은 무심한 표정으로 탑패의 손을 바라보더니 그 손을 들어올리고는 밑에 들어 있는 술잔을 꺼내 들었다.

"내가 말했죠? 이런 술 한 잔으론 타락할 수 없어요. 병째 들이켜도 뭐라 그럴 사람 없으니까. 사부님이 승려라고 탑패 아저씨까지 불문의 규율을 지킬 필요는 없다구요. 이봐. 점소이! 여기 주문 좀. 소홍주 한 동이랑 간단한 술안주."

"한 동이?"

작은 잔 안에 든 소홍주도 마실지 말지를 한참이나 고민했던 탑패에게 한 동이는 상상조차 하기 힘든 크기였다. 조가약은 손에 든 술잔을 단숨에 들이키더니 깊은 한숨을 내쉬었다.

'인정할 수 없어.'

빈속에 술이 들어가자 얼굴이 불그스름하게 달아오른 조가약은 탑패를 물끄러미 바라보더니 물었다.

"탑패 아저씨, 만약에 비무에서 아저씨를 단 일 합에 이기는 상대를 만난다면 실력이 얼마나 차이난다고 하겠어요?"

"응?"

탑패는 큰 몸집만큼이나 큼지막한 두 눈을 껌벅이며 되물었다.

"누가 선공을 했을 때지?"

"상대가, 아니, 거의 동시에."

"상대가 먼저라면 극복해 볼 수 있는 차이라 하겠지만, 내가 먼저라면 죽어도 넘볼 수 없는 차이라고 하겠다."

조가약은 실망스런 표정을 지으며 중얼거렸다.

"동시라면…… 미묘하군요."

조가약은 아까의 상황이 떠오르자 괴로운 듯이 고개를 휘저었다.

"이건 개인적인 싸움이 아니라 당과 사부님의 명예가 달린 비무예요! 그러니 소륵 아저씨는 잠자코 참관이나 해요!"

"하하하. 조가 꼬마야. 우길 걸 우겨야지."

"좋아요. 지금 당장 참관인이 되어주지 않으면 지난 공사에서 소륵 아저씨가 빼돌린 대금이 얼만지 서우 아저씨한테 그대로 말해 버릴 참이니까."

소륵은 빙긋 입꼬리를 말아 올렸다. 소륵은 유혼을 돌아보며 어쩔 수 없다는 듯이 어깨를 으쓱했다.

"이렇다는데?"

"재차 말하지만 난 비무를 하겠다고 한 적이 없소."

소륵은 고개를 끄덕이며 말했다.

"할 수 없군. 어이, 조가 꼬마!"

유혼은 소륵의 미소에 알 수 없는 불안감을 느꼈다.

"얼른 때려눕히고 가자. 어차피 두 번 볼 사이는 아닌 듯하니. 싸움이 아니라 가볍게 버릇을 고쳐 주는 것이라면 상관없겠지."

소륵이 이렇게 말하자 유혼은 당혹스러웠다. 가볍게 버릇을 고친다? 이거 자신을 두들겨 패놓고 그냥 튀어버리겠단 말인가?

"자. 시작해 봐."

유혼이 무작정 도망을 생각하고 있을 때 먼저 움직인 것은 조가약이었다. 그녀는 소륵이 물러서자 볼 것도 없다는 듯이 유혼을 향해 다가섰다. 비무를 펼치기 전의 예조차 없었다. 아니, 비무라 부를 수도 없었다. 저것은 오로지 자신을 상하게 하려는 성난 움직임일 뿐이었다.

유혼은 다가오는 조가약에게서 어떻게 도망쳐야 할 것인

가를 고민하기 시작했다.

처음 한두 번의 공격은 간신히 피할 수 있을지 몰라도 경력이 실린 발에 이리저리 채이다 보면 무방비 상태가 될 것이 분명했다. 예초의 검법도, 방금 전 소륵이 목을 잡아온 것도 뻔히 보고 있으면서 피하지 못하는 것들이었다. 비록 이 소녀의 무공이 그만큼의 수준은 아닐지라도 모조리 피해낸다는 보장은 없었다.

'못 피해. 그녀는 삼류무인이 아니야.'

아직 조가약은 공격을 시작조차 하지 않은 상황이었지만, 유혼은 여러 가능성을 생각해 보고 있었다. 눈으로 보고 그에 맞춰서 피하는 것에는 한계가 있었다. 그랬기에 다시는 무림인과 비무를 하며 무공을 살피는 짓은 하지 않겠다고 다짐한 것 아닌가?

'맞다가 죽지는 않겠지?'

조가약의 왼발이 서서히 움직이고 있었다. 반 시진 전에는 감탄했던 움직임이었으나 지금은 그저 등골이 오싹할 뿐이었다.

'아까랑은 수준이 달라. 저건 도저히 못 피할 거야. 어쩌지? 어떻게 하지?'

잠시 고민하던 유혼은 결심을 굳힌 듯이 조가약의 왼발에 시선을 집중했다.

타다닥.

왼발을 들어올리고 있는 조가약을 향해 유혼이 무작정 달려든 것은 순식간에 벌어진 일이었다.

"헛."

조가약은 놀라 신음성을 급히 집어삼켰다. 그녀는 설마 얼어붙은 듯이 서 있던 유혼이 갑작스럽게 돌진해 오리라곤 생각지 못했다.

유혼은 조가약의 왼발이 움직일 위치를 미리 알고 있기라도 하는 것처럼 왼발의 공격 범위를 비스듬히 지나쳤다. 그의 손이 그녀의 목을 향해 움직여 왔다.

"치잇!"

조가약은 유혼의 전진으로 인해 왼발의 움직임이 봉쇄당했다는 사실과 그가 그것을 이용해 공격까지 하는 것을 보며 당혹감이 어린 표정을 지었다. 그녀는 다가서는 그를 저지하기 위해 오른손으로 재빨리 그의 어깨를 노렸다. 그녀의 오른손이 그의 움직임보다 배는 빠르게 앞으로 쏟아져 나갔다.

조가약은 오른손이 유혼의 어깨를 강타하는 것을 보며 그가 곧바로 큰 충격을 받을 것이라 믿어 의심치 않았다.

"아!"

조가약은 두 눈을 크게 떴다. 아무런 타격음이 들리지 않았다. 분명 자신의 손은 유혼의 어깨에 닿아 있고, 더불어 아직도 움직이고 있었다. 무슨 일이란 말인가? 그녀는 자신이 허상을 보고 있는 것은 아닌지 의심해야 했다.

유혼의 손이 조가약의 목덜미에 닿았다. 그녀는 그제야 그의 왼쪽 어깨가 자신이 주먹을 내뻗은 속도와 거의 흡사하게 뒤로 물러서고 있다는 사실을 깨달았다. 뻔히 보고 있었음에도 오른손이 목에 닿는 걸 막지 못한 것이다.

유혼은 조가약에게 급히 말했다.

"그만 하⋯⋯."

퍼엉!

유혼의 손이 조가약의 목덜미에 닿고 나서야 그의 왼쪽 어깨에서 타격음이 들려왔다. 그의 움직임은 그녀가 착각을 일으킬 만큼 정교했으나 이미 한계까지 치달아 있었다. 물러서던 어깨의 움직임이 느려지자마자 유혼의 몸이 허공에서 반 바퀴를 돌며 뒤쪽으로 튕겨 나갔다.

"멈춰! 조가 꼬마!"

유혼이 바닥에 쓰러짐과 동시에 소륵이 조가약의 앞을 막아섰다. 유혼은 볼썽사납게 바닥을 뒹굴고 있었다. 조가약이 쓰러진 유혼에게 달려들려고 하자 소륵이 외쳤다.

"그만 해! 네가 졌다!"

조가약은 소륵에게 말도 안 된다는 시선을 보냈다. 소륵은 손으로 그녀의 목을 가리켰다.

"당장 네 눈으로 확인할 수 없겠지만 네 목에 손자국이 나 있어. 저 꼬마가 거기서 손을 단 한 치만 더 움직였다면 넌 이렇게 서 있지도 못했어!"

"비켜요!"

소륵은 코웃음을 쳤다.

"네 각법은 방금 꼬마의 한 수에 의해 완전히 무력화됐다."

비척이며 일어서는 유혼을 바라보며 조가약은 고개를 저었다.

"무슨 소리예요? 난 무공을 제대로 펼치지도 않았다고요!"

"단 일 합에 목이 달아날 판에 제대로 펼칠 수가 없었겠지. 비무가 아니라 실전이었다면 넌 벌써 숨이 끊어졌다."

"인정할 수 없어요!"

"흥. 쓸데없는 고집이야말로 네 사부와 당의 이름에 먹칠을 하는 짓이다."

조가약은 사부의 이름이 나오자 흠칫했다. 그사이 몸을 추스른 유혼이 왼쪽 어깨를 움켜쥔 채로 다가왔다. 소륵은 유혼을 보며 물었다.

"이봐, 유가 꼬마. 솔직히 말해봐. 그 목덜미를 움켜쥐는 수법 어디서 배운 적이 있는 건가?"

"없소. 오늘 처음 본 수법이오."

"그렇다면 내 무공을 허락없이 훔친 것이군."

"훔친 것은 아니오."

"어허. 아니라?"

유혼은 왼쪽 어깨를 주무르며 조가약이 또 달려들지는 않을까 기색을 살피다가 조심스럽게 말했다.

"당신이 펼쳤던 것과 다르오."

유혼은 천천히 손동작을 해 보였다.

"당신의 수법이 이런 식으로 위쪽에서 낚아채듯이 움직였다면, 방금은 정면에서 왼쪽으로 비껴서 움직였소."

유혼의 느릿한 손동작에는 확실히 다른 변화가 숨겨져 있었다. 소륵은 그것이 느리게 펼치지 않는다면 알아채기 힘들 정도의 작은 변화이긴 하지만 확실히 자신이 펼친 것과는 다르다는 것을 깨달을 수 있었다. 더군다나 자신의 무공임에도 유혼이 두 번째로 펼친 동작이 훨씬 실용적인 것 같다는 어이없는 느낌마저 받았다.

소륵은 거듭해서 손동작을 펼쳐 보이는 유혼에게 그만 해도 된다는 손짓을 하며 웃음을 터뜨렸다.

"크흐흐흐. 이거 조가 꼬마가 제대로 건지긴 건졌구나."

소륵은 무엇이 그리 즐거운지 한참 동안이나 웃어대다가 말했다.

"이 소륵의 무공을 변형해 묘수공공의 무공을 파해하다니. 그 점을 봐서 내 무공을 함부로 사용한 건 눈감아주지."

유혼은 어깨의 고통이 많이 가시자 담담한 얼굴을 회복하고는 고개를 끄덕였다.

"비무인지 뭔지 끝난 듯하니, 이제 가봐도 되겠소?"

조가약이 한 동이의 술을 거의 다 비웠을 때까지 그녀의 앞에서 안절부절못하고 있던 탑패는 문사건을 두른 젊은 사내가 나타난 것을 보고 손을 휘저었다.

"서우! 이쪽이야."

막 객잔 안에 들어선 서우는 인사불성이 되어 탁자 위에 엎드려 있는 조가약을 보고는 놀란 표정이 됐다.

"얼마나 마신 거지?"

"저거 전부."

서우는 탑패의 손끝이 향하고 있는 큼지막한 항아리를 보며 인상을 썼다.

"저걸 다 마시는 게 가능한가?"

"말도 마. 속이 안 좋다면서 토하고 오더니 또 퍼마시더라고."

"일단 숙소로 데려가야겠군."

서우는 조가약을 부축해 일으키며 물었다.

"술을 이렇게 마실 애가 아닌데, 무슨 일 있었나?"

"나도 잘 모르겠어. 소륵과 함께 나갔다 오더니 저렇게 술만 푸더군. 비무가 어쩌고 하던데… 소륵에게 물어봐."

조가약을 부축해 숙소에다 눕힌 서우는 그대로 곧장 소륵이 쉬고 있는 방의 문을 열었다. 침상에 누워 있던 소륵이 서우를 반기며 몸을 일으켰다.

"무슨 일인가, 서가 형제?"

"가약이와 밖에 나갔다 왔다고?"

소륵은 고개를 끄덕이며 미소 지었다.

"아하! 그 일 때문이군."

"가약이가 술을 과하게 마셨더군."

"그랬나? 흐음, 그럴 만도 하지."

"무슨 일인가?"

소륵은 심술궂은 표정을 지으며 말했다.

"웬 꼬마하고 일이 좀 있었지."

서우는 잠시 생각에 잠겨 있다가 물었다.

"그녀가 비무에서 패하기라도 한 건가?"

서우의 말에 소륵은 피식 웃었다.

"그냥 패했다면 자네가 놀랄 정도로 술을 마시진 않았겠지."

"심하게 싸웠나? 어딜 다친 것 같지는 않던데?"

소륵은 고개를 저었다.

"다쳤네."

서우는 놀란 표정으로 물었다.

"뭐? 어딜?"

"무공에 대한 자부심."

서우는 아무 말도 하지 않았으나 '빙빙 돌리지 말고 본론만'을 뜻하는 굳은 표정을 지어 보였다.

"조가 꼬마가 무공에 그다지 관심을 두지 않는 것 같아도 당주의 하나밖에 없는 제자네. 조가 꼬마가 가진 무공에 대한 자부심은 실로 대단한 것이지. 그런데 그게 꺾여 버렸어, 급조한 단 일 초의 무공에."

"일 초?"

"일 초라 부르기도 민망할 정도야."

"그녀를 상대한 자가 누구인가?"

"유씨 성을 가진 꼬마. 나이는 조가 꼬마와 비슷할 거야."

"대단하군. 그녀 또래에서 그녀를 일 초 만에 패하게 만드는 사람이 있다니."

순수하게 감탄하고 있던 서우는 소륵의 말 중에 이상한 부분이 있다는 사실을 깨달았다.

"가만. 급조?"

"그래. 조가 꼬마가 질풍각을 펼치려는 도중에 유가 꼬마가 그걸 파해하는 변형된 초식을 사용했네."

서우는 이해가 가지 않는다는 표정으로 물었다.

"그러니까, 가약이가 단순히 상대의 무공에 패한 것이 아니라 질풍각을 펼친 상황에서 그것이 파해당해서 졌단 말인가?"

소륵은 빙긋 입꼬리를 말아 올렸다. 소륵의 웃음을 본 서우는 놀란 표정을 감추지 못하며 물었다.

"그 애는 지금 어디 있지?"

"악록객잔인가에 있을 거야. 왜? 보러 가게?"

"믿기지가 않아서 그러네. 혹 당주의 무공을 전부터 알고 있던 것이 아닐까?"

소륵은 고개를 흔들었다.

"설령 질풍각을 속속들이 알고 있다고 해도 그걸 파해하는 초식으로 생전 처음 본 무공을 급조해서 사용할 수는 없어."

"생전 처음 본 무공이라니?"

"유가 꼬마가 변형한 초식이 바로 내 금나수거든."

소륵은 유혼이 초식을 설명해 주던 상황이 떠오르자 다시금 웃음이 치밀어 올랐다.

*　　　*　　　*

"조 소저, 지금 뭐라고 하셨소?"

곽 총관이 관주의 명을 받아 유혼이 어느 객잔에 묵고 있는지를 찾아내게 된 건 만 하루가 지나고 나서였다. 다만, 찾아내긴 했으나 비무관을 방문하는 무림 인사들을 대접하는 일에 연일 시달리고 있던 터라 도무지 유혼을 만나러 갈 시간을 낼 수가 없었다. 때문에 의외의 사람에게서 의외의 질문을 듣게 되자 바쁜 와중에도 신경이 곤두서지 않을 수 없었다.

"비무대회에 유혼이란 이름을 가진 소년이 출전하지는 않았는지 확인해 줄 수 없냐고요."

곽 총관은 유건당의 명랑한 아가씨가 무엇 때문에 유혼의 출전 여부를 묻고 있는지 궁금하게 여겼다. 조가약의 입에서 나온 유혼과 관주의 입에서 나온 유혼이 같은 사람이라는 사실은 별다른 확인을 거치지 않아도 충분히 예상할 수 있는 일이었다. 설마 장사에서 유혼이라는 이름을 가진 소년이 둘, 셋 한꺼번에 나타날 일은 없을 테니.

곽 총관은 조가약에게 공사 대금이 담겨진 주머니를 건네 주며 말했다.

"조 소저, 무엇 때문에 그 소년을 찾는 것인지 물어보아도 되겠소?"

조가약은 곽 총관의 물음에 머뭇머뭇 대답을 회피했다.

"어제 관주님께서 유혼이라는 소년을 비무대회에 참가시키라는 명을 내리셨소만."

"그래요? 본대회인가요? 아니면 그전에 열리는 이십 세 이하만 참여 가능하다는 대회인가요?"

"그것까지는 확실하게 정해주지 않으셨소. 하나 젊은이들만 참여하는 비무대회는 본대회의 흥을 돋우기 위한 행사일 뿐이라, 아마도 본대회가 아닐까 싶소."

"그렇겠죠?"

"조 소저께서는 그 소년에 대해서 잘 아시오?"

"몰라요."

"하면 왜 그 소년을 찾는 것이오?"

"아무래도 직접 확인해 봐야겠어요. 대금은 조금 있다가 서우 아저씨가 받으러 오실 거예요."

조가약은 급히 방을 나섰다. 곽 총관은 탁자 위에 올려진 대금 주머니와 휑하니 열려 있는 문을 바라보며 고개를 저었다. 조가약이 유혼과 친분이 있었다면 관주의 명령을 수행하기가 좀 더 수월해졌을 수도 있다. 하나 저렇게 눈 깜짝할 사이에 사라져 버리면 부탁이고 뭐고 꺼내볼 수도 없지 않은가?

곽 총관이 허탈한 마음을 뒤로하고 밀린 업무에 온 정신을 쏟고 있을 무렵, 훤칠한 용모를 한 사내가 찾아와 또다시 신경이 곤두서는 질문을 던져왔다.

"서, 서 공자, 지금 뭐라고 하셨소?"

"혹 유혼이라는 소년에 대해 아시는지 하고 물었습니다."

대금을 받으러 온 줄로만 알았던 서우마저 이런 질문을 던지자 곽 총관은 필시 유건당과 그 소년 사이에 무슨 일이 벌어졌을 것이라는 생각이 강하게 들었다.

"조금은 안다고 할 수 있지요. 관주께서 꼭 비무대회의 명단에 이름을 올리라는 명까지 내리셨으니."

서우는 비무대회란 말에 눈을 번뜩였다.

"혹시 그 소년이 어느 문파의 사람인지 알고 계십니까?"

곽 총관은 고개를 저었다.

"전혀 모르오. 아! 그러고 보니 신검과 관계가 있을지도 모르겠소."

"신검? 구금일검을 말씀하시는 것입니까?"

"자세한 건 대외비인지라 말씀드릴 수가 없소. 아무튼 관계가 있을 것이오."

서우는 유혼이 전혀 생각지 못했던 인물과 관계가 있을 것이란 말을 듣자 잠시 생각에 잠겼다.

'신검이라니.'

유혼은 악록객잔의 이층에 앉아 무료한 시간을 달래는 중
이었다. 그의 옆에는 휑하니 구멍이 뚫려 창문인지 난간인지
구별이 안 되는 벽이 보였다.

무림인들의 싸움으로 한바탕 난장판이 되어 있던 객잔의
내부는 하루 사이에 말끔히 회복되었다. 물론 벽에 난 구멍처
럼 단기간에 해결되지 않는 문제들이 곳곳에 산재해 있기는
했지만, 객잔 본연의 숙식 제공 업무는 문제없이 돌아가고 있
었다. 더불어 숙소의 환경이 나빠짐에 따라 요금을 깎아주기
까지 했기에 유혼은 다른 객점으로 옮기지 않고 이곳에 계속
묵고 있는 중이었다.

창은 아니었지만, 구멍이 뚫려 있기에 무심코 밖을 지켜보
고 있던 유혼은 멀리서부터 무척이나 낯이 익은 얼굴 하나가
달려오고 있는 모습을 보았다.

'으읏.'

낯익은 얼굴의 정체를 확인한 유혼은 급히 구멍 옆으로 몸
을 숨겼다.

'무슨 일이지?'

유혼은 조가약이 제발 자신을 못 봤기를 빌었다. 그러나 기
대도 잠시뿐. 그녀가 객잔의 문을 열어젖히며 안으로 들어오

는 모습을 본 유혼은 재빨리 도망칠 곳을 찾지 않을 수가 없었다.

유혼의 눈에 띈 곳은 총 세 곳이었다. 후원으로 향하는 문과 삼층으로 향하는 계단, 그리고 바로 옆의 구멍.

벽 뒤에 숨어 있던 유혼이 엉거주춤 구멍을 향해 다리를 내민 건, 조가약이 객잔 안으로 한 발을 내딛는 것과 거의 같은 시각에 이루어졌다.

풀썩.

유혼은 구멍에 매달려 있다가 높이를 가늠해 본 뒤에 뛰어내렸다. 바닥에 착지한 유혼은 속으로 인상을 썼다. 높이상으로는 뛰어내려도 문제가 없을 듯이 보였으나 충격이 상상외로 컸다. 어제 조가약의 주먹 때문에 허공을 날아 바닥을 뎅굴어야 했던 그 고통의 여파도 아직 남아 있는 것 같았다. 구멍에 매달릴 때 써야 했던 어깨가 욱신거려 왔다.

'아파하고 있을 때가 아니지.'

유혼이 막 객잔을 벗어나 대로로 내달리려던 순간이었다.

"이보시오, 소형제."

유혼은 자신을 부르는 소리에 흠칫 놀랐다. 유혼은 앞을 재빠르게 막아서는 두 청년을 보며 저들이 조가약의 일행이라면 정말 큰일이라는 생각을 했다.

한 청년이 이층에 나 있는 구멍을 가리키며 물었다.

"무슨 짓이오? 멀쩡한 문을 놔두고 이층에서 뛰어내리다니."

이렇게 말한 청년은 악록객잔의 정문도 구멍이 뚫려 멀쩡하다고 하기 힘든 모습을 하고 있음을 보고 무안한지 헛기침을 했다.

"그럴 일이 좀 있소."

유혼은 갈 길이 바쁘니 비키라는 손짓을 했다.

"음식을 먹었으면 정당하게 값을 내고 나와야지 이렇게 도망을 치면 되겠소?"

현재 유혼의 관심은 오로지 조가약이 나타나 또 싸우자는 말을 하며 달려들지는 않을까 하는 것이었다. 때문에 객잔의 구멍을 통해 뛰어내린 자신의 모습이 도둑처럼 보일 수도 있다는 사실은 미처 신경 쓰지 못하고 있었다.

"그런 일이 아니오."

무뚝뚝하게 쏘아붙인 유혼은 두 청년 사이를 지나가려고 했다. 유혼에게 말을 걸었던 청년이 다른 청년을 보며 눈짓했다.

"아니면 아닌 것이지 뭘 그리 급하게 가려고 하시오?"

청년들이 유혼의 앞과 뒤를 막아섰다.

"일단 안으로 들어가서 객점 주인과 대면을 해본다면 보내주겠소."

"비키시오."

청년은 갈 수 있으면 가보라는 듯이 양손을 벌려 보였다. 유혼은 속으로 한숨을 쉰 뒤에 청년에게 반문했다.

"내가 위험한 상황에 몰려 도망을 치는 중이라면 어쩌겠소?"

피식, 청년은 가볍게 웃었다.

"음식 값을 떼어먹고 도망치던 자가 위험한 일에 몰리는 상황이라면, 그건 객점 주인을 만나는 것밖에 더 있소?"

유혼의 안색이 굳어졌다. 이 두 청년은 무림인이 분명했다. 그렇기에 생전 처음 보는 사람 앞에서도 저렇게 여유로운 표정을 짓고 있는 것이겠지.

"나는 무림인이 아니오. 그러니 그냥 보내주시오."

"왜? 객점 주인에게 걸리면 얻어맞을까 봐 슬슬 겁이 나오?"

웃으며 묻고 있는 청년과는 달리 유혼은 심각한 어조로 답했다.

"당신들이 생각하는 것보다 더 무서운 상대가 있거든. 좋소. 안으로 들어가지. 하나 조건이 있소."

"조건?"

"당신들이 틀렸다면, 내 목숨을 위험하게 한 것이니 나를 보호해 주시오."

조가약은 찾고 있던 유혼이 웬 청년 둘과 들어서는 모습을 보며 의아한 표정을 지어 보였다. 유혼이 같이 들어온 청년들과 친분이 있었으리라곤 전혀 생각지 못했기 때문이다.

'중문쌍룡(中門雙龍)?'

두 청년 중에서 백의를 입고 준수한 얼굴에 깨끗한 피부를 가진 이가 백리중문(百里中門), 황의를 입고 그들 중 가장 키가 크며, 호남형의 얼굴을 한 이가 황보중문(皇甫中門)이었다.

이들은 현재 호남성의 세력을 양분하고 있는 큰 가문인 백리세가(百里世家)와 황보세가(皇甫世家)의 젊은이들이었다. 오래전부터 호남성에 터를 잡고 군림해 온 백리세가와 산동에서 넘어와 최근 몇십 년간 급속도로 세를 불리고 있는 황보세가는 호남무림의 판도 변화에 큰 축이 되고 있는 두 개의 가문이었다.

이 두 세가가 움직인다면, 그건 호남무림 전체가 움직인다는 것과 같은 말이 될 정도였다. 백리중문과 황보중문은 이 두 가문의 기대를 한 몸에 받고 있는 젊은이들이었다. 때로는 절친한 친구로, 때로는 맞수로. 두 청년이 서로 같은 이름을 쓰고 있었기에 쌍둥이일지도 모른다는 소문까지 들릴 정도였다.

조가약은 공사로 인해 장사에 한참이나 머물렀기에 이 청년들에 대한 소문을 귀에 못 박히도록 들어 알고 있었다. 하지만 유혼이라는 이름은 전혀 들어본 적이 없었다. 유혼이 이 청년들과 어울릴 정도라면 소문이 나지 않을 리가 없는데도 말이다.

"보시오."

유혼이 손가락으로 자신을 가리키자 조가약은 두 눈을 깜박이며 당혹스러운 표정을 지었다. 더불어 유혼의 뒤편에 서 있던 두 청년 역시 조가약을 보며 놀란 눈이 되었다.

백리중문이 놀라서 유혼에게 물었다.

"저렇게 어린 소저가 당신을 위협하고 있다는 거요?"

유혼은 조가약의 시선을 피해 슬쩍 뒤로 물러서며 고개를 끄덕였다.

황보중문이 조가약에게 포권하며 말했다.

"처음 뵙겠소. 흠흠. 죄송하지만, 소저. 소저께서 정말 이 사람을 위협하고 있는 것이오?"

조가약은 순간 기가 차서 말문이 막혀왔다.

"우린 이 소형제가 객잔 이층의 구멍으로 도망을 치고 있는 것을 보고, 도둑이 아닐까 하여 안으로 들어온 것이오."

조가약은 황보중문의 말을 듣고 이층 쪽으로 시선을 움직였다. 벽에 휑하니 구멍이 뚫려 있는 것을 본 그녀는 얼굴이 붉게 달아오르며 유혼을 쏘아보았다.

"너 정말 나 때문에 도망치려고 한 거야?"

고개를 끄덕이는 유혼을 본 백리중문과 황보중문은 유혼이 정말로 저 소녀를 피해 도망치고 있었음을 깨닫고 시선을 내리깔았다.

"죄송하오, 소형제. 오해가 있었소."

조가약은 백리중문이 유혼에게 사과하는 모습을 보고 발끈했다.

"무슨 소릴 하는 거예요! 내가 저 사람을 뭐 어쩐다고 했어요?"

"소형제 말로는 목숨을 위협받는다고……."

"이봐요! 뭔가 단단히 오해하시는 것 같은데, 날 비무에서 이겨 버린 사람을 내가 무슨 수로 위협하겠어요?"

엉겁결에 인정하기 싫은 패배를 시인해 버린 조가약은 말도 안 되는 오해를 하고 있는 두 청년과 유혼을 무서운 눈으로 쏘아보았다.

유혼은 조가약의 시선을 피해 백리중문과 황보중문의 등 뒤에 숨었다. 조가약은 유혼의 행동에 기가 막힌다는 표정을 지어 보였고, 두 청년은 어느 장단에 춤을 춰야 할지 모를 표정이 됐다.

"황보 형, 이거 어쩌지?"

"으음……."

유혼은 당황하고 있는 두 청년에게 담담한 얼굴로 말했다.

"이제 보호해 주겠다던 약속을 지키시오."

조가약은 끓어오르는 화를 삭이며 나직하게 말했다.

"야, 유혼! 싸우자고 찾아온 거 아니니까 얼른 나와."

백리중문과 황보중문은 조가약의 날카로운 시선이 자신들이 아닌 뒤에 서 있는 유혼을 향하고 있음을 느꼈기에 슬금슬

금 움직여 그녀가 유혼을 볼 수 있게 틈을 만들어주었다.

"어제 자칫하면 죽을 뻔했소. 또 그러지 말란 법은 없지."

유혼은 비록 멋진 무공을 보기 위해 강호인들과 친해져야 한다고 다짐하긴 했지만, 조가약과는 도무지 친해지고픈 마음이 들지 않았다. 언제 돌변해 공격해 올지 모른다는 생각에 그녀를 보자 두려운 마음이 먼저 일었다. 신검조차 우습게보던 유혼이 이러고 있다는 사실을 박지량이 알았다면 통탄할 노릇이겠지만.

"후우. 좋아. 움직이지 않을 테니까, 거기 가만히 있어. 몇 가지만 묻고 눈앞에서 사라져 줄게."

조가약은 유혼과 제대로 된 대화를 하는 것을 거의 포기한 듯이 한숨을 쉬며 물었다.

"너, 장사비무대회에 출전하는 거야?"

"출전하지 않소."

"그럼 여기에 도대체 뭘 하러 온 거야?"

"구경."

"구경?"

"잘 아는 노인장이 비무대회에 대단한 고수들이 나온다 했소. 그래서 구경 온 것이오."

"하…… 하하……."

조가약은 허탈한 표정을 지었다. 현재 장사 안에 비무대회를 관전하기 위해 모여든 인파가 엄청나다는 건 누구나 알고 있다. 그리고 이런 이유 같지도 않은 이유를 대는 유혼이 지금 거짓말을 하고 있다고 볼 수는 없었다. 어제 강변에서 돌을 던질 때도, 난장판이 된 악록객잔 안에서 태연히 밥을 먹고 있을 때도, 소륵과 함께 비무를 하라고 강요했을 때도, 그가 거짓말을 한 적은 없었으니까.

그래서 조가약은 얼마 전부터 유혼을 만난 무림인이라면 으레 묻는 질문 중 하나를 던졌다.

"너 도대체 뭐 하는 놈이야?"

악록객잔의 밖으로 소매가 없는 붉은 장삼을 걸치고 있는 건장한 체격의 사내가 모습을 드러냈다.

"이 안인가?"

사내의 옆으로 바람처럼 나타난 흑의복면인이 허리를 숙이며 답했다.

"그렇습니다."

"다른 쪽 문은 다 봉쇄했겠지?"

"후원과 주방의 쪽문 앞에 두 개 조를 배치시켰습니다."

"좋아."

사내는 허리춤에 걸려 있던 갈색의 사자탈을 쓰며 말했다.

"시작하자."

"소, 소저, 진정하시오."

조가약이 금방이라도 달려들 것 같은 기세를 보이자, 백리중문은 당황하여 손을 들어 그녀를 만류했다.

　"이 소형제는 정말 소저가 두려워서 이렇게 숨어 있는 것 같소. 그러니 이쯤 해서 그만 화를 푸는 게 어떻소? 무슨 원수진 일이 있다고 서로 이렇게 싫어하시오. 내 이야기를 천천히 들어보니 이 소형제는 무림인이 아니라 평범한 사람 같으니."

　"이보세요, 공자님! 상식적으로 생각을 해보시겠어요? 비무림인이 무림인과 비무해 승리한다는 게 가능하다고 보세요?"

　"뭐, 무림인이라 해도 방심했다면……."

　백리중문은 순간 말을 실수했음을 깨달았으나 주워 담기엔 이미 늦음 감이 있었다. 조가약은 코웃음을 치며 말했다.

　"흥! 당신이야말로 방심한 무림인을 이길 수 있는지 확인해 볼까요?"

　"소저, 그런 뜻으로 한 말이 아니라……."

　"당신들이 저자와 나 사이의 문제에 참견할 자격이나 이유 같은 건 없어요. 그러니 신경 끄시죠!"

　유혼은 두 청년 뒤에 숨어 있다가 여차하면 문밖으로 달려나가 버리겠다는 생각을 하고 있었다. 객잔 안으로 들어오기 전, 청년들의 말이 틀렸다면 그들이 자신을 보호해 주기로 약조했으나, 그것을 정말 지켜줄지 알 수 없는 일이었다. 그리고 청년들이 조가약에게서 자신을 보호해 줄 수 있을 정도의 실력을 가지고 있다는 보장도 없었다.

'응?'

문 주위를 살피며 적절한 기회를 노리고 있던 유혼의 시야에 붉은 옷을 입은 사내의 잔영이 아른거리는 모습이 들어왔다. 문에 나 있는 구멍을 통해 언뜻 본 것이지만, 보통 사람의 걸음 속도와는 차원이 다른 꽤나 빠른 움직임이었다. 무림인의 움직임인 것이다.

유혼은 붉은 옷의 사내가 보여주는 속도에 적잖게 감탄했다. 그리고 그 감탄을 음미할 틈도 없이 이번에는 천장과 이, 삼층의 틈으로 검은 옷을 입은 사람들이 빠르게 들어서고 있는 것을 발견했다. 조가약이 두 청년과 말다툼을 벌이는 시간 동안, 상당히 많은 수의 그림자들이 객잔 안으로 들어서고 있었다.

'뭐지?'

왜 문이 아닌 곳으로 들어오고 있는 것일까? 설마 주인 모르게 음식을 가지고 도망치려고? 낯선 움직임들에 대한 궁금증이 유혼의 머릿속에 가득 차 있을 무렵, 천장과 벽 틈에서 수십의 인영이 소리없이 한꺼번에 날아올랐다.

"오오!"

유혼이 탄성을 터뜨리며 위쪽을 쳐다보자 말다툼을 벌이

던 조가약과 두 청년도 자연스럽게 시선을 위쪽으로 던졌다.
그리고 유혼을 제외한 다른 사람의 안색이 순식간에 흑빛이
됐다.

"어엇!"

"뭐야? 암습?"

콰앙!

문짝이 세차게 떨어져 나갔다. 유혼을 제외한 다른 이들이
모두 굉음에 놀라고 있는 사이, 정문으로 사자탈을 쓴 사내가
모습을 드러냈다. 그리고 허공으로 날아올랐던 흑의인들이
바닥으로 내려와 유혼 일행 전부를 둘러쌌다.

"무슨 짓이냐!"

황보중문이 경계 어린 눈초리로 검을 빼 들었다.

사자탈을 쓴 사내는 조용히 다가와 흑의인들의 포위 바깥
에 섰다.

"무기를 버려라."

굵직한 음성이었다. 말없이 포위를 구축하고 있는 흑의인
들과 사자탈을 쓰고 있는 사내의 기세는 무척이나 음산했다.

장사는 황보세가와 백리세가의 세력권이 집중되어 있는
곳이다. 거기다 지금은 큰 비무대회를 앞두고 있는 시기다.
황보중문은 온갖 무림인들이 득실거리고 있는 이곳에서 저렇
게 많은 수의 복면인들이 소리 소문 없이 나타났다는 사실에
적잖게 당황했다.

백리중문은 안색이 변해서 유혼을 쳐다보았다.

"이보시오, 소형제. 혹시 소형제가 말한 위험이 이거였소?"

흑의인들의 포위에 위축되어 안쪽으로 뒷걸음질치고 있던 유혼은 바로 옆에 조가약이 있음을 깨닫고 흠칫 놀랐다. 유혼이 놀라서 조가약이 아닌 흑의인들을 향해 다시 뒷걸음질치는 모습을 본 백리중문은 의도치는 않았으나 자신이 던진 질문에 대한 확답을 얻을 수 있었다.

조가약은 수혈(睡穴)을 제압당해 쓰러져 있는 객잔 안의 다른 사람들을 살피며 저들이 노골적으로 이쪽을 노리고 있다는 사실을 깨달았다. 그런데 누구를?

사자탈을 쓴 사내는 백리중문과 황보중문을 가리키며 말했다.

"지금 당장 무기를 바닥에 내려놓지 않으면 이 안에서 몸성히 나갈 생각을 버려야 할 것이다."

조가약이 사자탈의 사내를 향해 물었다.

"당신들 뭐죠? 어떻게 장사 한복판에서 이런 짓을!"

"네가 알 바 아니다."

사자탈의 사내는 조가약을 무시한 채 검을 빼 들고 있는 두 청년을 날카롭게 쏘아보았다.

"셋을 세겠다. 하나. 둘."

사자탈의 사내가 내뿜는 기세와 흑의복면인들이 보이고

있는 압박감에 황보중문과 백리중문은 검을 내려놓으려고 했다. 유혼과 조가약이 비록 겉으로 보기에 무기를 소지하고 있지는 않았으나, 사자탈의 사내가 노골적으로 자신들 둘만을 가리키고 있다는 사실로 미루어볼 때, 저들이 노리고 있는 상대가 누구인지는 분명했다.

황보중문은 백리중문과 시선을 교환하며 일단은 무기를 버리자고 결정했다. 설령 무기를 버린다고 하더라도 저들이 자신들을 어쩌지는 못할 것이다. 어찌 됐든 지금의 장사는 수많은 고수들이 집결해 있는 호랑이 굴과 같은 장소였고, 제정신 박힌 무림인이라면 그 장소의 터줏대감 격인 황보세가와 백리세가 사람을 해할 리가 없었다.

두 청년이 검을 바닥에 버리려던 순간이었다.

"어라? 뭐 이리 시커먼 놈들이 많아? 단체 손님이라도 받았나?"

"소륵 아저씨!"

객잔 안으로 들어서던 소륵은 안에서 벌어지고 있는 광경을 보더니 놀란 표정을 지어 보였다.

"조가 꼬마야, 넌 또 여기 무슨 일이냐? 또 쌈질하려고?"

반가운 기색을 띠고 있던 조가약은 소륵의 말에 안색이 급변했다.

사자탈의 사내가 소륵을 보며 이상하다는 듯이 물었다.

"분명 입구를 지키고 있었을 텐데?"

소륵은 잠시 생각하는 표정을 지어 보이더니, 이내 손뼉을 탁 치며 말했다.

"아아, 그놈들? 벽에 바싹 붙어 있는 모양이 너무 졸려 보이기에 푹 쉬라고 배려를 좀 해줬지."

소륵은 이렇게 말한 뒤에 손으로 뒤쪽을 가리켰다.

"내가 아니라 저 친구가 하긴 했지만."

정문으로 흑의인들 두 명을 양 어깨에 둘러메고 있는 탑패가 모습을 드러냈다.

"어이, 소륵. 이거 어쩌지?"

"왜?"

"이놈들 살짝 건드렸는데 일어날 생각을 안 하네."

"괜찮아. 저쪽에 눕혀놓게. 나중에 알아서 일어나겠지."

사자탈의 사내는 코웃음을 쳤다.

"우리 일을 방해할 생각이라면 그만한 각오를 해야 할 것이다."

소륵은 손을 들어 진정하라는 몸짓을 해 보였다.

"걱정 말라고, 탈 쓴 형제. 이 더운 날 그렇게 털 많은 탈을 쓰고 있기도 참 갑갑할 텐데, 내 볼일만 보고 얼른 사라져 주겠네."

"황보중문과 백리중문은 넘겨줄 수 없다."

"아 참. 이 형제 왜 이러시나. 걱정하지 말라고 하지 않았나?"

조가약은 소록과 탑패가 당연히 이 포위망 속에서 자신을
빼줄 것이라 확신하고 움직이려 했다.

"어이, 유가 꼬마! 같이 가줘야겠다."

"에에?"

조가약은 그 자리에 굳어진 듯이 멈추어 섰다. 그녀는 소록
이 지금 장난을 치고 있는 것이라 생각했다.

흑의복면인들과 조가약 사이에서 어정쩡하게 서 있던 유
혼은 소록의 얼굴을 보게 되자 어제의 일을 떠올리지 않을 수
가 없었다. 말로는 비무를 막는 척하면서 조가약을 부추겨 자
신을 공격하게 만들었던 종잡을 수 없는 무림인.

"무슨 일이오?"

"급한 일이다. 얼른 따라와."

소록이 따라오라고 손짓했다. 유혼은 슬며시 고개를 저었
다.

"가지 않겠소."

"뭐?"

유혼은 흑의복면인들의 포위망 안에 위치해 있는 한 의자
에 걸터앉으며 말했다.

"곧 여기에서 싸움이 벌어질 것 같소. 그러니 다른 곳에는
갈 수 없소."

이 말에 곁에 서 있던 황보중문과 백리중문이 어색한 미소
를 지었다. 싸움이 벌어질 일이라면 자신들을 가리키는 말일

텐데.

"유가 꼬마, 너 또 무공을 보여달라고 부탁한 거냐?"

"전혀."

"비무와 싸움은 다르다. 한 집단과 다른 집단 간 싸움이 벌어지면 설령 아무 관계가 없다고 해도 목숨을 보장 못해."

유혼은 알고 있다는 듯이 고개를 끄덕였다.

"저 탈을 쓴 사내의 움직임은 그걸 충분히 감수할 만하오."

소륵은 잠깐 동안 말없이 유혼을 쏘아보았다. 사자탈의 사내가 소륵을 돌아보며 물었다.

"이제 볼일은 끝났나?"

휘리릭!

소륵은 사자탈의 사내가 몸을 돌리는 순간, 쏜살처럼 흑의복면인들의 포위진 안으로 향했다. 흑의복면인들이 그 움직임에 반응하려 하자 사자탈의 사내가 손을 들어 저지했다.

"유가 꼬마."

순식간에 유혼의 앞에 도착해 그의 멱살을 움켜잡은 소륵은 지금까지의 건들거리던 음성과는 다른 상당히 무거운 어조로 입을 열었다.

"잠자코 따라오는 게 좋을 거야."

소륵은 유혼의 눈을 쏘아보고 있었다. 무반응의 눈동자. 자신이 달려드는 모습을 똑똑히 보고 있었음에도 일말의 반응도 없었다. 소륵은 그 눈동자에서 시선을 떼지 않은 채로

일 년을 잃다 221

낮게 읊조렸다.

"신검과는 무슨 관계지?"

"신검?"

"구금일검 박지량. 너 그자와 무슨 관계지?"

"그냥 아는 사이요."

소륵은 유혼의 멱살을 거세게 잡아채며 얼굴을 바짝 들이댔다. 서로의 눈과 눈이 한 치의 거리도 안 될 정도로 가까이 맞닿았다.

"잘 들어라, 유가 꼬마. 네가 어떤 능력을 가지고 있고, 어떤 해괴한 짓들을 한다 해도 상관 안 해. 하지만 네가 신검과 관계가 있다면 이야기는 달라진다. 신검이 나타나기 전까지 넌 우리와 함께 있어야 한다."

유혼은 강하게 옷깃을 움켜쥐고 있는 소륵의 손 때문에 호흡하기가 무척 버거운 상태였다. 유혼은 시선을 소륵에게 고정한 채로 힘겹게 한자한자를 발음해 나가기 시작했다.

"이봐, 보호해 주기로 했잖아."

소륵은 자신이 잘못 들었나 했다.

"무슨 소리냐?"

유혼의 이 말은 코앞에 있는 소륵을 향한 말이 아니었다. 유혼의 말은 소륵의 뒤에 위치해 있는 황보중문과 백리중문을 향해 있었다.

"무림인의 약속이란 건, 이렇게 쉽게 깰 수 있을 만큼 가벼운 것인가?"

황보중문은 싫다는 유혼을 억지로 이끌고 객잔 안에 들어왔다가 갑작스런 봉변을 당한 꼴이라 지금의 상황을 반쯤은 어리둥절한 상태로 관망하고 있던 중이었다.

"소형제, 그건 이 소저에게만 국한된 이야기 아니오?"

"저 여자나 이자나 모두 같은 문파다. 당신들 둘이 아니었으면 이렇게 잡힐 일도 없었어."

백리중문이 그 소리에 발끈해서 말했다.

"소형제가 아니었다면 이렇게 포위당하지도 않았소!"

유혼은 옷깃이 늘어나 목을 운신하기가 좀 더 편해지자 빠르게 말을 이어나갔다.

"저 탈을 쓴 사내와 이 흑의인들은 당신들이 어느 곳에 있든 똑같은 일을 벌였을 거야. 지금 이 흑의인들보다 객잔 구석구석에 숨어 있는 흑의인들의 수가 더 많아. 천장에 스무 명, 이층의 구멍으로 열 명, 후원 쪽의 문과 부엌 쪽의 문에서도 열 명 정도가 들어왔어."

유혼의 주변을 포위하고 있는 흑의인들은 스무 명에 불과했다. 유혼이 남은 인원은 객잔의 다른 곳에 숨어 있다고 말하고는 있지만, 지금 서 있는 곳에서는 전혀 발견할 수가 없었다. 그렇기에 황보중문과 백리중문은 유혼의 말을 믿을 수가 없었다.

"이봐, 내 말이 틀렸나?"

유혼이 사자탈의 사내를 보며 물었으나 대답을 들을 수 없었다. 유혼은 단지 흑의인들이 침입하던 순간에 벌써 그 인원을 모조리 세어보고 파악해 놓았던 것이지만, 황보중문과 백리중문은 그 사실을 알 턱이 없었다.

"으음."

신음성을 흘리던 황보중문은 결심했다는 듯이 검을 들어 소륵을 가리켰다. 그 모습을 본 백리중문이 놀라서 소리쳤다.

"황보 형!"

"약속은 약속이니."

백리중문은 당장 자신의 위험도 감당하지 못할 상황에 무슨 짓을 하느냐는 듯한 원망의 시선을 던졌지만, 황보중문은 굳은 표정으로 소륵을 바라보고 있었다.

"으으."

백리중문은 어쩔 수 없이 검을 쥔 채로 황보중문의 옆으로 합류했다.

소륵은 얼굴을 찡그리더니 조가약을 보며 물었다.

"조가 꼬마, 이게 어찌 돌아가는 거냐? 이놈들 뭐야?"

"흥."

조가약은 소륵과 탑패가 자신 때문에 온 것이 아니라는 사실에 기분이 단단히 상해 있던 터라 그 질문을 못 들었다는 듯이 고개를 홱 돌렸다.

황보중문과 백리중문이 포위하듯이 다가서자 소륵은 한숨

을 푹 내쉬었다.

"소형제에게서 떨어지시오."

"하. 이거 참내. 감동적이어서 눈물이 다 나오는군 그래. 젊은 놈들이 벌써부터 협객 흉내라니."

유혼은 아직도 멱살을 움켜쥐고 있는 소륵의 손에 자신의 손을 올리며 말했다.

"당신네 문파는 싸움을 할 수 없다 하지 않았소? 저 무림인들과 싸우기 싫다면 날 놓고 이만 가시오. 나는 비록 싸움을 할 수준조차 되지 못하여 그냥 때려눕히고 가면 그만이겠지만, 저들 둘은 다를 것이오."

"쓸데없는 일을 기억하는군. 유가 꼬마야, 내가 싸움을 하고 말고는 네가 판단할 문제가 아니다."

"저번 공사에서 당신이 빼돌린 대금도 당신이 판단할 문제가 아니오?"

유혼의 이 말에 소륵은 물론 조가약의 안색마저 변했다.

"하. 이놈의 꼬마."

소륵이 멱살을 놓고 유혼에게서 물러섰다.

"네놈의 선택이 잘한 일인지 어디 두고 보자."

소륵은 냉기를 풀풀 풍기며 등을 돌렸다. 소륵이 포위망을 벗어나자 사자탈의 사내는 그제야 흑의복면인들에게 포위를 단단히 하라는 지시를 내렸다. 탑패는 영문을 모르겠다는 표정을 지으며 소륵이 정문을 나서는 모습을 바라보았다.

"너는 가도 된다."

사자탈의 사내가 조가약을 가리키며 말했다. 조가약은 버럭 소리를 질렀다.

"안 가!"

탑패는 화가 단단히 나 등을 돌린 채 서 있는 조가약을 보며 고개를 휘휘 젓더니 소륵의 뒤를 따라 밖으로 나갔다.

사자탈의 사내가 말했다.

"무기를 빼앗고 저들 모두를 포박해라."

강변로를 걷고 있던 소륵을 허겁지겁 뒤따라온 탑패가 말했다.

"이봐, 소륵. 뒤따라갈 거지?"

"뭐 하러?"

"유혼이라는 애는 그렇다고 쳐도 저들이 가약이까지 데려가 버렸잖아."

"신경 안 써도 되네."

"뭐? 가약이는 당주님의 제자라고."

"그러니 신경 안 써도 된단 말이네. 저쪽에서도 그 사실을 모르지는 않을 테니. 아니, 더 잘 알고 있을 테지."

소륵은 길 한쪽에 서 있는 나무 밑에 드러눕더니 눈을 감았다.

"황보세가와 백리세가, 그리고 유건당. 어떤 문파가 미쳤다고 맹수 굴에 돌을 던지는 짓을 하겠나?"

"그럼 그 유혼이라는 꼬마는?"

"글쎄. 신검과 어떤 관계인지 밝혀지지 않은 이상, 맹수보다 더 무서운 존재를 건드리는 꼴이 될지도."

"그럼 대체 저들은 무슨 이유 때문에 저러나?"

"알 턱이 있나. 서우에게나 물어보게."

*　　　*　　　*

순우은은 좁은 건물의 틈 사이에 숨어 거친 숨을 내쉬었다. 부상을 어느 정도 회복한 뒤, 새로 익힌 미완성의 무공을 가다듬기 위해 찾은 장사에서 보기 좋게 무당파 사람과 맞닥뜨리게 될 줄은 미처 생각지 못했다. 아니, 이제 겨우 무당파와 무당파의 무공을 잊어버릴 수 있는 길을 발견했다는 기쁨에 생각지 않으려 한 것일 수도 있었다.

장사에서 대체 무엇을 기대했단 말인가? 설령 무당파의 무공을 완전히 잊는다고 해도, 다시 무당파 사람을 만나게 된다면 무슨 말을 해야 한단 말인가? 반갑다고 인사라도 건네야 할까? 무당파 사람이었을 때는 든든한 동료였을지 몰라도 파문당한 지금에는 철천지원수보다도 못한 사이일 뿐이다.

"하아. 하아."

골목 쪽을 지켜보고 있던 순우은은 자신을 찾기 위해 두리

번거리고 있는 도사의 얼굴을 확인하자마자 급히 벽에 몸을 붙였다.

'정명(正明) 사백.'

순우은은 정명자에 대한 기억을 떠올려 보았다. 상당히 깐깐했지만, 그래도 자신에게 큰 기대를 걸고 있던 사백이었다. 비록 정명자의 두 제자인 무곤(茂坤)과 무이(茂離)가 자신을 무척 싫어했었지만, 정명자만은 그런 두 제자를 꾸짖으며 자신의 무공 수련을 도왔었다. 하지만 오늘 만난 정명자는 예전의 그가 아니었다.

"파문제자를 멀쩡히 보낸다는 것은 있을 수 없는 일이다. 무은은 어서 나와 이 앞에 무릎 꿇어라!"

정명자의 외침이 순우은의 가슴에 비수처럼 꽂혔다. 그토록 자신의 성장을 바라던 사백이 이제는 자신의 무공을 없애려 하고 있었다.

"저는 이제 무은이 아닙니다."

순우은이 모습을 드러내자 정명자는 눈에 불을 뿜었다.

"닥쳐라! 난 널 그냥 내보내 버린 사형을 이해할 수가 없다. 넌 본 문의 절기인 태극혜검을 익혔어. 이것을 알고 있는 자를 강호에 그대로 놓아준다면, 그건 본 문의 크나큰 손실이다! 난 무당파를 대신해 너의 단전을 파기하고 다신 검을 잡지 못하도록 손목의 힘줄을 자를 것이다!"

"전 이미 무당파의 모든 무공을 버렸습니다."

"말도 안 되는 소리!"

순우은은 등 뒤에서 도를 빼 들었다.

"미약하지만 그 증거를 보여 드리겠습니다."

우우웅!

순우은의 도에서 낮은 울림이 일었다. 도에서 뻗어 나온 폭풍 같은 기세는 순식간에 정명자의 정면을 덮쳤다. 도가 일으킨 기세에 바닥이 파이며 모래가 거칠게 흩날렸다.

"무은!"

정명자는 급히 검을 뽑아 태청검법(太淸劍法)의 절초를 펼치며 다가오는 도의 기세와 마주쳐 갔다. 태청검법이 일으킨 기운은 모래바람과 함께 휘몰아쳐 오는 도의 기세와 전혀 다른 부드러운 검풍이었다. 도와 검의 충돌로 인해 모래가 골목 안을 가득 메우며 지척도 확인하기 힘들 정도로 시야를 방해했다.

"흥! 감히 어설픈 잔재주로 공격하려 들다니!"

폭풍과도 같던 도의 기세가 부드러운 검풍을 만나 순식간에 그 힘을 잃어갔다. 사납게 휘몰아치던 모래바람이 정명자 앞에 가로막혀 더 이상 전진하지 못했다. 모래가 정명자 앞에 차곡차곡 쌓이며 골목 안을 맴돌던 먼지들이 가라앉기 시작했다.

휘이익!

모래먼지 사이로 도 한 자루가 날아와 정명자 발 앞에 떨어졌다. 정명자는 시야를 방해하던 먼지가 사라지고 나서야 순우은의 모습을 찾아볼 수 없다는 사실을 깨달았다.

미친 듯이 내달리던 순우은은 장사에서 벗어나 정명자가 더 이상 따라오지 않는 것을 확인하고 나서야 멈춰 설 수 있었다. 그녀는 이마에 맺혀 있는 땀을 훔쳐 내며 길옆에 있는 시냇가로 내려섰다. 그녀는 흐르는 물에 얼굴과 손을 씻은 뒤 힘없이 나무 그늘 밑에 주저앉았다.

정명자를 따돌린 것이야 다행이라고 쳐도, 그 때문에 도를 버려야 했다. 그 도는 칼춤을 수련하기 전 유혼이 가져다주었던 남창비무관의 무기였다. 문제는 손잡이에 확실하게 남창비무관이란 이름이 음각되어 있다는 점이었다. 이로 인해 자칫 유혼에게 문제라도 생긴다면, 도저히 그를 볼 면목이 없게 되는 것이다.

"휴우."

순우은은 유혼에 대한 생각을 떠올리며 자신도 모르게 입가에 미소를 띠었다. 오로지 무공을 보는 것밖에 생각하지 않는 소년. 무공을 보기 위해선 간이든 쓸개든 다 내어줄 것 같은 행동들. 그래서 칼춤을 배웠고, 그래서 무당파의 무공을 떨쳐 낼 실마리를 찾을 수 있었다.

'언제 만나게 될진 모르지만, 반드시 이 도법을 완성해 보여 드리겠습니다.'

나무 아래에서 잠시 동안 휴식을 취한 순우은이 움직이기 위해 막 일어서려던 때였다. 멀리서부터 말발굽 소리가 들려오기 시작했다. 그녀의 귓가에 울리는 말발굽 소리는 점차 크게 들려오고 있었다. 그녀는 혹시 몰라서 나무 뒤로 몸을 숨기며 길 위를 주시했다.

검은 말 네 마리가 끌고 있는 마차가 길 위를 달리고 있었다. 말들이 끌고 있는 마차도 검은색이었다. 거기다 마차를 끌고 있는 사람마저도 검은 복장에 검은 복면을 하고 있었다.

온통 검은 칠을 해놓은 사두마차가 다가오는 모습에 순우은은 신기하다는 표정으로 그것을 지켜보았다.

"아. 저 사람은."

마차의 창문이 열리고 한 사람이 모습을 드러냈다. 순우은이 나무 뒤에 숨어 있었기에 창문을 연 사람은 그녀를 보지 못한 듯했다.

'어딜 가는 걸까?'

마차는 이내 순우은의 시야에서 멀어져 가기 시작했다.

*   *   *

유혼은 혈도가 짚이고 손이 묶인 상태로 미리 준비되어 있던 마차에 태워졌다. 그와 사정이 다를 바 없는 조가약과 두 청년도 뒤이어 마차로 밀려 올라왔다.

"이보시오! 대체 무슨 이유로 이러는 거요?"

황보중문이 소리쳐 보았으나 사자탈의 사내는 묵묵부답이었다.

"이보시오!"

쿵.

사자탈의 사내가 마차 문을 닫자 밖이 대낮임에도 불구하고 마차 안이 암흑으로 돌변했다.

유혼에게는 정체불명의 사람들에게 끌려가고 있는 현재 상황보다 바로 옆에 조가약이 앉아 있다는 사실이 더 불안감을 가져다주고 있었다. 마차 안은 그들 네 명이 앉아 있기에 조금 비좁은 공간이었다. 거기다 밖에서 들어오는 빛이 대부분 차단당해 있는 상태라 답답함이 배가되고 있었다. 유혼은 더욱 비좁을지라도 차라리 건너편에 앉은 두 청년 사이에 끼어 가는 게 마음이 편할 것이란 생각이 들었다.

백리중문은 포박당한 손을 움직여 보며 투덜거렸다.

"점혈을 했으면서 손까지 꽁꽁 묶어놓을 건 또 뭐야. 으으."

황보중문이 이상하다는 듯이 말했다.

"그런데 왜 아혈은 짚지 않은 것일까? 안에서 소리라도 지르면 금방 알아차릴 텐데."

"아니에요."

불편한 자세로 마차 벽에 기대어 있던 조가약이 입을 열었다.

"아무리 소리쳐도 바깥에는 소리가 들리지 않아요."

"무슨 말씀이시오, 소저?"

"들어보세요. 지금 바깥의 소리가 들리나요? 이 마차는 움직이고 있어요. 하다못해 발굽 소리라도 선명히 들려야 하는데 그것마저도 미약하죠."

"으음."

모두가 답답하고 어두운 공간에서 아무것도 못하고 있을 때, 갑자기 마차의 창문이 열리며 빛과 바람이 한꺼번에 마차 안으로 날아들었다. 들리지 않던 밖의 소리도 창문을 통해 확연하게 들려왔다, 물론 대부분의 소리가 말발굽 소리였지만.

시원한 바람이 일자 좁은 공간에 그나마 약간의 청량감이 맴돌았다.

"어어?"

조가약은 창문을 연 주범인 유혼의 손이 전혀 묶여 있지 않은 것을 보고 놀랐다.

"너 어떻게 된 거야?"

"줄을 풀었소."

"그러니까, 어떻게?"

유혼은 조가약이 앉아 있는 쪽의 창문까지 열면서 별거 아니라는 듯이 말했다.

"헐렁해서."

유혼은 조가약에게 팔목과 팔목 사이에 부러뜨려 놓은 나무

젓가락을 숨겨놓고, 마차에 올라 이빨로 빼낸 다음 줄을 헐렁하게 만들었다는 부차적인 설명을 하지 않았다. 단순히 말하기가 귀찮은 이유도 있었지만, 수십이나 되는 흑의복면인들의 시선을 피해 이런 짓을 하려면, 그들의 움직임을 일일이 파악한 뒤 자신에게 시선이 머무르지 않는 적절한 순간을 찾아내, 한 치의 망설임도 없이 행해야 한다는 사실까지 말해야 하기 때문이다.

황보중문과 백리중문이 유혼에게 두 손을 내밀었다.

"소형제, 이것 좀 풀어주시오."

"나도 좀."

유혼은 그 소리에 줄을 풀어주려다가 문득, 두 청년의 줄을 풀면 조가약의 줄까지 풀린다는 사실을 깨달았다. 자신은 그녀와 껄끄러운 관계라 풀어주지 않더라도 두 청년 중의 하나가 풀어줄 것이 분명하기 때문이다.

"풀어줄 수 없소."

유혼의 말에 두 청년의 눈이 휘둥그레졌다. 조가약이 눈썹을 찌푸리며 말했다.

"어서 풀어."

유혼은 조가약을 가리키며 고개를 저었다.

"손을 풀어준다면 날 공격하지 않으리란 보장이 없소."

"으으. 야, 이런 상황에서 그런 짓을 할 리가 없잖아."

"믿을 수 없소. 당신은 너무 기분 내키는 대로 행동하는 경향이 있소."

유혼이 이렇게 말하자, 황보중문과 백리중문이 일리가 있다는 듯이 고개를 끄덕였다. 발끈하려던 조가약은 스스로 분노를 억누르며 차분히 말했다.

"그런 문제는 나중에 따지고 일단 이것부터 풀자. 응?"

유혼은 창문으로 고개를 돌리며 잘라 말했다.

"싫소."

"야아!"

열린 창문을 통해 바깥으로 소리가 흘러 나가고 있음에도 밖에서는 아무런 반응이 없었다.

황보중문은 더 크게 소리라도 질러볼까 하다가 마차가 이미 장사의 외곽으로 벗어나 있다는 사실을 깨닫고 포기했다. 사자탈의 사내가 자신들을 해할 생각이었다면 충분히 기회가 있었다. 그럼에도 이렇게 마차에 태워 어디론가 이동한다는 것은 다른 목적이 있기 때문이겠지. 객점 안에서라면 몰라도 문밖으로 나와 마차에 타기까지의 시간 동안 자신의 모습을 본 사람들이 있었다. 지금쯤이면 세가에 이 소식이 들어가고도 남을 정도일 것이다.

"풀어."

"싫소."

"풀어! 풀라고!"

유혼은 아예 대답조차 하지 않았다. 백리중문은 줄을 풀어보려고 이리저리 손을 움직여 보았지만, 단단히 묶인 줄은 내력을 쓸 수 없는 지금 도저히 풀 수 없는 것이었다.

"소형제, 잠시만."

황보중문은 최대한 조가약에게 시선이 가지 않도록 고개를 돌리며 말했다.

"우리 둘이 저 소저의 줄을 풀지 않겠다는 약조를 한다면 어떻겠소? 기억해 보시오. 객잔에서 우린 분명 소형제와의 약조를 지켰소."

"약조?"

유혼은 약조라는 말을 듣자 하나의 생각이 번뜩 머리를 스치고 지나갔다. 확실히 조가약의 줄을 풀어주지 말라는 조건을 붙이고 두 청년을 풀어주는 것은 별다르게 문제 될 것이 없었다. 다만 약조라는 것은 무언가를 대가로 약속을 지키겠다고 다짐하는 것이다. 그렇다면 그 대가라는 것이 굳이 조가약을 묶고 있는 줄일 필요는 없다.

"좋소."

"하하. 소형제, 생각 잘했소."

"다만, 줄을 풀어주기 전에 약조하시오."

"이미 약조하지 않았소? 설마 무슨 증표라도 달라는 것이오? 내 이름을 걸고 지킬 터이니……."

"그게 아니오."

뒤이어진 유혼의 말은 황보중문은 물론 조가약까지 당황스럽게 만들었다.

"내가 이 줄을 풀어준다면, 후에 나에게 당신의 무공을 보여주겠다고 약조하시오."

"뭐요?"

"그리고 이건 비무를 신청하는 게 절대 아니오."

마차는 그 뒤로 반 각여를 더 움직여 어느 한적해 보이는 장원의 입구에 도달했다. 사자탈의 사내는 마차로 다가와 창문이 열려 있음을 보고도 아무런 말을 하지 않았다.

"내려라."

문이 열리고 안에 있던 이들이 차례대로 내려섰다. 사자탈의 사내는 두 손이 자유로운 상태로 마차에서 내려오는 유혼을 보면서도 묵묵하게 있었다. 그러다 마지막에 내려선 조가약의 손에만 줄이 묶여 있는 모습을 보고는 미미한 동요를 일으켰다.

유혼의 이상한 조건을 받아들인 두 청년은 손이 자유로워지자마자 조가약의 손을 풀어주려 했었다. 그러나 그 직전 줄을 풀기 위해 그녀까지 조건에 붙였던 두 청년이기에 그녀는 도움을 받으려 하지 않았다. 거기다 유혼이 그녀에게 '줄을 풀어주면 마지막으로 무공을 보여줄 수 없겠냐'는 말을 던진 통에 그녀의 기분은 바닥까지 떨어져 있는 상태였다.

사자탈의 사내가 손짓하자 황보중문과 백리중문의 검을 지니고 있는 흑의복면인이 다가왔다.

"받아라."

흑의복면인이 다가와 자신의 무기를 건네주자 황보중문이 당황한 표정으로 사자탈의 사내를 바라보았다.

"이게 무슨 의미요?"

사자탈의 사내가 손을 휘젓자 막혀 있던 그들의 혈도마저 풀려 버렸다.

유혼은 그사이 혈도가 풀린 조가약이 묶여진 줄을 가볍게 뜯어내며 손목을 어루만지는 장면을 보고 움찔하고 있었다.

"내 일은 여기까지다."

덜컹.

"여기까지 오시느라 수고가 많으셨습니다."

장원의 문이 열리며 한 사람이 모습을 드러냈다. 황보중문이나 백리중문보다 조금 어려 보이고 유혼보다는 많아 보이는 약관의 청년이었다.

황보중문이나 백리중문도 꽤나 영준한 편에 속해 있었지만, 이 청년은 그들 둘보다 확실히 더 잘생겼다고 말할 수 있을 정도로 준수한 외모를 가지고 있었다. 거기다 특이한 것은 눈이 무척이나 초롱초롱하다는 것이었다. 눈에서 빛이 난다라는 말을 글자 그대로 받아들일 수 있을 만큼 반짝거리고 있었다.

"어라? 분명 중문쌍룡은 두 명일 텐데?"

청년의 말에 사자탈의 사내가 다가와 그의 귓가에 작은 목소리로 소곤거렸다.

"음. 그렇군. 그런 일이. 그런데 자네는 왜 아직도 그 탈을 쓰고 있는 거야? 뭐? 끝까지 신비감을 주고 싶다고?"

반쯤은 장난 섞인 말투로 농을 하고 있는 청년을 보게 되자 황보중문과 백리중문은 이곳에 도착해 잔뜩 품고 있었던 긴장감이 단번에 풀어지는 것을 느꼈다.

청년이 황보중문이 서 있는 곳을 향해 포권하며 고개를 숙였다.

"아. 처음 뵙겠습니다. 저는 무산회에서 소회주의 직책을 맡고 있는 번유하(繁流河)라고 합니다. 거친 방법을 써서 이렇게 모시게 된 점, 진심으로 사과드립니다."

자신의 이름을 번유하라고 밝힌 청년은 이제 그쪽의 소개 차례라는 듯이 고개를 살짝 치켜 올렸다.

조가약은 천천히 번유하를 바라보다가 놀라서 소리쳤다.

"검안(檢眼)!"

"오! 이렇게 아름다운 소저께서 동행하시다니. 실례지만 소저의 방명을 여쭈어도 되겠습니까?"

"조가약이에요. 그런데 당신 정말, 무산회 소회주 본인이 맞아요?"

"하하. 정말 맞습니다."

"사부님께서 무산회 식구들은 과도하게 부리부리한 눈을 가졌다고 하셨는데, 그게 사실이었군요."

"아하하. 칭찬으로 받아들이겠습니다, 조 소저."

번유하는 황보중문 쪽으로 시선을 돌려 물었다.

"호방하고, 사내다움이 넘치는 모습을 보니 이쪽이 황보 소협, 절륜한 외모에 지혜로운 눈빛을 가진 이쪽은 백리 소협 이겠군요. 음, 그런데 이쪽은……."

번유하의 시선이 유혼에게 향했다. 유혼은 눈을 찡그리며 말했다.

"그 눈 좀 저쪽으로 돌리면 안 되겠소?"

첫 대면에 대뜸 눈을 치우라는 말을 듣게 된 번유하였으나, 그는 안색 하나 변하지 않고 웃으며 고개를 돌렸다.

"하하. 그러지요. 이러면 되겠습니까?"

"고맙소."

소륵 같은 무인이 잠깐 바라보는 시선도 부담스러운 판에 무척이나 반짝거리는 번유하의 눈길은 이루 말할 수 없을 정도의 부담이었다.

"그럼, 이제 소협의 이름을 말해주시겠습니까?"

"곁눈질도 하지 마시오!"

"아앗. 실례."

번유하는 고개를 돌린 곳에 조가약이 서 있자 그녀를 보며 웃었다.

"상당히 까칠까칠한 소협이군요."

"그 이상이죠."

우여곡절 끝에 유혼의 이름까지 챙겨 들은 번유하는 그들을 장원의 안쪽으로 안내하면서 말했다.

"이곳엔 이미 많은 손님들이 와 계십니다. 황보 소협이나 백리 소협이라면 익히 알고 계시는 분들이 여럿 있을 것입니다."

황보중문이 번유하에게 물었다.

"왜 우릴 이곳까지 오게 만든 것이오?"

"여러분도 아시다시피, 삼 일 뒤에 장사비무대회가 시작됩니다. 그리고 내일부터는 그전의 여흥이라고 할 수 있는 후기지수를 위한 비무대회가 시작되죠."

"그건 알고 있소."

"그래서 여러분을 모신 것입니다."

"무슨……."

장원 안의 소로를 따라가다가 번유하가 멈추어 선 곳은 중앙으로 향하는 큰문의 앞이었다. 그가 문을 열자 무척이나 널찍한 공터가 모습을 드러냈다. 그리고 공터의 한가운데에는 말끔하게 정리되어 있는 일 장 높이의 비무대가 있었다.

"소개하겠습니다. 이곳이 앞으로 이틀간, 후기지수 비무대회가 열리게 될 특설 무대입니다."

"뭐요?"

"그리고 다시 소개를 드리자면, 저는 용운비 관주님으로부터 이 후기지수 비무대회를 담당하는 일을 맡게 된, 총책임자 번유하라고 합니다."

*   *   *

 장사에서 조금 벗어난 곳에 위치한 한 채의 장원에서 내일부터 진정한 후기지수를 가리는 비무대회가 시작될 것이라는 소문은 삽시간에 도시 전체로 퍼져 나갔다. 이로 인해 장사 안에 빼곡하게 들어차 있던 구경꾼들이 대거 이동을 하는 사태가 벌어졌다. 그러나 신이 나서 달려간 구경꾼들은 장원의 입구에서 다시 발걸음을 돌려야 했다.

 문 앞을 지키고 서 있는 흑의복면인들은 출전자가 아니면 들어가지 못한다는 말을 하며 구경꾼들을 막아섰다. 구경꾼들은 불만 섞인 목소리로 들여보내 달라고 아우성 쳤지만 복면인들은 들은 척도 하지 않았다. 복면인들 가운데 신비로이 서 있던 사자탈의 사내가 난리법석을 피우는 사람들을 향해서 '날 이길 실력이 되면 들여보내 주겠다' 라고 소리쳐, 장원을 찾은 구경꾼들 사이에서 원망의 대상이 됐다는 후문도 일었다.

 장사비무대회를 총관리하고 있던 용운비는 번유하가 설마 비무대회를 이곳이 아닌 다른 곳에서 벌일 줄은 생각지 못했기에 조금 충격을 받은 상태였다. 거기다 번유하가 한 채의 장원을 빌리면서 했던 말이 아직도 머릿속을 떠나지 않고 있었다.

"후기지수를 위한 비무대회는 사람들의 구경거리가 돼서는 안 됩니다. 이 비무대회에 출전하는 젊은이들은 앞으로 이곳 호남과 남부무림을 주름잡게 될 고수로 성장할 것입니다. 그러나 반대로 호남과 남부무림을 어지럽게 만들 골칫거리가 되지 않는다는 보장도 없겠죠. 그들은 이미 완성된 무공을 가지고 본대회에 출전하는 여타 고수들과는 다릅니다. 아직 무궁무진한 기회들을 가지고 있고 또 그래서 쉽게 상처를 받을 수 있는 성장하는 자들입니다. 그런 그들만을 모아서 싸움을 붙이고 또 거기서 승자를 뽑는다면, 지는 쪽은 어떻게 되겠습니까? 이기고 짐에 구애받지 않고 더욱 정진해야겠다는 마음을 품을까요? 물론 그런 자가 있을 수도 있겠지만, 대다수는 실의에 빠지고, 얼굴을 들고 다니지 못할 정도의 부끄러움을 느끼게 될 것입니다. 그래서, 이 새싹 같은 후기지수들의 성장에 조금이라도 도움이 되고자 이런 방편을 마련한 것입니다. 비무의 결과는 비밀에 부칩니다. 다만, 출전자가 속해 있는 문파나 세가에는 결과를 통보해 줄 것입니다. 이 결과를 발표하거나 하지 않는 문제는 전적으로 그 자신들 손에 맡기겠습니다."

용운비는 한숨을 내쉬었다. 결국, 본대회를 좀 더 풍성하게 하고자 만든 볼거리가 그대로 사라져 버린 것이다. 번유하의 취지는 충분히 이해하지만, 이래서야 여흥 거리를 만들고자 사비 금 열 냥을 상금으로 걸었던 것까지 그대로 공중분해 돼

버리지 않았는가. 관주 체면에 돈 아깝다고 도로 돌려달라고
할 수 없는 법이고.

"하아. 참."

*   *   *

유혼은 출전자가 아니면 이 장원 안에 있을 수 없다는 번
유하의 말에 이러지도 못하고 저러지도 못하고 있는 중이었
다.

비무는 구경하고 싶지만, 그러기 위해선 참가를 해야 한다.
그러나 자신은 무공을 전혀 배우지 않은 비무림인. 자칫하다
간 단칼에 목이 날아갈 상황이 발생할 수도 있었다.

조가약은 이미 한참 전에 참가 의사를 밝히고 배정받은 숙
소에 가 있는 상황이었다, 거기다 황보중문과 백리중문은 원
래부터 참가자로 예정되어 있었고.

"결정했나?"

아직도 사자탈을 쓰고 있는 것이 조금 이해가 가지 않는 사
내가 유혼의 앞에서 이렇게 결정을 재촉하고 있었다. 그는 이
고민을 긴 시간—그래 봤자 사자탈의 사내에겐 시간 같지도 않은
시간이지만—동안 하고 있었다. 이 비무대회에 나오는 자들의
실력이 크면 클수록 보는 즐거움도 클 것이다. 그러나 그와
비례해서 자신의 목숨이 위험해질 가능성도 상승한다. 그러

나 이곳의 수준이 남창비무대회와 다를 바가 없다면 전혀 나갈 이유가 없었다. 출전 의사를 밝힌 사람들 중에 무공 정도를 알 수 있는 건 조가약뿐이었다. 물론 그녀의 무공이 대단하다는 것은 알지만, 그것만을 위해 위험을 감수하면서 비무대회에 참가할 수는 없었다.

고민에 빠져 있던 유혼의 시야에 문득 어디서 많이 본 듯한 인영 하나가 지나쳐 갔다. 상당히 먼 곳이었기에 어떤 사람이라도 느긋하게 관찰할 수 있는 유혼이라도 누구인지 식별하기가 애매했다.

"아!"

유혼이 갑자기 탄성을 내지르며 그 인영을 향해 뛰어가기 시작했다.

"이봐. 대답은?"

"참가! 참가하겠소!"

번유하는 넋을 잃고 눈앞의 상대를 바라보고 있었다. 지금까지 아름다운 여인은 많이 보아왔다고 생각했었지만, 이렇게 숨 막힐 정도의 아름다움은 본 적이 없었다. 보드라움이 가득해 보이는 뺨, 가녀린 목에서 아담한 어깨로 흘러내리는 선의 절묘함. 애련함이 감도는 고운 입술. 아아, 저것이 정녕 사람의 얼굴이란 말인가?

"뭘 그렇게 뚫어지게 보고 계십니까?"

청색 장삼을 걸친 이십대 후반 정도의 청년이 번유하에게 다가왔다. 청년은 은발을 가진, 무척이나 매끈한 외모를 가지고 있었다.

"은룡(銀龍), 자네도 봐봐. 대단하지 않은가?"

"뭐가 대단하다는 말씀이십니까?"

은룡이라 불린 청년은 번유하가 가리키는 방향을 보더니 고개를 끄덕였다.

"확실히."

은룡은 감탄성을 터뜨렸다.

"천하절색인 미남이군요."

"그렇지. 절색의…… 아. 은룡, 미남이 아니라 미녀라고."

은룡이 놀라서 물었다.

"아무리 봐도 남자 같은데요?"

"쯧쯧. 이리도 보는 눈이 없어서야. 상상해 보게. 저 얼굴에 여인네의 가발을 씌운다고 생각해 봐. 어떨 것 같나?"

"뭐, 여자라도 울고 갈 것 같은 미남이긴 합니다만."

"내 말을 믿어. 여자가 확실하니까. 지금은 단순히 남장을 하고 있는 것뿐이야."

"소회주님, 장사에 한바탕 난리를 피워놓으시곤, 지금까지 여기서 눈요기나 하고 계셨던 것입니까?"

은룡은 여느 때보다 더 반짝거리고 있는 번유하의 눈을 바라보며 못 말리겠다는 듯이 고개를 휘휘 저었다.

번유하의 눈은 전통적으로 무산회주의 핏줄에게서만 볼 수 있는 검안이라는 특별한 이름이 붙여진 눈이었다. 번유하의 눈은 보통 사람의 검은 눈동자가 아닌 청록색의 투명한 빛깔을 띠고 있었다. 마치 비취를 두 눈에 박아놓은 듯한 독특한 눈이었다.

"그럼 나 같은 풍류공자가 저런 미녀가 말 좀 걸어달라고 다소곳이 서 있는데 그냥 지나쳐 가야겠나?"

은룡은 검안을 지닌 사람은 사람을 좀 더 객관적이고 자세하게 관찰할 수 있다는 사실을 알고 있었다. 거창하게는 사람 안에 있는 혼까지 볼 수 있는 신비로운 눈이라고 하지만, 단순히 다른 사람보다 특출하게 눈치가 빠르다고나 할까? 자신이 보기엔 그것 외에 특별하다고 할 만한 점이 없는 눈이었다. 다만 이 눈치가 빠른 것이 상상을 초월할 때가 있기에 번유하가 보고 말하는 것은 대부분 사실로 믿기는 했다.

"남자를 만나고 싶었다면, 저렇게 남장을 하고 다니진 않을 텐데요?"

"흠흠. 장담하건대 저 여인은 앞으로 몇 년 뒤, 강호의 모든 사내들의 마음을 졸이게 할 절대미녀가 될 거야."

"며칠 전, 동향루에 기녀한테도 그런 소릴 했던 걸로 기억됩니다만."

"크음. 이제 말이나 한번 붙여봐야겠어."

은룡은 한숨을 쉬며 남장소녀에게 빠져 있는 소회주를 놓아두고 다른 곳으로 가려다 갑자기 생각났다는 듯이 말했다.

"그러고 보니 저 소년, 아니, 소녀는 호형(虎形)이 독단적으로 들여보낸 사람입니다."

"응? 그게 무슨 소린가?"

"호형이 입구에서 자신을 이기는 사람은 들여보내 주겠다고 말했더군요."

"뭐? 저 소녀가 호형을 이겼단 말이야?"

"아니, 실제로 싸워서 이긴 건 아니지만. 담장 위에 서 있던 호형을 날려 보냈습니다. 뭐라더라? 사자탈을 쓰고 있어서 담장 바로 아래까지는 시야가 미처 닿지 못했다고 하더군요. 아무튼 사람들도 많고, 체면도 있고 해서 그냥 들여보냈다고 했습니다."

"하하. 호형 이놈. 탈을 계속 쓰겠다고 고집 피우더니 된통 당했나 보군."

번유하는 계속해서 이 아름다운 남장소녀에게서 눈을 떼지 않고 있었다. 그러다 그녀에게 한 소년이 급히 달려가는 모습이 눈에 들어왔다.

'응? 저 애는?'

"이봐!"

유혼은 한달음에 달려와 순우은의 앞에 섰다.

"아. 오랜만입니다, 유혼……."

순우은이 이곳에 온 이유는 유혼을 만나기 위함이었다. 그를 만나 무당파 사람에게 남창비무관의 이름이 적혀진 도를 빼앗겼다는 사실을 말해주기 위해서였다. 그러나 막상 그가 이렇게 눈앞에 나타나자 그녀는 멋쩍은 인사 외엔 다른 말이 떠오르지 않았다. 그에게 아무 말도 하지 않고 남창비무관을 떠났고, 그가 도법을 가르쳐 준 것에 대한 고마움조차 표시하지 못했었다.

순우은은 자신이 힘든 상황이라 미처 신경 쓰지 못했다는 변명이라도 꺼내보기엔, 유혼에게서 받은 은혜가 너무도 크다고 생각했다. 지금은 그가 당장 자신에게 화를 내도 당연한 상황이었다.

순우은이 이렇게 아무 말도 못 꺼내고 당황하는 사이 유혼이 불쑥 물어왔다.

"칼춤은? 이제 제대로 펼칠 수 있어?"

"아직."

"그래도 한 번만 보여줘."

유혼은 마치 순우은이 말없이 남창을 떠났던 사실을 몰랐던 것마냥, 무공에 대한 이야기를 꺼냈다. 이건 상대를 무시하는 것도 아니고, 갑자기 떠난 것에 대해서 화를 내는 것도 아니었다. 단지 전과 변함없이 무공에 대한 이야기만을 하는 것이다. 순우은은 안도감 반, 아쉬움 반이 섞인 마음으로 고개를 저었다.

"죄송합니다. 지금 도를 가지고 있지 않아서 당장은 펼쳐 보일 수 없을 것 같아요."

순우은은 기대하는 듯한 얼굴로 서 있는 유혼에게 차마 자신의 도가 무당파 사람의 손에 들어가서, 남창비무관에 화가 미칠지도 모른다는 말을 꺼낼 수가 없었다. 그 이야기를 하기 위해서는 그녀 자신과 무당파의 관계에 대한 이야기를 해야만 했다. 그리고 그가 그토록 원하던 무당파의 검법을 펼치지 못하는 이유까지도 말해야 했다. 그러나 도저히 그럴 수가 없었다. 그는 무공에 대한 이야기 외엔 아무것도 관심이 없는 사람이다. 이 괴로운 이야기에, 자신조차 생각하기 싫은 이야기에 관심을 보일 리가 없었다.

'괜찮겠지. 무당파 사람들은 악인이 아니면 검을 뽑지 않으니까. 남창비무관에서도 나에 대한 이야기를 몇 가지 물어보기만 할 거야.'

순우은이 이렇게 생각하고 있을 때, 유혼이 말을 건넸다.

"이 비무대회에 출전하는 거지?"

"네. 일단은 출전하기로 마음먹었습니다."

순우은은 어차피 무당파 사람들을 만나 장사비무대회를 나가지 못하는 상황에 처한지라 이곳의 비무대회에 나가보겠다는 마음을 품고 있었다. 장원에 들어오기 전 호형에게 넌지시 물었을 때, 이 안에 무당파 사람이 없다는 확언을 들을 수 있었다.

유혼이 갑자기 순우은에게 가까이 다가섰다. 그녀는 순간 긴장하며 몸을 경직시켰다.

"내일 기대할게. 꼭 보여줘야 해."

유혼은 순우은의 어깨를 가볍게 건드리면서 지나갔다. 그녀는 굳어진 상태로 그가 사라지는 모습을 지켜보았다.

'어라? 분명⋯⋯.'

순우은은 방금 전 유혼의 표정을 잘못 본 건 아닌가 하는 생각을 했다. 그가 감탄하는 표정은 익히 봤어도, 웃는 표정은 처음이었다. 거기다 어깨를 다독이면서 격려하는 듯한 움직임이라니. 이런 생각까지 하는 건 미안하지만, 너무도 정상인 같은 행동 아닌가?

유혼은 흑의복면인이 안내해 준 숙소 쪽으로 걸어가면서 내일 있을 비무대회에 대한 기대감으로 부풀어 오르고 있었다. 정말 우연히도 오게 된 곳이지만, 이렇게 되면 자신을 못 잡아먹어 안달인 조가약에게 감사라도 해야 할 판이었다. 본 대회가 시작되기 이틀 전부터 이렇게 흥미진진한 구경을 하게 되다니. 박지량의 말을 따라서 장사비무관 안에 들어가 버렸으면 절대 일어날 수 없는 일이었다.

번유하가 거짓말을 한 것이 아니라면 내일과 모레에 있을 비무는 향후 수십 년을 책임질 무림 인재들의 화끈한 싸움이 분명했다. 거기다 이렇게 만나리라곤 생각지도 못했던 순우은까지 가세했으니 무얼 더 바라겠는가?

칠 년 전에 단 한 번뿐인 만남이었지만 아직도 잊지 못하는 묵호도 조패의 무공과 그것과 필적하는 전율을 가져다주었던 순우은의 무공. 내일은 또 어떤 놀라운 무공을 보게 될까?

'가만. 그런데 나도 출전해야 하잖아?'

유혼이 우뚝 멈추어 섰다.

"흠흠."

번유하는 순우은의 앞으로 다가서며 헛기침을 했다. 이 소리에 그녀가 자신을 바라보게 되자 얼굴이 살짝 붉어진 그는 짐짓 딴청을 피우는 듯한 행동을 하며 그녀 앞으로 다가섰다.

순우은은 번유하의 눈이 보통 사람과 다르다는 것을 깨닫고 고개를 숙이며 말했다.

"아. 처음 뵙겠습니다. 이 비무대회의 책임자이시죠? 호 대협에게 들었습니다."

번유하는 순우은이 먼저 아는 척을 하자 얼굴 한가득 웃음꽃을 피우며 인사했다.

"하하. 번유하라고 합니다. 무산회에서 자그마한 직책을 맡고 있죠. 그런데 소협께서는 이름이?"

"순우은입니다."

번유하는 순우은이 남장을 하고 있다는 사실을 일부러 모르고 있는 것처럼 행동하고 있었다.

"호형에게 들은 바로는 실력이 상당하다고 하던데, 실례지만 사문을 여쭈어도 되겠습니까?"

순우은은 멈칫했다. 번유하는 손을 저으며 말했다.

"하하, 신경 쓰지 마십시오. 말씀하지 않으셔도 됩니다."

"죄송합니다."

"참, 숙소는 배정받으셨습니까?"

"네. 호 대협께서 중앙 정원에서 우측에 있는 큰 건물에서 묵으라고 말씀해 주셨습니다. 그 안에 침상이 많으니 아무 데서나 자도 상관이 없다고 하셨습니다."

번유하의 안색이 변했다.

"안 됩니다!"

"네?"

번유하는 순우은이 잠을 자는 장소가 사내들이 단체로 묵는 방 중 하나라는 사실을 깨닫고 무의식적으로 소리를 질렀다.

"그러니까. 그 방에서는 지내는 것보다, 좀 더 편하게 지낼 수 있는 방이 있으니."

"아니요. 그러실 필요 없어요. 침상이 부족하다면 바닥에서 자도 되니까요."

순우은은 번유하가 그녀의 남장을 간파하고 있다는 사실을 까맣게 모르고 있었다. 번유하는 그녀가 묵을 곳이 어딘지 알게 되자마자 큰 고민에 빠지지 않을 수 없었다.

'개인 방은 이미 다 차 있고. 그렇다고 남장을 하고 있는

사람을 여자들이 묵는 방으로 밀어 넣을 수는 없다. 으음. 이
거 어쩌지?

번유하는 순우은이 사내들 틈에서 있어야 한다는 생각을
하게 되자 끔찍하다는 듯이 고개를 저었다.

"잠시만 기다리세요, 순우 소협."

드르륵.

"하하. 여러 소협들과 한 방을 쓰게 되어 영광입니다."

번유하가 방문을 열고 들어서자 안에 있던 사람들의 시선
이 모두 그를 향했다. 안쪽은 이십여 개가 넘는 간이 침구가
들어서 있는 넓은 마루였다. 이곳의 원래 용도는 숙소가 아닌
대청이었지만, 장원 안에 숙소가 부족했던 터라 이렇게 급조
해 놓은 장소였다. 사람들은 설마 비무대회의 책임자라는 사
람이 이런 곳에서 지내리라고는 생각지 못했기에 놀란 시선
으로 그를 바라보고 있었다.

침상에 누워 눈을 감고 있던 유혼은 아주 잠깐 문 쪽에 시
선을 던졌을 뿐, 다시 고개를 돌려 눈을 감았다.

번유하는 사람들과 일일이 인사를 나눈 뒤에 유혼의 옆에
위치한 침상에 앉았다.

"안녕하십니까."

유혼은 번유하가 아는 척을 해옴에도 감은 눈을 뜨지 않았
다.

"그러고 보니 유 소협의 사문도 듣지 못한 것 같습니다. 실례가 되지 않는다면 말씀해 주실 수 있겠습니까?"

잠자코 있던 유혼이 눈을 감은 상태로 입을 열었다.

"고개 좀 돌리시오. 당신 눈은 너무 부담스럽소."

"아앗. 하하. 이거 죄송합니다."

번유하는 유혼처럼 침상 위에 누우며 말했다.

"순우 소저에게 제 방을 양보했습니다. 여인의 몸으로 사내들과 같은 방을 쓰려 하다니. 아, 여인이라는 것은 비밀이겠지요?"

번유하는 넌지시 순우은의 일을 떠보며 유혼이 그녀와 무슨 관계인지 짐작해 보려 했다. 그러나 유혼은 번유하가 기대하는 대답을 전혀 할 생각이 없어 보였다.

"내일 비무대회에 나오는 사람들. 실력이 어느 정도나 되오?"

"실력?"

"당신이 말했잖소, 화끈한 비무가 펼쳐질 거라고."

"하하. 그거야 저도 모릅니다. 이 중에 직접 실력을 본 사람이라곤 몇 안 되니."

"그럼 왜 그런 소릴 했소?"

"그런 거 있지 않습니까. 대회가 시작되기 전에 분위기를 띄우기 위해 의례적으로 하는 말들."

"그럼 거짓말을 했단 말이오?"

"그렇다고 볼 수는 없습니다. 제가 아는 몇 사람은 상당히 훌륭한 실력을 가지고 있었으니까요. 유 소협께서 같이 온 중문쌍룡도 대단한 실력들을 가지고 있지 않습니까?"

유혼은 결국 내일이 돼봐야 알게 될 것이라는 결론을 얻고 고개를 끄덕였다.

"알았소."

번유하는 유혼에게 순우은에 대한 이야기를 더 묻고 싶었으나, 유혼이 등을 돌리고 누워 버린 통에 말을 붙일 수가 없었다. 번유하는 어느새 유혼의 뒤통수를 곁눈질하고 있는 자신의 행동에 실소하며 고개를 저었다.

생각해 보면, 저 소년은 어딘가 이상한 부분이 많았다. 강호에서 절대 싸움을 벌이지 않는다는 유건당의 제자와 무슨 이유로 시비가 붙었으며, 고작 열다섯 살밖에 되어 보이지 않는 소년과는 어울리지 않는 냉소적인 말투는 또 뭐란 말인가?

'어차피 내일 비무를 하게 된다면 사문이 금세 탄로날 테니.'

무산회는 천하에 산재해 있는 거의 모든 무공에 대한 정보를 가지고 있었다. 수십 번의 무림기 수여자를 찾아내면서 축적한 무공에 대한 정보는 황제가 소장하고 있다는 십만 서적에 필적할 만큼 방대했다. 이 무산회의 정보에서 벗어난 무공이란 것은 곧 새로 창조된 무공이라는 말과 같았다. 내일 순우은과 유혼이 어떤 무공을 펼치든 간에 정체가 드러나는 건

필연적인 일이었다.

'설마 무공을 모르는 자가 아닌 이상 말이지.'

*   *   *

"비무의 규칙은 간단합니다. 기권 의사를 표시하거나 더 이상 비무를 진행할 수 없는 상태가 됐을 때 패한 걸로 간주합니다. 또한 비무대 위에서 벗어난 상태로 공격을 하거나, 무작정 도망을 다닐 시에도 패한 것으로 간주합니다."

번유하는 비무대 위에 서 있었다. 그의 뒤편엔 아직도 사자 탈을 쓰고 있는 호형과 은빛 머릿결을 휘날리는 미공자 은룡이 자리 잡고 있었다. 비무장 주변으로는 백여 명이 넘는 사람들이 모여 있었는데 대다수가 나이가 채 스물도 되어 보이지 않는 젊은이들이었다.

"비무대회는 이틀로 나뉘어 오늘은 예선전을, 내일은 본선을 치르겠습니다. 예선전은 자유롭게 치릅니다. 누구든지 이 앞에 나와 두 번의 비무에서 승리한다면 자동으로 내일 본선에 합류하게 됩니다. 그리고 나와서 백을 셀 때까지 아무도 도전해 오지 않는다면 마찬가지로 본선에 오른 것이 됩니다."

번유하는 호흡을 한번 가다듬은 연후에 말했다.

"예선을 이런 형식으로 치르는 이유는 어제도 간단히 말씀드렸다시피 최대한 여러분의 부담을 덜어드리기 위해서입니다. 자신이 없다면 나오지 않아도 됩니다. 자신이 없다면 싸울 필요 없이 그냥 조용히 돌아가시면 됩니다. 본선에 합류할 인원은 서른두 명. 시간은 해가 지기 전까지입니다. 언제든지 이 인원이 차게 되면 예선은 종료됩니다. 따라서 이중에 삼 분지 이는 오늘 짐을 싸서 집으로 돌아가셔야 합니다. 본선에 오르지 못한 사람은 이곳에 남아 있을 수 없습니다."

백여 명 중에서 삼분지 이가 떨어져 나가게 된다는 말에 사람들이 웅성이기 시작했다. 그리고 그중에서 가장 충격을 받고 있는 사람은 다름 아닌 유혼이었다.

'오늘 예선을 통과하지 못하면 내일의 비무를 볼 수 없다고?'

번유하는 비무대회의 시작을 알렸다.

"예선을 통과하신 분들은 여기 있는 호형과 은룡에게 증표를 받아 가시면 됩니다. 비무의 심판은 미흡하지만 제가 맡을 것입니다."

유혼은 멍해진 상태로 공터의 한쪽 구석에 앉았다. 잔뜩 기대했는데, 반쪽밖에 구경할 수가 없다니. 비무를 바로 기권하고 천천히 구경하려고 했던 계획이 간단히 날아가 버렸다. 거기다 오늘은 유시 초에 장사의 입구로 박지량을 만나러 가야 했다. 그렇다면 비무를 구경할 수 있는 시각은 고작해야 세, 네 시진. 이 많은 인원 중에서 고르고 고른 무림인들이 본격적으로 비무를 펼치는 건 내일이 될 것이다.

유혼이 담장에 기대어 앉아 잠시 고민에 빠져 있을 때, 그의 곁으로 순우은이 다가왔다.

"번 공자에게 도를 빌렸습니다."

순우은 유혼의 옆에 앉으며 고급스러운 가죽집에 싸여 있는 도를 내밀어 보였다.

"상당히 비싸 보이는 무기인데 그냥 가지라고 하더군요."

순우은은 그것이 번유하의 흑심에서 나온 말이라는 사실을 몰랐기에 비무대회가 끝나면 곧바로 돌려주어야겠다는 생각을 하고 있었다.

유혼은 순우은이 다가오자 잠시 동안의 고민을 잊고, 기대에 들떠 물었다.

"칼춤은 얼마만큼이나 익혔어?"

"아직 두 번째 연결 동작에서 머물러 있습니다. 머리로는 끝까지 기억하고 있는데, 그걸 유 공자가 말씀하시는 것처럼 펼치기는 정말 힘듭니다."

유혼이 순우은에게 가르쳐 준 칼춤은 크게 세 가지의 연결 동작으로 이루어져 있었다. 그는 그것이 그저 칼춤에 불과하다 말하고 있지만, 그녀는 그 동작을 세 개의 긴 초식으로 구분해 놓고 있었다.

첫 번째 초식은 십여 일 전 관도 위에서 도적들을 쫓으려 했을 때 펼쳤던, 땅을 갈라놓을 정도로 패도적인 위력을 가진 초식이었다. 두 번째 초식은 빠름과 변화가 뒤섞여 마치 폭풍이 부는 듯한 착각을 일으킬 정도로 강맹한 초식이었다. 그녀는 바로 이 두 번째 초식에서 막혀 있는 상황이었다.

유혼이 설명하고 펼치는 동작은 물 흐르듯 자연스러웠지만 순우은은 도저히 그것을 따라 할 수가 없었다. 단순히 겉모양만을 따라 해서는 그가 원하는 자연스러움이 배어 나오지 않았다. 칼춤 안에는 그 자체로 내력의 이동이 필요한 구결과 적절한 순간에 반드시 행해야 할 움직임들이 복합적으로 숨겨져 있었다.

마치 평생을 검만 수련한 노고수가 깨달음을 얻어 펼치는 검법처럼, 칼의 호흡 하나하나에 수많은 의미가 담겨 있었다. 순우은은 그것을 몸으로 기억하는 것조차 힘에 겨웠다. 다행히도 유혼이 동작을 몇 번씩이나 세심하게 펼쳐 주었기에 모두 외울 수 있었지만, 그것을 제대로 된 도법으로 펼쳐 내는 것은 쉽지 않은 일이었다.

"아직 유 공자께서 기대하시는 그런 움직임을 할 수가 없습니다."

"괜찮아, 비슷하기라도 하면 만족할 테니까."

"비슷하다고 말할 정도도 못 되기에 미리 말씀드리는 것입니다."

"무슨 말이야?"

순우은은 이 칼춤을 배우면서 몇 번씩이나 느꼈던 궁금증을 털어놓았다.

"유 공자, 이건 칼춤이 아니라 세 개의 초식으로 이루어진 도법입니다. 아마도 유 공자에게 이 도법을 가르쳐 주신 분께서 자세히 말씀드리지 않은 것 같지만, 이건 무공이 분명합니다. 유 공자께서 일전에 제게 무공을 배울 수 없는 몸이라 하셨지요? 하지만 제 생각은 다릅니다. 제게 칼춤을 가르쳐 줄 때 보여주신 그 움직임이라면 유 공자께선 이미 이 도법을 완벽하게 익히신 것입니다."

유혼은 가만히 듣더니 고개를 저으며 말했다.

"아니, 내가 가르쳐 준 건 그냥 칼춤이야."

유혼은 순우은에게 자신이 어떻게 칼춤을 펼쳐 주었는지 설명해 줄 자신이 없었다. 머릿속은 세상을 느리게 느끼지만, 몸은 전혀 아니었다. 때문에 다른 사람이 보기에 자신이 빠르게 움직이고 있다고 해도, 자신은 몸의 근육 하나, 손끝 하나의 움직임까지 세세하게 느껴가면서 움직일 수 있었다.

칼춤 역시 그런 것이다. 펼치는 순간순간마다 최대한 기억에 떠오르는 그 움직임을 쫓은 것이지만, 그건 말 그대로 극한에 다다른 모방일 뿐이었다. 유혼과 같은 눈을 가진 사람이 아니라면 파악하기 힘들 정도의 미묘한 차이밖에 보이지 않는 모방.

"다르면 다른 대로, 느낀 것을 그대로 펼쳐 줘. 칼춤이 아니라 도법이라면, 도법을 펼쳐 주면 돼."

내력의 수련도, 보통 사람 같은 움직임도 할 수 없는 유혼에게 무공이란 것은 평생 만날 수 없는 평행선과도 같은 것이다. 언제든지 볼 수는 있지만 다가갈 수는 없는. 무공을 펼치는 사람의 의도는 전혀 모르지만 극에 다다른 시간 감각을 통해 그 움직임을 모조리 파악할 수 있는 몸이기에, 기억 속에 머물러 있던 칼춤을 순우은에게 가르쳐 줄 수 있었던 것이다.

"노력해 보겠습니다."

순우은은 유혼이 어제와는 다르게 어딘지 모르게 침울해 보인다는 생각이 들었다. 비무대 위에서 비무가 시작되고 있음에도 그는 그것을 구경하러 가지 않고 있었다. 긴 만남은 아니었지만, 그래도 그가 무얼 좋아하는지만은 파악하고 있다고 생각하는 그녀였기에 이건 무척이나 특이한 상황이었다.

"비무대회가 시작됐습니다."

"응."

"관전 안 하세요?"

유혼은 씁쓸한 마음으로 비무대 쪽을 바라보았다. 일견하기에도 남창에서 본 비무와는 차원이 다른 비무가 진행되고 있었다. 하지만 오늘 저 비무들을 즐겁게 봐버린다면, 내일 있을 비무에 대한 궁금증과 기대감 때문에 안달이 날 터였다. 보지 못하는 비무에 대해서 흥분해 버린다면, 그것이 더 우울해질 것이다.

"너 여기서 뭐 해?"

유혼과 순우은의 곁으로 조가약이 걸어왔다. 조가약은 걸어오다 말고 급히 소리쳤다.

"야! 거기서!"

순우은은 어느새 일어서서 반대편으로 도망칠 기색을 보이고 있는 유혼을 보고 놀라 함께 일어섰다.

유혼은 조가약이 바로 앞까지 다가선 것을 보고 도망치기엔 무리라는 판단을 내렸다.

"아."

순우은은 유혼이 등 뒤에 바짝 붙는 것을 느끼곤 당황스러운 표정을 지었다. 유혼은 순우은의 등 뒤에서 고개만 내민 채로 조가약에게 말했다.

"무슨 일이오?"

조가약은 아직도 자신을 보면 숨기에 바쁜 유혼을 보며 순간적으로 인상을 찌푸렸다.

"뭐 하냐? 너."

"아무 짓도 안 하고 있소."

"너 언제 출전할 거야?"

"그건 왜 물으시오?"

"네가 나오면 바로 도전할 테니까. 그렇게 알고 있어."

"난 나갈 생각이 없소."

"뭐?"

"말하지 않았소. 난 무림인이 아니오. 단지 무공을 보는 게 좋아서 온 것일 뿐이오."

"흐음. 그렇단 말이지."

조가약은 유혼이 이렇게 나올 줄 알았다는 듯이 미소를 머금으며 말했다.

"출전하지 않는 사람은 이곳에 있을 자격이 없어."

유혼은 그 소리에 흠칫 놀랐다.

"아예 출전하지 않겠다면, 책임자에게 말해서 이곳에서 나가게 만들 테니까."

"안 되오!"

"후후. 그래? 그렇다면 출전해야지. 앞으로 한 시진을 줄테니까."

조가약은 입가에 띠고 있던 미소를 싹 지우며 찬바람이 풀풀 풍기는 목소리로 말했다.

"그 안에 출전해."

조가약은 유혼과 자신 사이에 끼어서 어찌할 바를 모르고 있는 순우은을 향해 가볍게 고개를 숙였다.

"실례했어요, 공자."

"아닙니다."

조가약이 사라지는 모습을 가만히 지켜보고 있던 순우은은 조심스럽게 유혼에게 물었다.

"저분은 어떤 분입니까?"

"무림인, 그것도 아주 공격적인."

유혼은 조가약의 선전포고에 한숨을 내쉴 수밖에 없었다.

가뜩이나 몇 시진 남지 않은 관전 시간이 이로 인해 딱 한 시진으로 제한되어 버렸다. 얼마 구경하지도 못할 비무대회를 어제부터 내내 기다려 왔다니, 온몸에 기운이 쫙 빠지는 느낌이었다.

"여어, 소형제. 결국 출전하기로 했군."

"어제 좀 더 빨리 결정했으면, 우리와 함께 편하게 지냈을 텐데."

유혼은 등 뒤에서 낯익은 청년 둘이 다가왔다. 바로 유혼을 이곳까지 오게 만들었던 황보중문과 백리중문이었다. 황보중문은 유혼에게 다가오다 말고 순우은의 얼굴을 보며 감탄성을 내질렀다.

"호오. 이 소형제는 또 누구신가? 내 백리 동생이 호남 땅에서 가장 잘생겼다고 생각했었는데, 이건 차원이 다른 외모일세."

황보중문은 어제 일 이후로 유혼을 무척이나 친근하게 여기고 있었다. 유혼이 비록 말투나 행동이 이상하다고는 하지만, 대여섯 살이나 어린 상대이기에 오히려 귀여운 동생 같았다. 거기다 정체불명의 사람들에게 끌려가는 와중에도 보여준 대담함 하며, 딱딱한 말투와 전혀 어울리지 않는 순박해 보이는 외모 하며, 여러모로 묘한 구석이 있는 소년이라 생각하고 있었다.

백리중문도 순우은을 보고 무척 놀랐다. 어제 번유하를 보

고 대단히 준수하다 생각하고 있었는데, 이 소년은 그보다 더
했다.

"비무를 하진 않을 거요."

"으응? 아니, 왜?"

"사람들의 실력이 생각보다 뛰어나오. 무공도 모르는 내가
끼어들었다간 목이 달아날지도 모르오."

유혼은 이렇게 말하며 비무대 쪽으로 걸어가기 시작했다.
순우은이 유혼의 뒤를 따르며 두 청년에게 인사했다.

"순우은이라고 합니다. 일전에 유 공자에게는 큰 은혜를
입었습니다."

"오! 나는 황보중문이라고 하오."

"백리중문이오."

순우은은 유혼이 생각보다 아는 사람이 많다는 것을 깨닫
고 조금은 놀라고 있었다. 평소 모습을 생각하면 사교성이라
곤 눈곱만큼도 없을 것 같아 보이는 유혼이었다. 이렇게 친근
감을 표시하는 사람이 있으리라곤 생각지도 못했었다.

"가만. 순우 소형제, 지금 은혜라고 하셨소?"

"네."

"설마, 저 까다로운 소형제께서 은혜를 베풀며 나중에 무
공을 보여달라고 하진 않았소?"

"아! 어떻게 그걸?"

황보중문은 순우은의 말에 웃음을 터뜨렸다.

"하하하. 정말 물건이야, 물건."

황보중문은 순우은에게 유혼이 어제 자신들에게 줄을 풀어주는 은혜를 베풀며 무공을 보여주기를 요구했던 일을 말해주었다. 순우은은 그 이야기를 듣고 쓴웃음을 지었다. 저 두 청년도 유혼의 무공에 대한 집착을 어느 정도 알고 있는 듯했다.

유혼은 비무대 위에서 벌어지는 싸움을 지켜보다가 반대편에 조가약에 서 있는 것을 발견했다. 조가약은 유혼을 향해 시간이 얼마 남지 않았다는 듯이 손가락으로 해를 가리켜 보였다.

"이보게, 유 소형제. 그런데 어제 그렇게 죽자 사자 붙어 다녔던 그 소저께서는 어디 있는 건가?"

유혼은 황보중문의 물음에 반대편을 가리켰다.

"그녀가 앞으로 한 시진 이내에 비무대로 올라와 자신과 싸우지 않으면, 이곳에 있지 못하게 한다는 협박을 했소."

"뭐?"

황보중문은 황당하다는 표정으로 반대편에 서 있는 조가약을 바라보았다. 조가약은 황보중문과 눈이 마주치자 생긋 웃어 보였다.

"으음, 그렇게 심보가 고약한 소저라고는 생각지 않았는데……."

"황보 형, 저 소저가 한 말이 맞는다면 이해할 만도 하지.

이 소형제에게 비무에서 패한 상황인데, 발뺌하는 것이라면."

"그런가?"

황보중문은 어느새 비무대 위에 시선을 집중하고 있는 유혼을 보며 물었다.

"소형제는 오늘 예선을 통과하지 못하면 이곳에 남아 있을 수 없게 되겠군."

유혼은 비무대에 고정된 시선을 떼지 않고 말했다.

"이제부터 방해하지 마시오. 남은 한 시진이라도 열심히 구경해야겠소."

"허어. 그것참. 저 소저에게 이미 한 번 이겼다면, 또 한 번 이기면 되지 않나?"

"요행으로 어쩌다 그리된 것뿐이오. 그리고 그때도 누가 말리지 않았다면 거의 죽을 뻔했소."

백리중문은 유혼을 가만히 지켜보다가 황보중문의 어깨를 톡 쳐서 가까이 오라는 손짓을 해 보였다. 백리중문이 황보중문의 귀에다 대고 무슨 말을 소곤거릴 무렵, 비무대에서 드디어 첫 본선 진출자가 생겨났다.

번유하는 점점 열기가 달아오르고 있는 비무대를 보며 흡족한 표정을 지었다. 본선에 진출하기 위한 조건은 연속으로 두 번의 비무를 이기는 것뿐이었다. 설령 누군가와 싸워 패한다고 해도 다시 도전하면 그만이었다. 지금 나온 첫 진출자는 바로 이것을 이용해 계속해서 도전한 젊은이였다. 승과 패를 반복하다가 드디어 연속으로 이 승을 하게 된 것이다. 처음에는 눈치를 보며 나오지 않던 이들도 이 젊은이가 본선에 올라서게 된 것을 보면 앞 다투어 나올 터였다.

상대보다 실력이 모자람을 확인했다면 기권하면 그만이다. 그리고 그 힘을 비축해 두었다가 자신보다 약한 상대 두 명만을 이기면 끝이다. 또한 강한 상대라 해도 두 번째의 비무에 들어서면 힘이 약해지기 마련이었다.

이런 상황들을 잘 노린다면, 생각보다 쉽게 본선에 오를 수 있게 될 것이다. 이렇게 실력을 재어보고 자유롭게 비무를 하는 상황을 반복하다 보면 비무에서 패해서 가지게 되는 실망감이 훨씬 덜할 터였다.

처음에 의도한 바대로 비무대회로 인해 젊은 무림인들의 사기를 꺾는 일이 없도록 하겠다는 목표가 어느 정도 맞아떨어지고 있는 것이다.

번유하는 상당수의 고수들이 아직 그 실력을 드러내지 않고 관망하고 있다는 사실을 알고 있었다. 그들은 되도록 마주치지 않으려 하고 있었다. 어차피 오늘은 예선일 뿐 본격적으로 싸우게 되는 건 내일이 될 테니까. 이미 네 명의 본선 진출자가 나왔음에도 번유하가 찍어놓았던 고수들 중에 아무도 나서는 이가 없었다.

'오. 드디어.'

번유하는 요주의 인물로 생각해 두었던 사람 중에 한 사람이 걸어나오는 것을 보며 회심의 미소를 지었다.

'좋아. 꼬마 친구. 이 눈으로 어떤 무공을 어떻게 쓰는지 모조리 파악해 주겠어!'

유혼은 비무대 위로 걸어 올라가며 뒤를 바라보았다.

"괜찮네, 소형제. 우리만 믿으라고."

황보중문이 유혼에게 주먹을 불끈 쥐어 보였다. 유혼이 비무대 위에 올라선 것을 보고 순우은이 걱정스럽다는 표정으로 말했다.

"그런데 정말 이래도 될까요?"

"걱정 단단히 붙들어 매게. 얼른 예선을 통과하고 부담없이 즐기라고 하는 짓이니까."

"그래도, 두 분까지 이러실 필요가……."

"뭐. 나도 자네와 마찬가지로 저 소형제에게 은혜를 입은 사람 아닌가. 후후후."

유혼은 비무대 위에 서서 번유하에게 시선을 보냈다. 번유하는 씨익 웃더니 손으로 자신의 눈을 가리는 척을 해 보였다. 유혼의 시선이 이번엔 비무대 아래 서 있는 조가약에게로 향했다.

"흥. 역시, 올라올 줄 알았어."

조가약은 곧바로 유혼에게 도전하기 위해 비무대를 향해

움직였다. 이번에야말로 깔끔하게 결판을 낼 차례다. 선공을 해서 단 일 초에 패하는 건 절대 극복할 수 없는 차이라고? 그녀는 그것이 말도 안 되는 소리임을 이 자리에서 확인시켜 주겠다고 다짐했다.

"소저, 잠시만."

휘익.

조가약의 앞을 가로막는 청년이 하나 있었다.

"이게 무슨 짓인가요? 비켜요! 황보 공자."

조가약은 비무대로 오르지 못하게 막아선 황보중문을 날카롭게 쏘아보았다.

"하하. 저쪽을 보시지요. 이미 상대가 있지 않습니까?"

"그게 무슨?"

조가약은 유혼의 앞에 서서 도전자로서의 예를 갖추고 있는 백리중문을 바라보며 어이없다는 표정을 지었다.

백리중문은 유혼이 출전했을 때 한 사람이 조가약을 막아서고, 남은 두 사람이 재빨리 유혼에게 패배해 본선에 오르게 하자는 계획을 말했다. 황보중문은 그것에 동의했고, 그가 조가약을 막아서는 역할을 맡게 됐다.

"백리 공자가 패배를 자처하겠다고 한 건가요? 이 많은 사람들 앞에서?"

"뭐, 어차피 비밀리에 치러지는 부담없는 대회지 않소."

"이 자리에 있는 사람들에겐 비밀이 아니죠!"

"후후. 오늘 저 소형제에게 패하는 모습을 보인다 해도, 예선일 뿐이지 않소. 본선에서 좋은 성적을 거두면 오늘의 패배를 기억하는 자는 아무도 없을 것이오."

"우습군요."

조가약은 황보중문을 경멸의 눈빛으로 쳐다보았다.

"호남무림의 미래를 책임질 사람들이 이리도 이 비무대회의 의미를 모르고 있다니. 당신들은 이 비무대회에 나올 자격조차 없어요."

"진정하시오, 소저. 겨우 예선이지 않소?"

조가약은 크게 한숨을 내쉬었다.

"당신은 여기 있는 사람들 중에 가장 실력이 뛰어나다고 자신하고 있나요?"

"그렇진 않소."

"저기 누워 있는 저 사람을 보세요. 가장 처음 본선을 통과한 사람이죠. 무슨 이유 때문에 저렇게 죽기 살기로 예선을 통과하려 했다고 보세요? 이건 향후 몇십 년간, 미래의 호남무림을 책임지게 될 무림인이 누구인가를 판가름하는 대회예요. 이곳에서 졌다고 두려워 말고, 그 패배를 바탕으로 더욱 정진하면 된다고요? 다 웃긴 소리죠. 이런 비무에서조차 주목받지 못하는 무림인은 절대 그 미래에 동참할 수 없어요. 이게 무슨 대여섯 살짜리 애들이 벌이는 싸움인 줄 착각하는 거죠?"

"무슨 말을 그렇게 하시오? 이곳에 있는 이들은 대부분 강한 고수로 성장할 가능성이 있는 사람이오."

"가능성? 그걸 알고 있는 사람이 이런 짓을 하고 있는 건가요? 그래요! 여기 있는 사람들은 그 가능성을 시험해 보고 있어요. 이런 비무대회 하나로 자신의 가능성을 판단한다는 게 우습지만, 가능성이 전혀 없다고 지레짐작하는 것보다는 낫겠죠. 무산회에서 이 비무대회를 비밀로 부친 이유를 아직도 모르겠어요? 심판을 보고 있는 저자는 무산회의 소회주예요. 당장은 아니라도 다음, 다다음의 무림기를 수여할 사람을 찾게 될 회주가 되겠죠. 저자에겐 무산회의 회주에게서부터 대대로 내려온 검안을 가지고 있어요. 저자가 사람을 보는 눈은 정말 탁월하죠. 검안과 비밀 비무대회. 느껴지는 게 없나요? 여기서 주목받지 못하면 끝이에요. 미래란 건 없어요. 그렇기 때문에 자신의 가능성을 모두 쏟아 부어서 비무를 하는 거예요. 황보 공자, 당신은 가능성이 높으면 여기서 더 강한 고수가 될 수 있다고 생각하나요? 그렇다면, 지금 당장 그만둬요. 당신은 지금 호남무림의 미래를 망치는 짓을 하고 있어요."

"으음."

조가약의 따끔한 일침에 황보중문은 할 말을 잃었다. 장난처럼 유혼을 본선에 올려 보내는 일은, 확실히 다른 한 사람의 기회를 뺏어가는 일이었다. 정해진 서른두 개의 자리에는 그 실력에 걸맞는 사람이 올라가야 했다. 그녀는 정당한 평가를 받아 그 미래를 가늠해 보는 것이야말로 이 비무대회의 의미라 말하고 있었다.

"확실히, 내가 생각이 짧았던 것 같소."

"그럼 이제 비켜주세요."

황보중문은 계획대로 유혼의 가벼운 일격에 바닥을 구르는 백리중문을 보며 고개를 저었다.

"아니. 내가 벌인 일이니, 내가 수습하겠소."

황보중문은 백리중문이 패배를 시인하는 모습을 지켜보고 난 뒤, 비무대 위로 올라가기 시작했다.

*　　*　　*

"흐아아암."

늘어지게 기지개를 켜며 하품을 하고 있던 탑패는 창가에 소륵이 앉아 있는 모습을 보고 놀라서 물었다.

"자네가 나보다 빨리 일어나다니."

소륵은 창문 밖에 시선이 머무른 채로 말했다.

"비가 올 것 같군."

탑패는 침상에서 일어나 창 쪽으로 다가오며 이상하다는 듯이 하늘을 쳐다보았다.

"해가 저리 쨍쨍한데?"

탑패가 바라보고 있는 하늘은 무척이나 맑았다. 소륵은 탁자 위에 놓여진 상자에 시선을 돌리며 말했다.

"탑가 형제, 자네 어디 가봐야 할 곳이 있네."

"으응? 어딜?"

"저 상자를 당주님께 좀 건네주게. 이번 공사 대금이야."

"뭐어? 며칠 더 묵는다고 하지 않았나?"

"신검이 강호에 나타났다는 사실을 알고서 가만히 있을 순 없지 않은가?"

"어쩌려고?"

"일단 그 유가 꼬마에게 달라붙어야지. 당의 방침이 이러니 대놓고 물어볼 수는 없지만, 기다리면 뭔가 나오지 않겠나? 어제부터 서우가 지켜보고 있었는데 내가 곧 교대하러 가야 할 것 같네."

탑패가 고개를 끄덕이는 사이 소특은 계속해서 말을 이어나갔다.

"당주님께 이 말도 전해주게, 신검이 이번 비무대회에 나타날 것 같다고."

"미안하게 됐소, 소형제. 기권하시오."

황보중문이 면목없다는 듯 고개를 숙이며 말했다.

"아……."

유혼은 하늘을 쳐다보며 짧게 탄성을 내뱉었다. 고개를 들고 있던 그의 눈동자를 향해 물방울 하나가 떨어져 내리

고 있었다. 그는 눈을 감아 물방울을 튕겨낸 뒤 다시 눈을
떴다.

"비가 오고 있소."

후드득.

어느새 어두워진 하늘에서 조금씩 빗방울이 떨어지고 있
었다. 유혼은 황보중문에게 눈을 돌리고 물었다.

"기권하라고 했소?"

"미안하오. 이런 식으로 유 소형제가 올라가 버리면, 누구
한 사람의 기회를 빼앗아 버리는 꼴이 되오. 비무대회를 그런
식으로 망치고 싶지 않소."

"그렇군."

유혼이 갑자기 등을 돌리더니 번유하에게 다가가기 시작
했다. 황보중문은 유혼이 번유하에게 직접 기권 의사를 표시
하기 위해 걸어가는 것이라고 생각했다. 그러나 뒤이어 유혼
의 입에서 떨어진 말은 황보중문의 어안을 벙벙하게 만들었
다.

"무기를 좀 대여해 주시오. 무기고는 어디 있소?"

번유하는 난감한 표정을 지으며 손을 저었다.

"그런 건 없습니다. 여긴 원래 비무장이 아니라 사설 장원
이니까요."

"없다고? 비무대회라면 당연히 준비해야 하지 않소?"

"하하. 무인이라면 당연히 자신의 무기를 알아서 가지고

다녀야 하겠죠. 유 소협께서는 무기가 없으십니까?"

유혼은 비무대 아래쪽으로 시선을 돌리며 말했다.

"그럼 다른 사람에게 빌려야겠군."

"어차피 짜고 하는 비무에 무기는 무엇 하려고 하십니까?"

황보중문은 번유하의 말을 듣고 안색이 변했다. 유혼은 대수롭지 않다는 듯이 말했다.

"저쪽에서 그걸 관두자고 해서."

번유하는 유혼에게 도전했던 백리중문이 너무도 간단하게 기권하고 물러서는 것을 보고, 그들이 무슨 짓을 하고 있는지 곧바로 알아챘다. 자유로운 비무 방식이기에 이런 일이 없을 것이라고 생각한 것은 아니지만, 그렇다고 요주의 인물이라 생각했던 이들이 이런 일을 벌일 줄은 미처 생각지 못했었다.

"승산은 있습니까? 상대는 후기지수들 중에서도 손꼽히는 실력자인 황보중문입니다."

"뭐, 이건 싸움이 아니라 비무니까."

"황보 형."

황보중문은 귀를 간질이는 전음성에 고개를 돌렸다.

"방금 저 소형제하고 한 비무. 무언가 이상했어."

"이상하다니?"

"처음에 약속한 건, 내가 공격을 하다 그가 피하면 그대로 넘어져 비무대 바깥으로 떨어지는 거였잖아? 그런데 내가 공격을 시작하자마자 그가 역공격을 해오더라고."

"그게 어때서? 그걸 얻어맞는 척하면서 일부러 넘어진 것 아니야?"

유혼이 번유하에게서 물러나는 모습을 본 황보중문은 잠시 전음을 중단했다. 유혼은 비무대 아래 서 있는 순우은에게 다가가고 있었다. 그사이 백리중문의 전음성이 이어졌다.

"그게 말이야. 그럴듯하게 보이려고 첫 초식으로 둔보쌍월(鈍步雙月)을 펼쳤거든. 그런데 이걸 역으로 공격해서 내가 반대쪽으로 쓰러지도록 유도했단 말이지. 우연이라고 하기엔 시기가 너무도 딱 들어맞아. 그래서 더 이상해. 이게 가능하다고 생각해?"

황보중문은 잠시 생각에 잠겼다. 둔보쌍월은 백리세가의 비전검법이라고 불리는 태산십팔반검(泰山十八盤劍)의 절초였다. 그리고 백리중문은 어린 나이에 이미 이 비전검법을 완벽히 이해하여 펼칠 수 있는 경지에 올랐다고 가문 내에서도 칭찬이 자자한 상황이었다.

"설마. 네 말대로라면 상대가 둔보쌍월이란 초식을 꿰뚫어 봤다는 소리가 되는데, 그건 말이 안 된다."

"그렇지?"

황보중문은 고개를 저었다. 무공도 모르는 유혼이 어찌 백리중문의 검법을 파악하고 그것에 대응했단 말인가. 있을 수 없는 일이었다.

어느새 순우은에게서 도를 빌려 든 유혼이 다시 비무대 위로 올라왔다.

"시작하시오."

유혼은 도집에서 도를 꺼내 바닥에 늘어뜨렸다. 단순히 서 있음에도 균형이 잡힌 자세를 보이는 황보중문과 달리 무척이나 엉성한 모습이었다.

황보중문은 유혼이 기어이 기권을 하지 않고 비무를 진행하려는 모습을 보이자 놀란 표정으로 물었다.

"무공을 모른다고 하지 않았소?"

"모르오."

"유 소형제, 아니, 유 동생. 이쯤에서 그만두세나. 자네가 정말 독특한 사람이라는 것은 충분히 알겠네. 하지만 비무에서만큼은 이런 식으로 장난을 쳐선 안 되네."

"내일 있을 비무를 보고 싶소. 그뿐이오."

"이보게!"

유혼은 흘끔 비무대 위를 주시하고 있는 사람들을 둘러보더니, 고개를 돌려 번유하를 향해 물었다.

"백을 셀 때까지 상대가 싸우려 하지 않는다면 본선 진출이오?"

"네? 으음. 그것까지는 생각지 못했습니다."

당황하는 번유하를 본 황보중문은 방법이 없다는 듯이 고개를 떨어뜨렸다.

"미안하게 됐네."

황보중문이 검을 빼 들었다.

"비무가 시작된 이상, 난 전력을 다할 것이네."

유혼은 늘어뜨렸던 도를 서서히 들어올려 황보중문을 겨누었다.

후드드득.

비가 본격적으로 쏟아지기 시작했다.

"여어. 이런 데 잘도 숨어 있었군."

소륵은 지붕 위에 붙어 있는 서우에게 짚으로 엮은 비옷을 건네며 빙긋 미소를 지었다.

"비무대회 때문에 장원 안의 감시가 허술해졌거든."

서우는 장원의 중앙에 위치해 있는 비무장에 모인 사람들을 가리켰다. 소륵은 서우의 곁에 엎드려 안력을 돋워 비무대 위를 바라보았다.

"어라? 저게 누구야?"

소륵이 유혼이 서 있는 모습을 보고 놀라 상체를 일으키자 서우가 그의 어깨를 잡아 지붕에 바짝 붙이며 말했다.

"가약이를 일초에 제압했다던 그 엄청난 실력을 이제야 감상해 볼 수 있겠군. 그런데 저 소년 정말 신검의 제자일까?"

"흐음. 글쎄?"

"이십 년 전에 있었다던 그 신검의 괴상한 의뢰 말이네. 무공 수련 어쩌고. 아마도 저 소년은 그 신검의 새로운 무공을 배웠을 가능성이 있어."

"무공은 배우지 않았다고 했네."

"그래? 그럼 왜 저 위에 올라가 있는 거지?"

소륵은 유혼이 훔쳐서 펼친 자신의 금나수를 떠올리며 고개를 저었다. 꼭 무공을 배우지 않았다고 단정 지을 수는 없었다.

"아. 시작했어."

서우는 기대감이 섞인 표정으로 비무대를 주시했다. 그러나 비무가 시작된 지 채 얼마의 시간도 지나지 않아 그의 얼굴은 놀라움과 경악이 뒤섞인 표정으로 돌변했다.

"뭐야, 저건!"

황보중문은 자신이 익힌 쾌활삼검(快活三劍) 중 첫 번째 초식을 펼쳐 유혼을 공격해 들어갔다. 일견하기엔 평범한 찌르기처럼 보이나 적에게 다가가면 다가갈수록 변화의 양이 많아져, 종내에는 사방을 모두 옭아매는 검식으로 변하는 천라추동(天羅追動)이란 초식이었다. 황보중문은 유혼의 움직임을 봉쇄해 단번에 제압해 버릴 생각을 품고 있었다.

슈우욱!

검이 지척에 다다를 때까지 유혼은 아무런 반응을 보이지 않고 있었다. 황보중문은 유혼의 눈이 미처 검의 빠르기를 따라오지 못하고 있다 판단하여 속으로 혀를 찼다.

'소형제, 괜한 객기를 부렸어.'

평소 잦은 연습 비무를 해왔던 백리중문조차 이 천라추동의 수법은 시작부터 막아내지 못하면 절대 피할 수 없다고 할 정도였다. 유혼이 이 수없이 변화를 일으키는 검에 정신 차리지 못하고 있을 때 마혈(痲穴)을 짚어버리면 그만이다. 황보중문은 검끝이 진동을 일으키며 사방을 점할 준비를 끝마친 것을 보고 입가에 미소를 지었다. 기왕 비무대에 올라온 이상, 이 절초를 끝까지 펼쳐 구경하는 사람들에게 확실히 자신의 실력을 각인시켜도 상관없겠지.

파바바바밧!

황보중문의 검이 그물처럼 유혼의 전신을 감쌌다. 쉴 새 없이 움직이는 현란한 검광에 비무대 밖에서 지켜보고 있던 사람들이 감탄사를 내뱉었다. 심판을 보고 있는 번유하도 꽤나 좋은 움직임이라며 고개를 끄덕였다.

그때였다.

철컹!

황보중문이 펼치던 검망이 갑작스럽게 멈추었다. 너무도 순간적으로 벌어진 일이라 구경하던 이들 중에 놀란 신음성을 터뜨린 이들까지 있었다.

"아앗!"

"뭐지? 무슨 일이야?"

사람들이 비무대를 보며 웅성거리는 사이, 검망 안에 갇혀 있던 유혼이 모습을 드러냈다. 황보중문의 검은 유혼의 미간 앞에 멈추어 있었다. 그리고 유혼의 도는 검과 교차된 채로 황보중문의 어깨 위에 올려져 있었다.

주르륵.

황보중문은 목을 타고 흘러내리고 있는 것이 빗줄기가 아니라 핏물이라는 것을 깨달았다. 어깨 위에 놓여진 도가 목을 살짝 벤 것이다.

'양패구상? 아니야, 내 검은 아직 상대에게 닿지도 않았어. 이대로 움직였다면 내 목이 먼저 잘렸을 거야.'

황보중문은 방금 전의 상황을 떠올리며 믿어지지 않는다는 듯이 유혼을 바라보았다.

"소형제, 천라추동의 초식을 알고 있었소?"

"모르오."

황보중문은 몸을 떨기 시작했다. 이건 비에 젖어서가 아니라 감당하기 힘든 충격을 받았기 때문이다.

"한데 어떻게?"

"빈틈이 보였소."

"뭐라고?"

'일전에 황영검 예초에게도 같은 말을 했었지.'

유혼은 이렇게 생각하며 입을 열었다.

"무공을 모르는 나라도 찌를 수 있을 것 같은 빈틈."

털썩.

유혼은 황보중문이 검을 떨어뜨리며 주저앉는 모습을 보고 속으로 안도의 한숨을 내쉬었다. 정말 아슬아슬한 상황이었다. 황보중문이 거기서 검을 멈추지 않았다면 자신의 머리는 지금쯤 검에 꿰뚫려 휑하니 구멍이 나 있을 것이다.

변화를 일으키는 순간에 그 틈을 향해 도를 밀어 넣은 것은 꽤나 성공적이었다. 황영검 예초의 경우에는 단지 한순간을 느리게 만들었을 뿐이지만, 황보중문은 아예 검의 다음 변화가 끊겨 버리는 상황이 됐다. 그러나 그것으로 인해 황보중문이 검을 멈추어준 것은 거의 행운에 가까운 일이었다. 비무이기에 가능한, 서로를 죽이기 위해 싸우는 것이 아닌 승부였기에 가능한 일이었다. 그리고 황보중문이 자신을 해하지 않을 것이란 확신이 있었기에 할 수 있는 일이었다.

"이해할 수 없어. 어찌 그 상황에서 공격을 할 수가 있는 거지? 이건 정말 말도 안 되는 일이야. 오호라! 그래! 자네, 내 검법의 파해법을 알고 있는 것이군!"

황보중문이 소리치자 그가 패했다는 사실에 놀라고 있던 사람들의 웅성거림이 잦아들었다.

"어디서 배운 거지? 황보세가의 검법을 파해할 정도라면, 평범한 문파가 아닐 텐데. 자네 정체가 뭐야?"

"틀에 박혀 있소."

"뭐?"

"내가 검의 빈틈을 찾아 도를 움직였을 때, 단순히 초식을 변화해 내 도를 쳐내려 했다면 난 막지 못했을 거요. 하지만 당신은 변화가 끊겼음에도 그 길로 움직이려 했소. 그리고 그 차이만큼 나는 당신의 목 근처까지 도를 움직일 수 있었소."

흥미롭게 유혼을 지켜보던 번유하는 자신이 잘못 들은 것은 아닌가 하여 귀를 쫑긋했다. 초식의 시전과 거둠이 자유로운 경지. 이건 곧 초식에 구애됨이 없이 검법을 펼친다는 말과 같았다. 유혼은 지금 그 경지가 되지 않았기 때문에 황보중문이 패했다 말하고 있었다. 하지만……

'그건 곧, 이 초식에는 구멍이 있으니 아예 뜯어고쳐야 한다고 말하는 것과 다를 바 없지.'

서우는 굳어진 표정으로 물었다.

"자네가 말했던 게 저거였나?"

소륵은 고개를 끄덕였다.

"저건 도저히 신검의 새로운 무공이라 할 수가 없겠군."

"큰일이야, 서가 형제."

소륵이 난감하다는 표정으로 비무대를 가리켰다.

"비무의 결과를 비밀에 부쳐 젊은이들의 의기를 꺾지 않겠다던 무산회의 의도가 무산됐어."

"응?"

"호남성에서 가장 큰 세력 중 하나라는 황보세가의 검법을 단 일 초로 파해해 버렸네. 저들 중에 황보세가의 성세보다

큰 세력에 속하는 사람이 몇이나 있겠나? 이건 정말 큰 문제
야."

"저 소년이 어떤 무공을 익혔는지 몰라도, 무공을 파해하
는 것만큼은 누구도 따라올 수 없겠는걸?"

서우의 말에 소륵은 실소했다.

"무공을 파해하는 재능이라……."

비가 거세져 잠시 비무대회가 중단된 사이, 유혼은 처마 밑
에 서 있는 순우은에게로 다가갔다.

"자. 빌려줘서 고마워."

유혼이 도를 내밀며 감사를 표시하자 순우은은 가볍게 고
개를 숙이며 미소 지었다. 지금처럼 자연스럽게 말하는 것을
보면 이상한 사람이라고 생각했던 자체가 우습게 느껴질 정
도였다.

"어쨌든 내일까지 이곳에 있을 수 있게 됐군요."

"응."

"저는 어떨지 모르겠습니다. 오늘 예선을 통과하지 못한다
면, 여기서 나가야 하겠지요."

"계속 도전하면 되잖아."

"그런가요? 후후."

유혼은 가만히 하늘을 올려다보며 말했다.

"이상해."

"네?"

"생각보다 멋지지 않았어."

황보중문의 초식. 비록 중간에 막아서긴 했지만, 그 자체로도 꽤나 멋진 움직임을 보여주는 초식이었다. 그러나 유혼은 그 초식 속에서 아무런 감흥도 느낄 수가 없었다. 비무를 이기기 위해서 온 정신이 팔려 있었다라고 하기엔, 그 사이 그가 생각해 볼 수 있는 시간이 너무도 많았다.

'왜지? 눈이 더 높아졌기 때문일까?'

요 근래에 그동안 보지 못했던 수준 높은 무공들을 많이 봐왔기 때문일지도 몰랐다. 처음엔 남창비무관에서 볼 수 있는 어떤 무공에도 열광했었지만, 시간이 지날수록 시시하게만 느꼈던 것처럼. 이젠 정말 뛰어난 무공이 아니면 흥미가 사라져 버리는 것일 수도 있었다. 하지만 정말 그런 이유라면……

'나중엔 무슨 무공을 보더라도 만족하지 못하게 될지 몰라.'

유혼은 처마 밖으로 손을 내밀었다.

손 위로 떨어져 내린 물방울들이 다시 잘게 쪼개져 사방으로 퍼져 나갔다. 비가 올 때는 세상이 느리게 보인다는 사실이 더욱 절실하게 느껴졌다. 물방울들이 온 사방에서 소리없이 떨어져 내리고 있는 모습을 보고 있으면 세상이 놀랄 만큼 고요해지는 것 같은 느낌이 들었다.

언제였는지는 기억나지 않지만, 처음 비가 오는 것을 보았을 땐 너무도 놀라 쉬지 않고 울었다. 물방울 하나하나에 반응할 수 있는 자신의 눈 때문에 수천 개의 물방울이 몸에 닿아 사방으로 튀는 정신없는 상황을 겪게 되자 하염없이 눈물을 흘렸었다.

'하지만 지금은 이렇게 편안하지.'

처마 밖으로 내밀었던 손을 거둬들인 유혼은 순우은을 향해 말했다.

"지금 안 보여줘도 돼."

"무슨 말씀이세요?"

"나중에 완성되고 나서 정말 자신있게 펼칠 수 있다고 생각될 때, 그때 보여줘."

유혼은 미리부터 실망하고 싶지 않았다. 세상에서 단 하나밖에 없는 유일한 낙을 쉽게 보내 버리고 싶지 않았다. 무공을 펼치는 모습을 지켜보는 것. 이게 사라진다면, 이 답답하고 지루한 세상을 무슨 생각을 하며 살아가야 한단 말인가?

반 시진도 지나지 않아 비가 멎었다. 이제 느긋하게 남은 비무를 감상해 보기 위해 비무대로 걸어가던 유혼은 굳어진 표정을 하고 다가서는 백리중문을 보며 의아한 느낌을 받았다. 백리중문의 표정에 비장감이 서려 있었기 때문이다.

"소형제."

백리중문은 유혼에게 포권하며 말했다.

"다시 한 번만, 비무해 줄 수 없겠소?"

"내 비무 순서는 이미 끝났소."

백리중문이 허리를 숙였다.

"부탁하오! 나는 황보 형이 그렇게 패했다는 게 믿어지지가 않소. 유 소형제는 분명 무공을 모른다 하지 않았소? 황보 형이 실력이 부족해서 진 것이라면 내 이렇게 찾아오지도 않았소. 나는 유 소형제가 황보 형이 펼칠 검법의 파해법을 미리 알고 있었다 생각하오. 구차한 변명 같지만, 나라도 유 소형제를 이기면 황보 형이 저리 실망하진 않을 거란 생각이오."

유혼이 대답없이 서 있는 사이, 번유하가 미소 지으며 끼어들었다.

"하하. 재비무를 할 생각이십니까? 뭐, 확실히 유 소협의 첫 번째 비무는 의심의 여지가 많으니, 재비무를 하는 것도 나쁘지 않지요."

유혼은 간절하게 부탁하는 백리중문을 바라보며 생각에 잠겼다. 비무를 다시 하는 것은 문제 될 것이 없었다. 황보중문의 경우처럼 승리하든 그전에 패하든 간에 오늘 하루는 이제 온전하게 구경할 수 있으니까.

다만, 확인해 볼 것이 있었다. 백리중문의 검법을 보아도 멋지다는 생각이 들지 않으면, 지금의 예상이 맞아떨어지는 것이다. 무공을 보면 볼수록 더 높은 경지만을 찾게 되고, 그보다 낮은 수준의 무공을 보면 질려 버리고 만다는 사실이.

"좋소."

백리중문과 유혼이 다시 비무를 벌이려 하는 것을 본 서우
는 고개를 저으며 말했다.

"저거 대단히 위험해."

"위험?"

"하나라면 몰라도, 백리세가의 무공까지 뒤엎어 버리면,
보통 문제가 아니게 돼."

소륵은 별거 아니라는 투로 등을 돌려 누우며 말했다.

"뭐 어떤가? 신검의 제자라면 중문쌍룡 정도는 가볍게 제
압해야지."

"중문쌍룡이 문제가 아니네. 저 소년이 꺾은 건, 중문쌍룡
이 아니라 그 뒤에 버티고 있는 황보세가와 백리세가의 무공
이라고."

서우는 비무대 위를 보며 한숨을 내쉬었다.

"이런. 벌써 끝났군."

비무가 시작되자마자 비무장 주변에서 환호성과 탄식 소
리가 들려오기 시작했다.

*   *   *

"아버님!"

황보우곡(皇甫右曲)은 갑자기 방문을 열고 헐레벌떡 뛰어든 큰아들 황보문현(皇甫聞賢)을 보며 인상을 찌푸렸다.

"무슨 일이냐?"

"그, 그것이……."

황보문현의 얼굴엔 더워서 난 땀이 아니라 놀라서 생긴 식은땀이 흐르고 있었다.

"쾌활삼검이 파해됐습니다!"

황보우곡의 눈에서 불똥이 튀었다.

"그게 무슨 소리더냐?"

"중문이가…… 중문이가 쾌활삼검을 펼치다가 검법을 파해당하고 패했습니다."

"뭐야? 누구에게?"

"정체불명의 소년입니다. 이자가 평소 중문이와 잘 어울려 다니던 백리중문의 검법도 파해했다고 합니다."

"검법이 파해당하다니? 있을 수 없는 일이다. 쾌활삼검은 창궁검협(蒼穹劍俠)께서 만든 황보세가의 비전이다! 말도 안 되는 소리를!"

끼이익.

"말이 됩니다, 할아버님."

황보중문이 문을 열고 힘없이 걸어 들어왔다. 그 모습을 본 황보우곡의 눈동자가 쉴 새 없이 떨려왔다.

"이노옴!"

황보우곡의 입에서 호통이 터져 나왔다. 방 안에 있던 그릇들이 깨져 나갈 정도의 내력이 섞인 일갈이었다. 황보중문은 황보우곡의 앞으로 다가와 무릎을 꿇었다.

"바른 대로 말해라! 네가 실력이 부족하여 패한 것을 무공 탓으로 돌리는 게 아니더냐! 네가 세가의 위세만을 등에 업고 방만히 행동한 결과 때문이 아니더냐!"

"아버님, 중문이가 얼마나 열심히 무공을 수련했는지는 아버님도 잘 아시지 않습니까. 이건 실력의 고하를 떠나 상대가 파해법을 알고 있었기 때문……."

황보우곡은 황보문현의 말을 중간에 자르며 분노를 터뜨렸다.

"아비는 물러가거라!"

"아버님!"

황보우곡의 추상같은 축객령에 황보문현은 안타까움을 뒤로하고 방문을 나섰다.

"무슨 초식을 펼쳤느냐?"

"천라추동입니다."

"어디 상대가 한 파해법을 그대로 해보거라."

황보우곡이 손을 들어올리자 벽에 진열되어 있던 검이 그의 손으로 날아들었다.

파바바바밧!

황보중문은 황보우곡이 펼치는 천라추동을 바라보며 두려움에 몸을 떨기 시작했다.

"으으읏."

황보중문이 벌떡 일어서며 천라추동이 펼쳐지고 있는 검망 사이로 자신의 검을 들이밀었다.

까앙!

황보중문의 검이 창문을 뚫고 밖으로 날아가 버렸다. 황보중문은 자신이 받았던 공격 그대로 천라추동의 틈을 찔렀다. 하지만 날아간 검은 자신의 검이었다.

"내가 검의 빈틈을 찾아 도를 움직였을 때, 단순히 초식을 변화해 내 도를 처내려 했다면 난 막지 못했을 거요."

황보중문은 황보우곡의 앞에 무릎을 꿇으며 흐느껴 울기 시작했다.

"이……."

황보우곡은 이를 갈았다. 황보중문이 검을 찔러 넣은 상황은 너무도 적절하게 검의 변화를 가로막고 있었다. 순간적으로 검을 움직여 황보중문의 검을 처내지 않았다면, 초식 자체를 끝마치지 못했을 것이다. 말 그대로 초식을 멈추게 하는 파해법이었다. 하지만 이 변화의 틈은 이 초식을 완벽하게 파악하고 있지 않는 한, 발견할 수 없는 것이다. 황보세가의 무공이 외부로 유출됐단 말인가?

"누가 이렇게 펼쳤다고 했느냐?"

"유혼… 유혼이라는 소년입니다."

*　　　　*　　　　*

장사에서 후기지수를 꼽을 때 가장 많이 오르내리는 두 청년, 중문쌍룡이 모두 단 일 초 만에 패했다는 사실은 비무대회에 참여한 대다수의 젊은이들에겐 충격과도 같은 일이었다. 아무리 그들이 실력이 완전하지 않은 나이라고는 하지만, 적어도 중문쌍룡이라면 같은 나이의 누군가에게 단 일 초에 패할 정도로 약한 실력을 가지고 있다고 볼 순 없었다. 때문에 유혼이라는 이름은 그들에게 순식간에 각인되어 버렸다.

조가약은 머리를 뒤쪽으로 질끈 묶은 채로 장원의 문 앞에 서 있었다. 유혼과 싸우기 위해 이곳까지 온 것이지만, 이젠 그 이유조차 퇴색되어 버렸다.

'무공파괴자라니.'

조가약은 장원 안에 있는 이들이 유혼에게 붙여준 별명을 떠올리며 피식 웃었다. 무공을 모른다고 말하며 한사코 자신에게서 도망치려던 소년이었다. 그 소년과 무공파괴자라는 별명은 정말이지 전혀 어울리지 않는 것이었다.

"휴. 어쨌든 구경이나 잘하고 가라고."

조가약은 유혼과 함께한 삼 일간의 짜증나는 추억을 훌훌 털어버리겠다는 듯이 고개를 좌우로 흔들었다, 당으로 돌아가면 무공 수련이나 더 해야겠다는 다짐을 하면서.

끼이이익.

"어?"

조가약은 장원의 문이 열리고 유혼이 모습을 드러내는 것을 보고 놀라서 물었다.

"뭐야? 너 왜 따라온 거야?"

유혼 역시 문밖에 조가약이 서 있는 모습을 보고 놀라는 눈치를 보였다.

"갈 곳이 있소. 당신은?"

유혼의 말에 조가약은 코웃음을 쳤다.

"흥. 이제 너한테 볼일 따위 없으니까 맞을 걱정 하지 말고 네 갈길 가. 지난 일은 이미 다 잊어버렸으니."

유혼은 못미덥다는 듯이 주춤하다 이내 조가약을 지나쳐 길을 걸어가기 시작했다. 조가약은 유혼이 시야에서 사라질 때까지 장원 앞에서 움직이지 않고 있었다.

유혼은 길을 걸어가며 생각에 잠겼다.

이틀 전, 박지량과 약속했던 유시 초가 되기까진 아직 한 시진가량이 남아 있었다. 어딜 갔다 오느라 이틀의 시간을 사용한 것인지는 모르지만, 유혼은 그 문제는 자신이 크게 신경쓸 일이 아니라 여기고 있었다. 박지량은 따지고 보면 자신과 그다지 상관이 없는 몸이었다. 그 부탁이라는 것도, 금협일검의 아들이란 사람에게 박지량의 무공이 현재 비무할 상태가 아니라는 사실만 확인시켜 주면 끝날 일이었다.

유혼은 박지량이 그 뒤에 과연 약속을 지킬 것인가에 대해서 조금은 회의적인 마음을 품고 있었다. 장사비무대회를 오게 된 것이야 박지량의 입김이 간여했다고 하지만, 비무대회를 주관하는 건, 남창비무관과 마찬가지로 이곳 사람들이었다. 자신은 그동안 이런 큰 규모의 비무대회가 장사에서 펼쳐진다는 사실을 모르고 있었던 것뿐이다. 자신있게 눈이 돌아갈 정도의 절세무공을 보여주겠다던 박지량의 다짐은 지금 유혼에겐 왠지 비현실적으로 느껴졌다.

'쉽지 않아.'

어떤 강호인이든 좋은 관계를 맺어 무공을 구경하고 말겠다던 생각도, 실제로 부딪쳐 보니 쉬운 일이 아니었다. 단지, 강물에 돌을 던졌을 뿐인데 어느새 이곳까지 휘말려 버렸다. 강호라는 곳에서 무공을 구경해 보겠다는 것은 결코 만만한 일이 아니었다.

'그러고 보니, 그 마첨이라는 사람은 정말 편하겠어.'

문득 떠오른 무림기 선별위원이라던 사람. 비무대회를 마음대로 조작하고, 생각만 해도 두근거리는 무예를 지닌 무사들이 보호해 주며, 자유롭게 무공을 구경하면서 천하를 떠도는……

유혼은 박지량과의 약속 시간이 거의 다 되어서야 장사의 입구에 도착할 수 있었다. 남창에서 장사를 향해 뛰어오던 속도에 비하면 한참이나 느린 것이었지만, 그때에 비해 마음 상태가 전혀 달랐기에 이 정도가 걸렸다.

'아직 안 왔나?'

유혼은 이틀 전과 마찬가지로 상인들과 뜨내기 무사들이 바글거리는 입구를 구경하며 시간을 보내기 시작했다.

*　　　　*　　　　*

"에에엑? 싫어요! 그놈하곤 이제 말도 하기 싫다구요."

장원의 입구에서 생각지도 않게 서우를 만난 조가약은 그가 하는 말에 노골적으로 반발하며 말했다.

"겨우 잊어버릴 만해졌는데. 왜 갑자기!"

"당의 일 때문이다."

"당의 일이라니요?"

"이십 년 전의 의뢰니, 너는 모를 테지. 이십 년 전, 신검은 당주에게 아주 특별한 요청을 해왔다."

"무슨……."

"한 채의 이동 가옥을 만들어달라는 요구였다. 그런데 이 가옥의 외벽을 감싸는 재료가 너무도 괴상했지. 깃털보다 가벼우면서 강철보다 단단한 것."

"그런 게 어디 있어요?"

"그래. 그런 재료는 없지. 하지만 유건당이라면 없는 재료도 만들어낼 수 있지 않느냐? 정확한 요구를 지키지는 않았지만, 봉금강화사(封金强化絲)라면 요구 조건을 충족할 만하지."

"네에? 서, 설마, 말도 안 돼. 그만한 양을 제련하려면 당인원 전체가 달려들어도 한 달 이상 걸릴 텐데."

"그때에는 지금보다 당원 수가 적었다. 정확히 삼 개월이 걸렸고, 당원들은 그 후유증으로 한 달을 더 쉬었어."

"그래서요?"

"신검은 완성된 이동 가옥을 가져가면서 폐관 수련이 끝나고 나서 대금을 지불하겠다고 했다. 그리고 그때 당주는 이 폐관 수련이 이십 년 가까이 지속될 줄은 예상치 못했었지."

"잠깐만요."

조가약은 계산을 시작해 보았다. 봉금강화사라는 것은 질 좋은 묵철(墨鐵)에 무림고수의 내력을 주입해 달구는 특수한 방법으로 제련해 낸, 단단하면서도 가벼운 철실이었다. 완성된 봉금강화사는 내력을 주입하면 바람에도 흩날리는 연한 실로 변하지만, 그 외에는 일반적인 쇠와 다를 바 없이 굳어진 상태로 있게 된다. 어떤 도검으로도 끊지 못한다는 천잠사(天蠶絲)와 비견될 만큼 튼튼한 실이었기에 유건당에서 시행되는 각종 공사에 자주 쓰이는 물건이었다. 하나 이 봉금강화사로 이루어진 집이라니…… 그 금액이 얼마나 될지는 쉽게 예측할 수조차 없었다.

"신검이 그만한 돈을 지불할 능력이 되나요?"

"모른다. 그래서 신검을 직접 만나봐야 해. 만약 지불할 능력이 되지 않는다면 갚을 때까지 신검을 부려먹든, 무공을 빼앗아 내다 팔든, 방법을 강구해 봐야겠지."

*   *   *

젊었을 때부터 이름을 날리는 후기지수들의 대부분은 출중한 실력이 뒷받침됨은 물론이고, 외모가 뛰어나거나 가진 배경이 좋다거나 나이에 비해 엄청난 과업을 이룬 경우가 많았다. 물론 몇몇의 예외는 있을지 몰라도 이렇게 이름을 날린 후기지수들이 종래에 강호에서 몇 손가락 안에 꼽히는 이름난 고수가 됨은 누구도 의심치 않는 사실이었다.

삼협 중 하나. 천하에서 가장 강한 여덟 명의 고수 중 하나라 일컬어지는 금협일검 문공의 아들은 그런 의미에서 무척 독특한 유명세를 치루고 있었다. 분명 많은 사람에게 이름을 날리며 후기지수로 손꼽히고 있으나 출중한 실력이나 잘생긴 외모와는 그다지 관계가 없는 유명세 때문이었다.

광치(狂癡) 문소혁. 무공에 극도로 미쳐서, 명성이 자자한 협객이며 마음씨 좋기로 소문난 금협일검조차 가문에서 내쳤다는 최악의 후기지수.

무공을 파고들어 익혀내는 그 집념만은 강호의 그 누구도 따라올 자가 없으나, 이 집념이 너무 과해 사람 좋기로 소문난 소림사에서조차 쫓겨났다. 승려들이 그를 추방하며 불문의 규율을 어기면서까지 입에 담지 못할 욕을 했다는 소문이 돌 정도였다.

천하에서 그를 제자로 받아들여 보지 못한 문파를 찾아보기 힘들 정도로 수많은 문파에 입문했고 같은 수만큼의 탈퇴를 반복해, 비록 무공은 늘었을지라도 그와 비례해 악명 또한 늘리고 있는 자. 그것이 광치 문소혁이 가지고 있는 유명세였다.

"자네가 유혼인가?"

유혼은 나이가 파악이 되지 않을 정도로 수염이 덥수룩한 사내 한 명이 말을 걸어오는 것을 보고 손가락으로 자신을 가리키며 물었다.

"날 부른 것이오?"

사내는 고개를 끄덕였다.

"내 이름을 어찌 알고 있소?"

"일단 가지. 이곳에는 보는 눈이 많으니."

"보는 눈?"

"일전에 이 근처 무관에 입문한 적이 있었거든. 여기 있으면 곤욕을 치를지 모른다네. 아무튼 가세나."

"기다려야 할 사람이 있소."

사내는 싱긋 웃었다.

"알고 있네. 신검 어르신께서 먼저 가서 자네와 함께 있으라고 하더군. 더 늦어진다고 하셨네."

"늦는다고? 얼마나 늦는다고 했소?"

"아침에 악양(岳陽) 쪽에서 헤어졌으니 저녁때쯤이면 도착하실 거네."

유혼은 해가 지기까지 한 시진 남짓 남았음을 깨닫고 고개를 끄덕였다.

"알겠소."

사내는 어디를 가겠다는 말도 없이 장사의 외곽 쪽을 향해 걸어가기 시작했다. 유혼은 묵묵히 사내의 뒤를 따라가다가 장사의 입구에서 꽤 먼 곳까지 오게 되자 입을 열었다.

"이상하오."

사내가 고개를 돌리며 물었다.

"무슨 말인가?"

"따라오는 사람들이 있소. 저들과 동행했소?"

사내는 웃으면서 말했다.

"아무래도 이 근처 무관 사람의 눈에 뜨인 것 같군. 미안하게 됐네. 잠시만 기다려 주게."

사내는 유혼에게 등 뒤에 있으라는 손짓을 하며 뒤따라오는 사람들을 바라보았다.

"어?"

사내는 멀리 보이는 상대의 모습을 확인하고는 조금 당황한 음성으로 말했다.

"황보세가에는 입문한 적이 없는데……."

그들의 곁으로 검 무늬가 새겨진 황색 표장(標章)을 두른 세 명의 젊은이가 다가서고 있었다. 젊은이들의 시선이 유혼을 향해 있음을 본 사내는 손으로 입을 가리며 작은 목소리로 말했다.

"내 손님이 아니라 자네 손님 같군."

"모르는 자들이오."

노골적으로 따라오던 세 젊은이는 십여 장 거리까지 가까워지자 걸음을 멈추었다. 사내가 젊은이들을 향해 물었다.

"우리한테 볼일이 있나?"

가운데 서 있던 젊은이가 적의를 드러내며 차갑게 내뱉었다.

"당신은 빠지시오."

차가운 말투의 젊은이는 유혼을 노려보며 계속해서 말을 이었다.

"네놈 때문에 지금 우리 세가는 물론이고 백리세가까지 쑥대밭이 됐다. 우리와 함께 가줘야겠어."

젊은이들의 얼굴에는 언뜻 보기에도 상당히 분노하고 있음이 드러나 있었다.

"나 때문에? 나는 당신들이 누군지도 모르오."

"하! 이런 뻔뻔한 놈."

가운데 서 있던 젊은이가 검을 빼 들자 다른 두 젊은이가 유혼의 좌우를 포위했다.

"네놈이 우리 세가의 무공을 어디서 주워들었는지는 몰라도, 지금 당장 우리를 따라와 가주님께 해명하지 않는다면, 목숨을 보장 못할 것이다!"

젊은이들의 흉흉한 기세에 사내가 진정하라는 듯이 손을 휘저으며 말했다.

"워워. 진정하게. 이게 무슨 짓인가? 다짜고짜 검부터 꺼내들다니."

"죽기 싫으면 저리 비키시오."

"음."

사내는 젊은이의 싸늘한 말에 신음성을 삼켰다.

"이건 황보세가의 일이오. 황보세가 전체를 상대할 자신 있다면 끼어들어도 상관없소."

젊은이의 엄포에 사내는 피식 웃을 수밖에 없었다.

"이거, 잘못 건드렸다간 황보세가에는 들어가 볼 수도 없겠군 그래. 여차하면 남는 딸이나 하나 꿰차서 무공이나 배워보려고 했는데 말이지. 후후후."

"뭣이오!"

사내가 고개를 돌려 유혼에게 물었다.

"자네, 저들에게 무슨 짓을 한 건가?"

"모르겠소. 설마 비무 때문인가?"

"비무?"

"낮에 황보중문이란 사람과 비무해서 이겼소."

젊은이들은 유혼의 말에 안색이 일그러졌다.

"닥쳐라! 무공을 훔쳐서 따낸 승리는 인정할 수 없다!"

사내는 고개를 끄덕였다.

"음. 그렇군. 그럼 저들을 묻어버려도 명분은 있는 거군."

유혼은 사내의 말 중에서 '묻어버린다'는 표현이 좀 이상하다고 생각됐다. 설마 시체로 만들어 땅속에 파묻어 버리겠다는 의미?

"그만 가세나."

말이 끝나기가 무섭게 움직인 사내의 손을 따라 유혼의 두 눈은 놀라움으로 물들어갔다.

"이보시오! 우리 좀 꺼내주시오!"

소륵은 흙더미에 처박혀 머리만 간신히 내밀고 있는 황보세가의 젊은이들을 바라보면서 킬킬거리고 있었다.

"이런이런, 황보가 형제들, 상대를 봐가면서 까불었어야지."

세 젊은이는 나란히 땅 아래 파묻혀서 고개만 움직이고 있었다. 그들의 뒤편으로 흙이 볼록하게 솟아나 있었기에 소륵은 그 모습이 마치 자라 세 마리가 나란히 엎드려 있는 것처럼 보인다고 생각했다.

소륵은 간절한 표정으로 도움을 구하고 있는 젊은이들의 시선을 무시한 채, 그들을 덮고 있는 흙의 표면을 손가락으로 찔러보았다. 보통의 흙처럼 부드럽지 않고 돌처럼 단단하게 굳어져 있었다.

"잘도 파묻었네. 당장 비라도 와 땅이 물러지지 않으면 거기서 나오기 힘들겠어, 자라 형제들."

소륵은 황보세가 사람에게 이런 미치광이 같은 짓을 한 사내, 광치 문소혁을 생각하자 골치가 아프다는 듯이 눈썹을 찌푸렸다. 유혼이 하필이면 이 귀신같은 놈과 관계가 있었다니.

'요즘은 소문이 뜸하다 했는데 아직도 미친 짓을 하고 다니는 것인가?'

소륵은 문소혁이 유건당의 일원으로 받아달라고 당을 찾아왔을 때를 떠올려 보았다. 금협일검의 아들이라 당주도 아무 말 없이 받아들였었는데, 정확히 세 달을 버티다가 쫓겨났다. 세 달 사이 보여준 광태는 아직도 기억에 생생했다. 유건당에 존재하는 무공이란 무공은 전부 익히려 들던 그 집착에 당원들 전부가 혀를 내둘렀다.

서우는 그때 '천하에서 가장 강한 사람을 꼽으라면 의견이 분분하겠지만, 천하에서 가장 많은 무공을 익힌 사람을 꼽으라면 당당히 문소혁이라고 말할 수 있다'라고 말했었다. 그게 벌써 오 년 전의 일이니, 지금의 광치가 과연 어느 정도의 무공을 익히고 있는지는 쉽게 상상이 가지 않았다.

"생각보다 대금 회수가 힘들어질지도 모르겠어."

　　　　　　*　　　　　*　　　　　*

　"먹게."

　문소혁이 내민 손에 들려진 건 잘 말려진 육포였다. 유혼은 육포를 받아 들며 자리에 앉았다.

　유혼이 문소혁을 따라 도착한 곳은 장사에서 멀지 않은 곳에 위치한 악록산(岳麓山)의 산자락이었다. 나무가 우거진 곳 사이로 길에서는 발견하기 힘든 동굴이 하나 있었는데, 문소혁은 자신을 이곳으로 안내해 왔다. 동굴 앞에는 잘 정리되어 있는 모포와 모닥불을 피우고 남은 흔적이 있었다. 유혼은 이곳이 문소혁이 최근까지 기거하던 장소일 것이라 생각했다.

　"그래, 신검 어르신에게 듣기로는 자네가 나와 어르신 사이에서 벌어지는 비무의 참관인이 될 것이라고 하던데?"

　문소혁의 말에 유혼은 고개를 저었다.

　"참관인? 난 노인장이 비무를 할 수 없다는 사실을 말해주기로 했을 뿐이오."

　"비무를 할 수 없다니?"

　문소혁이 육포를 뜯기 시작하자 유혼도 육포의 끝을 이빨로 잘게 잘라 입에 넣으며 말했다.

　"다른 사람은 노인장의 무공을 볼 수 없으나 나는 볼 수 있소. 그래서 당신에게 이해시킬 수 있다고 말했소. 노인장의 무공은 어떤 것으로도 막을 수 없으니, 당신의 목숨을 빼앗아

버릴 것이라고 말이오."

유혼은 문소혁을 이해시키기 위해서는 자신이 세상을 느리게 볼 수 있다는 사실을 말해주어야 한다고 생각했다. 박지량은 자신의 능력 때문에 이런 부탁을 한 것이었다. 그게 아니라면 직접 말해도 상관없었을 테니까.

"그러니까 자네 말은, 비무를 하면 내가 죽게 되니까 비무 자체를 하지 말아야 한다?"

"그렇소."

"왜지? 왜 신검 어르신은 비무를 하면 내가 죽는다고 확신하는 건가?"

"그건, 노인장의 무공은 노인장 자신도 보지 못하기 때문이오."

유혼은 박지량의 무공을 볼 수 있는 건, 자신처럼 모든 걸 느리게 볼 수 있는 특수한 경우일 때뿐이라고 말한 뒤, 박지량의 부탁에 대한 자신의 역할을 마무리하려고 했다.

"뭐? 하하하하. 대체. 크흐흐. 아하하. 하하하하!"

문소혁이 큰 소리로 웃기 시작했다. 유혼은 뒤이어 말을 꺼내지 못하고, 가만히 문소혁이 웃는 모습을 지켜보았다.

"하하하. 어르신께서 이 몸을 걱정해서 비무를 없었던 일로 하자 했단 말이지. 하하하하."

문소혁이 갑자기 웃음을 뚝 멈추고 유혼을 바라보았다.

"자넨 어떻게 생각하나? 비무를 하게 되면, 내 목이 달아나리라고 생각하나?"

"모르오."

"자네 이 비무에 무엇이 걸려 있는 줄 아는가?"

유혼은 박지량의 그 말을 믿은 건 아니지만, 들은 게 하나밖에 없기 때문에 조심스럽게 말했다.

"강호의 정의?"

"크하하하. 이 친구 왜 이리 웃겨. 흐흐흐. 아니네. 이 비무엔 단지, 신검의 무공과 내 미래가 걸려 있는 것뿐이네."

"미래?"

"내가 이기면 신검의 무공을 공짜로 얻게 되겠지만, 신검이 이기면 내 미래를 신검에게 바쳐야 무공을 얻을 수 있게 되네."

유혼은 한참을 생각해 보았으나 그게 무슨 뜻인지 이해하지 못했다.

"생각해 보게. 천하제일검의 무공이야, 목숨을 걸어볼 만한 가치가 있는 일 아닌가?"

"당신은 눈에 보이지 않는 공격을 피하거나 막을 자신이 있소?"

문소혁은 또다시 웃기 시작했다.

"그게 참 재미있는 부분이야. 우습게도 말일세. 내가 만들어낸 무공은 그 짓밖에 못하거든, 피하거나 막는 것."

유혼의 머릿속으로 조금 전, 문소혁의 손끝에서 펼쳐졌던 기이한 광경이 섬광처럼 지나갔다.

"그건 무공이 아니잖소."

"후후. 마찬가지지. 자신도 보지 못하는 무공을 무공이라 부를 수 있겠나?"

*　　　*　　　*

"자네, 그 소문 들었나? 황보중문과 백리중문이 한 사람에게 패했다며?"

"쯧쯧. 이리 소식이 느려서야 원. 패한 정도가 아니라, 그 자가 단 일 초에 중문쌍룡의 무공을 파해해 버렸대. 황보세가의 가주는 충격으로 자리에 드러누웠다더군."

"뭐어? 중문쌍룡을 단 일 초에? 대체 누가?"

"무공파괴자라고 불리던데?"

객잔 한가운데서 사람들이 수군거리는 음성을 들은 무곤은 코웃음을 쳤다.

"호남의 제일가문이라더니 꼴좋군."

"무공파괴자? 삼류검법을 써대는 놈들을 상대로 무슨 무공파괴자씩이나. 무당파라면 삼대, 아니, 사대제자가 갔어도 이길 놈일 거야."

무이가 무곤의 말을 받으며 이렇게 말하자 조용히 앉아 있던 정명자가 엄한 표정으로 일갈했다.

"말들이 지나치구나! 황보세가는 당장 모레 있을 대회부터 부딪칠 사람들이다. 판단은 그때 가서 내려도 늦지 않아."

무곤은 목소리를 높였다.

"하지만 사부님, 대무당파의 검법이라면 절대 파해될 리가 없지 않습니까? 거기다 단 일 초라니, 황보세가의 무공이 얼마나 저급하면 저런 일이 벌어졌겠습니까?"

대무당파라는 말소리가 조금 컸는지 객잔 안에 있던 사람들의 시선이 잠시 무곤을 향했다. 그리고 무곤을 향해 대놓고 비웃는 표정들을 지어 보였다. 척 보기에도 청홍색의 수실이 달린 도관을 쓴 무곤과 무이의 모습은 무당파 사람임을 확연하게 드러내고 있었다. 그러나 사람들 비웃음 소리는 그치지 않았다.

"이놈들이!"

"무곤!"

정명자가 분노해 일어서려는 무곤을 멈춰 세웠다. 사부의 노한 음성에 무곤은 주춤거리며 자리에 앉았다.

"장문인께서 무당산을 떠날 때 뭐라고 당부하셨느냐?"

무곤의 안색이 어두워졌다.

"무당파 사람임에 자긍심을 갖고 떳떳하게 행동하라고 하셨습니다."

"한데, 지금 네 행동은 뭐란 말이더냐! 말 한마디에 수양이 흐트러질 정도라면 당장 무당산으로 돌아가거라!"

무이가 보다 못해 말했다.

"사부님! 사형이 무슨 잘못입니까. 저들이 먼저 우릴 비웃……."

"어허!"

정명자와 눈이 마주친 무곤은 고개를 숙이며 힘없이 말했다.

"죄송합니다, 사부님."

정명자는 속으로 한숨을 내쉬었다. 두 제자의 속마음을 모르는 것이 아니었다. 그러나 지금 이것이 강호에서 무당파가 가지고 있는 위치였다. 소림사와 더불어 무림의 태산북두로 불리던 과거는 이미 먼 옛날얘기에 불과했다. 대무당파가 어찌 이렇게 초라해졌단 말인가?

"사형! 엄청난 녀석을 발견했소. 이 녀석 때문에 우리 무당파는 새로운 전성기를 맞을 거요!"

무당제일검이라 불리는 정현자가 잔뜩 흥분해 자신에게 찾아와 했던 말이다. 하지만 그 엄청나다던 녀석은 이제 무당파 사람이 아니게 됐다.

'무림기가 대체 뭐라고.'

새로우면서, 뛰어난 무공을 만들어낸 사람에게 주어지는 무림기. 천하를 경동시킬 검법들이 산재해 있는 무당파였지만, 무림기가 생겨난 이후부터는 몰락해 갈 수밖에 없었다.

무당파 내에 존재하는 무공들은 전부 과거로부터 물려받

고 거기서 조금 변형된 것에 불과했다. 수백 년 동안 이어져 오며 무당파를 흔들림없이 지탱해 준 현묘한 무공들이기에 그것을 넘어서는 새로운 무공을 만든다는 것은 불가능에 가까운 것이었다. 이미 큰 성세를 이루고 있는 문파가 보유하고 있는 무공을 포기하고 새로운 무공 연구에 매달린다는 것 역시 불가능한 일이었다. 전통을 내세우는 것을 자랑으로 삼고 있는 무당파가 그것을 버릴 수는 없었다.

무림기를 가지지 못한 문파. 그것을 과거의 답답함으로 여기는 사람들을 상대로 새로운 문도들을 뽑는 것은 쉽지 않은 일이었다. 고아들이나 사정이 딱한 아이들을 보살피고 무공을 가르쳐 그나마 명맥을 유지할 수 있었지만, 이제 와서는 그마저도 점점 힘들어지고 있었다.

무림기를 가지고 있는 문파에는 엄청난 사람들이 몰렸지만, 그렇지 않은 문파는 거들떠보지도 않게 된 것이 작금 무림의 현실이었다. 무당파는 오래전부터 서서히 죽어가고 있었다.

"무은이라면 천하제일검이 되어서 무당파의 성세를 예전처럼 되돌릴 수 있을 것이오!"

정명자는 무은에 대해 생각이 미치자 고개를 휘저었다. 무서울 정도의 재능과 고운 심성을 가진 축복받은 아이. 다만, 여자였기에 정식 제자로 들일 수 없었다. 하지만 정명자는 그것을 무시하고 정현자로 하여금 그녀를 제자로 삼을 수 있도록 허락했다. 재능과 심성에 반해 규율을 어겼으나 천하제일검만 된다면 모두가 인정해 주리라 여겼다.

그러나 그때 벌어진 날벼락 같은 일…… 정명자는 무은을 포기할 수밖에 없었다.

"사부님, 저기 황보세가 사람들 아닙니까?"

무이가 밖을 가리켰다. 정명자의 눈에 한 떼의 사람들이 급히 달려가는 모습이 들어왔다.

"정말 무공이 파해되긴 했나 봅니다, 저렇게 눈에 불을 켜고 다니는 걸 보니."

*　　　*　　　*

끼이익. 덜컹.

순우은은 장원을 나섰다. 해가 떨어졌음에도 유혼은 돌아오지 않았다. 그가 딱히 기다리라고 말한 것은 아니지만, 이대로 인사도 못한 채 헤어져야 한다고 생각하니까 그녀는 가슴 한편이 허전해지는 느낌을 받았다.

의도치는 않았으나 무당산을 내려와 처음으로 맘 놓고 웃을 수 있게 해준 상대였다. 덤으로 괴상한 나한권까지 전수받을 수 있었다. 거기다 무공을 완성시켜 보여주면 된다는 말도 안 되는 조건을 붙이며 절정의 신공까지 가르쳐 주었다. 은혜

가 이루 말할 수 없는 상대에게 고맙다는 말조차 제대로 건네
지 못하다니.

순우은은 정명자가 있는 장사 쪽으로는 갈 수 없으니 북쪽
으로 올라가며 무공을 수련해야겠다고 생각했다. 무공만 완
성된다면, 스스럼없이 유혼을 찾아갈 수 있을 것이다. 그리고
그때가 되면 고마운 마음을 제대로 표현할 수 있겠지. 순우은
은 그때까지 유혼이 별 탈 없이 지내기를 빌었다.

순우은은 보는 사람이 없음에도 장원을 향해 고개 숙여 인
사했다. 번유하는 한사코 도를 돌려받으려 하지 않았다. 염치
없는 일이었지만 멀쩡한 도를 살 형편이 되지 않는 그녀에게
이보다 좋은 선물은 없었다. 등 뒤에 메여있는 도의 묵직함에
든든한 기분이 들었다. 도만 있다면 어디서 수련을 해도 걱정
이 없을 것이다.

지붕 위에서 순우은이 멀어지고 있는 모습을 지켜보던 번
유하가 등 뒤를 향해 말했다.

"따라가, 은룡."

"네에?"

"아무리 봐도 이건 운명 같아."

"일전에 경월루의 소향이에게도 같은 소릴 하지 않으셨습
니까?"

"어디로 어떻게 가려는 것인지 제대로 파악해 둬."

번유하는 순우은의 가녀린 어깨를 보며 안타깝다는 듯이

탄식했다.

"조금만 기다리시오, 소저. 내 그 어깨를 따뜻하게 감싸 드리리다."

은룡은 속으로 신음했다. 매번 하는 생각이지만, 저 눈썰미와 집요함을 무공에 써먹었다면 천하제일인을 주인으로 모실수 있었을지도 몰랐다.

은룡은 순우은의 뒤를 따라가며 놀랍다는 표정을 짓고 있었다. 분명 천천히 걷고 있는 듯함에도 경공을 쓰지 않으면 따라가지 못할 만큼 빠른 움직임을 보여주고 있었다. 가볍게 발을 내딛는 것 같아 보여도 한 걸음에 이, 삼 장씩을 움직이고 있었다.

'상승의 신법을 쓰고 있어.'

순우은은 자각하지 못하고 있지만, 그녀는 무당의 보법 중 기초가 되면서 익히기 까다롭다고 알려진 건곤구보를 사용하고 있었다. 발놀림을 키우기 위해 항상 익혀왔던 터라 아무 생각 없이 걸을 때면 무의식적으로 펼칠 때가 많았다.

"아."

주변의 사물이 너무 빨리 지나치고 있다는 것을 느꼈기 때문일까? 순우은은 가던 걸음을 멈추며 속으로 한숨을 내쉬었다.

"이건 정말 고치기 힘드네."

다시 천천히 걷기 시작한 순우은을 따라 은룡 역시 보조를 맞추었다.

'그런데 어딜 가려는 생각이지?'

은룡은 이쯤 해서 돌아가고 싶었으나 순우은이 무작정 앞으로 걸어가고 있기에 쉽게 돌아갈 수가 없었다. 적어도 목적지 정도는 알아둬야 번유하에게도 할 말이 생길 터였다.

'어차피 며칠 지나면 잊어버리겠지만.'

번유하 본인은 풍류를 노리고 있으나 매번 풍비박산으로 끝나는 꼴을 많이 봐왔기에 은룡은 이번에도 예전과 다르지 않을 것이라 생각하고 있었다.

'슬슬 돌아가야겠다.'

천천히 걷게 되자 더욱 지루해진 은룡은 번유하에게 적당히 둘러대야겠다는 생각을 하며 발걸음을 돌리려고 했다.

슈우욱!

난데없이 들려온 바람을 가로지르는 소리에 은룡은 반사적으로 몸을 낮추며 신법을 펼쳤다.

'내 쪽이 아니야!'

순우은을 향해서 검은 인영이 다가서고 있었다. 은룡은 그녀에게 경고라도 보내려고 하다가 자신이 뒤따라오고 있음을 들키면 안 된다는 생각에 급히 입을 다물었다.

'이런, 큰일이군.'

＊　　　＊　　　＊

소륵은 서우와 조가약과 함께 아직도 땅속에 파묻혀 있는 세 젊은이 앞에 서 있었다. 세 젊은이는 이제 꺼내달라는 소리마저 내뱉을 기력이 없는 듯이 머리를 축 늘어뜨리고 있었다.

"광치? 그 미친놈이 왜 끼어든 거죠?"

조가약은 문소혁이 유건당에 들어왔을 때 겨우 열한 살에 불과했지만, 그때의 일을 생생히 기억하고 있었다.

서우는 말했다.

"아마도 신검이 금협일검과 절친한 사이이니, 그것과 관련 있겠지."

소륵이 묻혀 있는 젊은이 중 하나의 뺨을 콕 찔러보며 말했다.

"그래서 유가 꼬마를 데리고 있겠다는 계획은 수정해야 할 것 같아."

"으음. 그렇다고 또 하루 종일 감시할 수는 없는 일 아닌가?"

소륵이 궁금하다는 듯이 물었다.

"아니, 대체 신검과 당주님은 무슨 사이기에 아무런 약조도 없이 물건을 줘버린 거야?"

"무슨 사이를 떠나, 무림기를 두 개나 받은 명실 공히 천하제일인이 물건을 받고 이십 년 동안 소식을 끊을 줄은 아무도 몰랐던 거지."

탁탁탁탁!

멀리서 발자국 소리가 들리자 소륵과 서우가 고개를 돌렸다. 소륵은 한 무리의 사람들이 다가오는 것을 보며 젊은이들의 얼굴을 흔들어 깨웠다.

"이제야 오는군. 이봐, 일어나! 자네 식구들이 왔어."

"일산(一山)아!"

나는 듯이 달려온 황보강현(皇甫强賢)은 세 젊은이 앞에 서 있는 소륵을 보고 적의를 드러냈다.

"네놈들이 감히!"

소륵은 손을 휘저으며 말했다.

"아아. 황보세가 형제들, 오해 말게. 우린 그저 이 사람들을 발견한 것뿐이라고. 직접 물어봐."

황보강현은 거칠게 땅을 파내 아들 황보일산을 빼낸 뒤 물었다.

"어찌 된 것이냐?"

"…아버님."

황보강현의 뒤를 이어 도착한 무사들은 남은 두 청년을 빼내기 위해 흙을 파기 시작했다.

"그놈이…… 이, 이상한 자와 함께."

황보강현은 황보일산에게서 땅에 묻히게 된 전말을 전해 듣고 분노한 표정을 지었다.

"너희 셋은 이 아이들을 빨리 세가로 데려가라. 나머진 그놈의 뒤를 쫓는다!"

황보강현은 소륵을 쏘아보며 물었다.

"당신들은 뭐요?"

"유건당."

"유건당? 아! 수상비무대? 당신들이 여기엔 무슨 일이지? 설마 우리 일을 방해하겠다면……."

"아아. 걱정 마시오. 유건당 사람은 강호인들 간의 시비에 끼어들지 않소."

건들거리는 소륵의 태도에 황보강현은 코웃음을 쳤다.

"흥. 당신들이 뭘 하든 상관없소. 이 일 때문에 백리세가까지 움직이고 있으니."

백리세가까지 합세한 마당에 너희가 방해해 봤자 소용없다 말하고 있는 황보강현을 보며, 소륵은 고개를 저었다. 유혼 혼자라면 상관없으나, 함께 있는 문소혁은 금협일검의 아들이었다.

'호남의 양대 가문과 광치 문소혁이라… 이거 볼 만해지겠어.'

생각보다는 유혼을 확보하는 일이 쉬워질 가능성이 있었다.

*　　　*　　　*

동굴 안에 들어가 짐을 꾸려서 나온 문소혁은 봇짐을 어깨에 둘러메며 말했다.

"슬슬 가볼까?"

유혼과 문소혁이 다시 장사로 돌아가기 위해 산자락을 내려왔을 때였다.

'으응?'

타다다닥!

빠른 속도로 달려오고 있는 사람들. 그들의 복장은 유혼과 문소혁에게 무척이나 낯이 익은 것이었다.

"이런. 이리 숨게!"

문소혁이 유혼을 길 아래로 잡아끌었다. 족히 스무 명은 되어 보이는 무인들이 순식간에 그들의 곁을 스치고 지나갔다.

문소혁은 그들이 지나갔음을 확인하고 일어서며 말했다.

"좀 이상하군. 어린놈 세 명이 와서 칭얼댄 건 그렇다고 해도, 고작 비무 한 번 아닌가? 누가 죽은 것도 아니고. 그게 저렇게 많은 사람들이 움직일 만한 일인가?"

유혼도 모르겠다는 듯이 고개를 저었다.

"혹시 모르니, 자넨 다시 그곳에 가 있게. 내가 신검 어르신을 모셔오도록 하지."

문소혁은 들고 있던 봇짐을 유혼에게 건네주었다.

"금방 오겠네."

졸지에 사라져 버린 문소혁을 뒤로한 채, 유혼은 동굴로 돌아가기 시작했다. 해가 이미 산등성이를 넘어섰기에 하늘이 어슴푸레 변해 있었다.

'그는 정말 비무를 할 생각일까?'

문소혁은 의외로 담담해 보였다. 박지량의 그 빛줄기를 막지 못한다면 죽을 수 있음에도 전혀 두려워하는 기색이 없어 보였다.

유혼은 요 며칠 사이 꽤나 많은 무림인을 겪어봤기에 박지량의 무공이 어느 정도의 위력인지를 새삼 깨달을 수 있었다. 막지도 못하고 볼 수도 없는 베기. 천하에서 가장 강한 무공이 무엇인지 본 적은 없으나, 박지량의 볼 수 없는 빛줄기는 그 조건을 충족시키고도 남을지 몰랐다.

'하지만 전혀 끌리지 않아.'

평소의 경우라면, 그것이 비록 실망으로 이어질지라도 일단 관심을 가져야 마땅했다. 하지만 박지량의 빛줄기에서는 아무런 감흥을 느낄 수 없었다. 하다못해 남창비무대회의 첫 상대였던 삼류무사 청곤의 쾌검에서는 박력이라도 느낄 수 있었다. 어째서일까? 어째서 신검이라고 불리는 사람의 무공에 아무런 흥분을 느끼지 못하는 것일까?

유혼은 문득 문소혁의 말이 떠올랐다.

"자신도 보지 못하는 무공을 무공이라 부를 수 있겠나?"

무공이 아니다? 그래서 아무런 느낌도 받을 수 없었나? 그런 이유라면 납득할 만하다. 그렇다면 그 빛줄기는 대체 무엇일까?

"으음."

머리가 지끈거렸다. 속이 울렁거리는 느낌에 유혼은 걸음을 멈추고 나무에 기대섰다.

"왜 이러지?"

어지러움에 나무에 기대 눈을 감고 있던 유혼의 눈이 번쩍 뜨였다. 자신의 입에서 나와 귓가로 들려오는 목소리가 너무 자연스러웠다. 미처 생각할 시간도 없이 전달된 자신의 목소리.

'설마?'

유혼은 어지러움을 참고 주위를 둘러보았다. 이상한 일이다. 눈에 보이는 모든 게 생생하게 느껴졌다. 제때 흔들리는 나뭇잎, 제때 들리는 벌레 울음소리, 제때 움직이는 산짐승들…… 이건 정상적인 세상이었다. 순우은의 무공을 보고 나서 느꼈던 그 감각이었다. 하지만 어째서 이런 상황이…….

"으윽."

머리가 상상도 못할 정도로 아파왔다. 주변이 자신을 중심으로 회전하고 있는 것처럼 느껴졌다.

'때로는 진리를 아는 것이 무공을 배우는 것보다 값진 결과를 가져올 때가 있습니다.'

무슨 소리지? 유혼은 어지러운 와중에 속삭이는 듯한 말소리가 들려오자 뒤를 돌아보았다. 분명 주변에는 아무도 없었다.

"우우욱."

유혼은 방금 먹었던 육포를 모조리 토해내며 바닥에 엎드렸다.

"하아. 하아."

쓰라린 가슴을 움켜쥐고 호흡을 가다듬던 유혼은 귓가로 더 이상 생생한 소리들이 들려오지 않자 원래 자신의 몸 상태로 돌아왔음을 깨달았다. 이런 고통을 겪어야만 정상적으로 볼 수 있다면 절대 사절이다. 그는 아직도 뱃속에 남은 게 있는지 구역질이 치밀어 오름을 느끼고 다시 고개를 숙였다.

툭툭툭.

"이봐! 괜찮아?"

엎드려 구토하고 있던 유혼은 누군가 등을 두드리는 것을 느끼고 고개를 돌렸다. 유혼은 상대의 얼굴을 확인하고 깜짝 놀라 자빠지지는 않았지만, 그에 준할 정도로 가슴이 철렁 내려앉는 느낌을 받았다.

조가약이 걱정스런 표정으로 자신을 바라보고 있었다. 그녀의 뒤편으론 어느새 나타났는지 모를 소륵과 문사건을 쓰고 있는 처음 보는 사내 한 명이 서 있었다.

"그는 괜찮은 건가?"

소륵은 동굴 안에서 나오며 서우에게 고개를 끄덕여 보였다.

"많이 안정을 찾은 듯하네. 그나저나 광치 이 인간이 이런

데서 살고 있을 줄은 전혀 몰랐군."

"가끔씩 거처로 쓰던 곳이겠지. 워낙에 돌아다니는 걸 좋아하는 사람이니까."

소륵은 모닥불 옆에 앉으며 혀를 찼다.

"그러고 보니 자넨 그 미친놈을 좋아했었지."

서우는 미소 지었다.

"재미있는 사람 아닌가? 당주님도 꽤나 마음에 들어했었고."

"그래서 더 미친놈이지. 정상적으로 행동할 수 있으면서도 그 짓을 하고 다니니까. 금협일검이 아니었으면 이미 무림공적이 됐을 놈이야."

소륵은 갑자기 생각났다는 듯이 음흉한 표정을 지으며 동굴 안을 가리켰다.

"그러고 보니까, 조가 꼬마가 꽤나 관심을 두는 것 같지 않아?"

"글쎄? 몸이 아픈 사람이니까 그런 거 아닐까?"

"혹시 모르지. 저놈을 신랑감이라고 찍어서 당주님에게 데려갈지."

"소륵 아저씨!"

조가약이 동굴 안에서 무서운 얼굴을 하고 걸어나오자, 소륵은 뜨끔한 표정을 지었다가 금세 다른 곳을 쳐다보며 딴청을 피웠다.

"내가 정말! 소륵 아저씨하고 또 공사를 같이 하면 사람이 아니지."

"허어. 조가 꼬마! 이거 왜 이러나. 좋았으면서. 후후후."

"이이!"

서우는 조가약이 화가 단단히 나 있음을 보고, 소륵이 무슨 짓을 저질렀다는 사실을 깨달았다. 그리고 그 무슨 짓이라는 것이 '소륵이 조가약의 혈도를 몰래 짚어 유혼의 옆에 함께 눕게 만들고, 불을 꺼버린 채 동굴을 빠져나온 장난' 이라는 사실을 알게 된 건, 둘 사이의 다툼이 시작되고 얼마의 시간이 지나지 않아서였다.

소륵과 조가약 사이에 계속해서 실랑이가 벌어지고 있을 때, 기운을 회복한 유혼이 동굴 밖으로 나왔다. 유혼은 그들을 보자마자 바로 물어왔다.

"왜 날 따라온 것이오?"

서우는 장난을 치고 있는 소륵과 전혀 관계없다는 듯 침착한 표정으로 말했다.

"신검을 찾고 있네."

"이유가 무엇이오?"

"먼저 자네가 신검과 무슨 관계인지 말해줄 수 있겠나?"

"그냥 알고 있는 사이오."

서우는 고개를 저었다.

"그냥 알고 있는 사이라면, 신검이 장사비무관주에게 그런 부탁을 했을 리가 없네."

"부탁?"

"자네를 비무대회에 참가시키라는 부탁."

부스럭.

낯선 소리에 대화가 멈추었다. 소륵이 손가락 하나를 입에 가져다 대면서 소곤거렸다.

"모두 조용히. 황보세가 사람들인 것 같아."

"이곳이다!"

소륵의 주의에도 불구하고 모닥불을 발견한 한 사내가 큰 소리로 외쳤다.

"이크."

소륵은 골치 아프다는 표정을 지으며 유혼에게 말했다.

"이런 말 하긴 뭐하지만, 일단 도망치지. 황보가와 백리가 형제들이 자네 덕에 눈이 돌아가 있거든."

"저쪽이야!"

"잡아!"

소륵은 산등성이를 올라 바위 아래에 몸을 붙이며 호흡을 가다듬었다. 어림잡아도 백은 넘어 보이는 인원이 유혼을 찾기 위해 이 산에 모여 있었다. 이대로라면 포위돼서 잡히는 건 시간문제였다.

소륵은 숨을 고른 뒤 바위 위에 올라서 소리쳤다.

"이보게들, 이쪽이라고!"

눈을 돌리기 위해 혼자 빠져나와 이렇게 혼란을 주고 있지만, 반대쪽으로 도망친 유혼이 걸리지 않으리란 보장이 없었다.

"제길!"

소륵은 마음 놓고 싸울 수 있다면 이런 식으로 불필요한 노동을 할 필요는 없을 것이라 생각하며 욕을 내뱉었다.

'신검에게 이 노동비까지 다 받아내야겠어.'

반대편으로 도망친 유혼 일행은 소륵의 예상대로 사람들에게 가로막혀 멈춰 서 있었다. 단지 그 사람들에게 위치를 발각당하지 않고 숨어 있다는 것이 예상과는 다른 점이랄까? 서우는 주위를 둘러싼 채 수색을 펼치고 있는 사람들을 보며 감탄 섞인 표정을 지었다.

"장사 일대에 있는 친구들까지 전부 동원했나 보군."

유혼은 이 많은 인원이 자신을 잡기 위해 움직이고 있다는 사실이 도저히 믿어지지 않았다. 눈앞을 스쳐 간 사람만 벌써 백 명이 넘었다. 자신이 정말 저렇게 많은 수의 무림인들이 움직일 만큼의 문제를 일으켰단 말인가?

조가약은 치가 떨린다는 듯이 말했다.

"이 사람들, 겨우 초식 하나 못 쓰게 됐다고 이렇게까지 나오다니."

유혼은 조가약의 말에 이상함을 느껴 물었다.

"그게 무슨 소리요? 초식이 못 쓰게 됐다니?"

조가약은 황당하다는 표정을 지었다.

"네가 한 짓이잖아. 넌 호남성의 후기지수들이 모여 있는 자리에서 가장 촉망받는 두 가문의 무공을 파해했어. 그게 그 무공의 확실한 파해법이든 아니든 간에 그걸 본 사람들 앞에서는 두 번 다시 쓰지 못할 거야."

"무공을 파해하다니? 난 단순히 비무에 이기기 위해 그걸 방해한 것뿐이오."

"이 멍청아! 그 방해가 바로 파해법이라고!"

서우가 급히 조가약의 입을 막으며 말했다.

"조용!"

"우우웁."

조가약은 유혼에게 화를 내고는 있으나 한편으론, 자신을 알게 모르게 무시하던 두 청년을 너무도 당연하다는 듯이 격파해 버린 그가 대단하다 느끼고 있었다. 무공파괴자라는 가당치도 않은 별명만 뺀다면, 그 비무장에 있던 대다수의 후기지수들에게 제대로 한 방 먹인 셈이 되는 것이다. 물론 이런 상황이 될 줄 알았다면 애초에 뜯어말렸어야 했지만.

"저들이 나를 데려가서 무얼 하려고 하는 것이오?"

조가약이 웃으며 말했다.

"기본적으로 살인멸구를 생각해 볼 수 있겠지. 죽은 자는 말이 없다."

유혼은 순간 조가약의 웃음을 장난으로 받아들일 수가 없었다.

"모두 준비하게. 소륵이 유인을 제대로 해낸 것 같군."

"이곳에서 만나기로 했단 말인가?"

날이 어두워짐을 틈타 장사의 입구에서 몸을 숨긴 유혼은 서우의 질문에 고개를 끄덕였다. 고생해서 장사로 돌아왔는데 찾는 사람이 보이지 않자, 조가약이 투덜거렸다.

"이봐. 신검을 데리러 갔다던 광치는 왜 안 보이는 거야?"

"벌써 돌아갔을 수도 있소."

유혼은 자신보다 먼저 출발한 문소혁이 보이지 않자 길이 엇갈렸다고 생각했다. 서우가 입을 열었다.

"일단 기다려 보지. 소륵이 곧 도착할 테니까."

"아."

유혼은 길 한쪽을 가리키며 말했다.

"저쪽에 오는 것 같소."

유혼의 손을 따라 서우와 조가약의 시선이 움직였다.

"그런데 누군가와 같이 오는 것 같소."

조가약이 안색이 급변해 소리쳤다.

"으윽. 따돌리고 오겠다더니 다 데려왔네!"

*　　　*　　　*

문소혁은 나름의 이유를 가지고 꽁지 빠지게 줄행랑을 치고 있었다. 하필 만나면 껄끄러워질 게 분명한 상대와 길 한가운데서 마주쳐 버릴 줄이야.

"말코 도사들! 정말 끈질기네!"

오래전에 잠시 들렀던 무당파였다. 속가제자는 왜 상승무공을 가르쳐 주지 않느냐고 한바탕 난리를 부리고 무당산을 떠나긴 했지만, 저 속 좁은 도사들이 아직도 얼굴을 기억하고 있을 줄이야. 특히 선두에서 따라붙고 있는 저 늙은 도사. 재능있다고 자신에게 관심을 보일 때는 언제고 이제 와서 저리 눈을 부라리고 쫓아온단 말인가.

'이름이 뭐였더라? 정명 도장이었나? …웅?'

달려 나가던 문소혁은 어두컴컴한 하늘 한쪽을 바라보더니 걸음을 멈추었다.

'왔군.'

문소혁이 멈추자 뒤이어 도착한 정명자는 노한 음성으로 소리쳤다.

"이놈! 감히 무당산에서 난동을 피우고 도망치다니!"

"휴우. 도사님, 벌써 몇 년 전 얘기를 하시는 겁니까?"

"네가 아비의 명성을 믿고 눈에 뵈는 게 없나 보구나!"

정명자가 검을 빼 들자 문소혁이 손사래를 치며 한 걸음 물러섰다.

"도사님, 제가 정말 상대해 드리기 싫어 이러는 게 아닙니다."

"뭐라?"

"곧 제자들이 올 테니까, 그때까지만 참으십시오."

문소혁은 손을 펼치며 손바닥이 지면과 평평하게 만들었다.

"……!"

아무런 소리도, 아무런 움직임도 없었다. 정명자는 보이지 않는 무언가가 자신을 감싸는 것을 느끼면서도 반항할 수가 없었다. 머리에서 발끝까지 전해지는 압력이 몸을 옥죄고 있었다.

"허엇!"

정명자는 신음성을 흘렸다. 발밑의 땅이 마치 눈이 녹아내리는 것처럼 움푹 꺼져 들어가기 시작했다.

"네놈이 정파의 탈을 쓰고 사술까지 배웠더냐!"

"땅의 기운을 잘 느껴보십시오, 자연과 하나 되는 천인합일(天人合一)의 경지를 공짜로 느껴볼 수 있는 기회니까. 후후후."

"네 이……."

정명자가 고함을 지르고 있음에도 벽이 가로막고 있기라도 한 것처럼 문소혁에게까지 소리가 전달되지 않았다. 정명자는 내력을 끌어올려 저항을 해보았으나 어느 방향으로도 힘을 줄 수가 없었다. 정명자는 속수무책으로 자신의 몸이 구덩이 속으로 빨려 들어가는 모습을 지켜봐야 했다. 그리고 어느 순간엔가 문소혁의 모습은 온데간데없이 사라져 버렸음을 깨달았다.

정명자의 온몸을 옥죄고 있던 압력이 사라졌다.

"이게 무슨……."

움푹 꺼졌던 땅이 정상적으로 돌아오기 시작했다. 정명자는 땅이 움직이는 이 괴상한 현상에 경악하지 않을 수 없었다. 이로 인해 무릎 아랫부분이 땅속에 묻혀 버렸다. 그가 발을 빼내 땅 위로 올라서고 나서야 무곤과 무이가 달려오는 소리가 들려왔다.

정명자는 귀신에 홀리기라도 한 것처럼 멍한 표정을 한 채 중얼거렸다.

"조사전이 저놈으로 인해 땅 밑에 파묻혔단 말을 믿지 않았었거늘. 그게 이것 때문이었단 말인가?"

*   *   *

채앵!

창졸간에 날아든 검기를 걷어낸 순우은은 재빠르게 자세를 수습하며 자신을 공격해 온 상대를 바라보았다. 복면으로 얼굴을 가리고 있는 정체불명의 흑의인이었다.

"무슨 짓입니까?"

"아직도 무당의 무공을 사용하는구나."

순우은의 안색이 변했다. 도를 들고 있으나 방금 검기를 쳐

낼 때 사용한 수법은 무당의 검법이었다.

"누구십니까?"

흑의인이 복면을 벗었다. 흑의인의 얼굴을 확인한 순우은은 자신도 모르게 눈시울이 붉어지기 시작했다.

"사, 사부님……."

"닥쳐라! 누가 네 사부란 말이냐!"

순우은은 도를 떨어뜨리며 경계의 기색을 풀었다. 정명자에게서는 무작정 도망쳤지만, 지금의 상대는 자신의 목을 내려친다고 해도 내어줄 수 있는 사람이었다. 무당제일검이라 불리는, 몇 개월 전만 해도 자신의 사부였던 그 사람. 그녀는 정현자 앞에 무릎을 꿇으며 고개를 숙였다.

"죄송합니다. 아직 무당의 무공을 완전히 버리지 못했습니다. 죄를 물으신다면 달게 받겠습니다."

정현자는 말없이 순우은을 지켜보고 있었다. 가시가 돋친 말투와는 달리 그의 눈빛은 안타까움으로 물들어 있었다. 어린 나이에 무당산에서 쫓겨나 동문사형제들로부터 완벽하게 고립되어 버린 아픔을 그라고 왜 모르겠는가? 하지만 지금의 그녀는, 그에게 있어서 파문당한 제자 이상이 될 수 없었다.

툭.

순우은은 자신의 앞에 던져진 한 권의 책자를 보며 놀란 표정을 지었다. 정현자는 어느새 흔들리던 눈빛을 지우고 감정을 숨긴 채 그녀를 바라보고 있었다.

"그건 무당에서 나왔으나 무당의 무공이 아닌 것이다."

책자의 겉에는 무량건곤(無量乾坤)이란 글귀가 쓰여 있었다.

"그건 무당파가 처음 세워졌을 때부터 내려왔으나 다른 무공과 상극이 되어 봉인되어진 무공이다. 그것을 수련하면 다시는 무당파의 무공을 사용할 수 없다."

순우은의 눈썹이 파르르 떨렸다.

"이 안에 담긴 무공은 모두가 미완성이다. 과거 그 무공을 끝까지 수련했던 자들은 모두 사마의 길로 빠져들었다. 때문에 그것을 수련한 자는 장로회로부터 정식으로 척살령이 내려진다."

"제가…… 이것을 익혀야 합니까?"

"선택은 네 자유다. 앞으로 오 년 후, 나는 장로회에 네가 그 책자를 훔쳐 갔다고 보고할 것이다. 죽기 싫다면 그것을 익혀라. 그것을 익히면 한평생 무당파에 쫓긴다고 해도 목숨을 보장받을 수 있다."

순우은은 정현자의 말에 크게 동요했다.

"사마의 무공을 익혀, 무당파 사람과 싸워야 한단 말씀이십니까? 제가…… 제가 무당파와 원수가 될 정도로…… 그렇게 큰 잘못을 저질렀단 말씀이십니까?"

정현자는 눈을 질끈 감았다가 떴다. 이제 와서 마음이 약해질 순 없다.

"네 재능이라면 그 무공을 완성시킬 수도 있을 것이다. 만약, 그렇게 된다면 무당파에서 다시 널…… 아니다. 그럴 리 없겠지. 그 무공을 익힌 자는 단 한 번의 예외도 없이 모두 무당파의 척살 대상이 됐다. 스스로 네 단전을 파괴하고 무공과의 연을 끊지 않는 한, 네가 이 길에서 벗어날 방법은 한 가지다. 그 무공을 익혀 무당파 사람 전부를 꺾어버리는 것."

순우은은 떨리는 손으로 책을 잡았다. 정현자는 다시 복면을 쓰며 말했다.

"추격은 오 년 후부터 시작이다. 오 년의 시간이 내가 널 돌봐주지 못한 잘못에 대한 최대한의 보답이다."

정현자가 떠나고 나서도, 순우은은 그 자리에서 돌이 된 것처럼 움직이지 않았다. 장사에서 무당파 사람을 피해 도망쳤던 것처럼, 한평생 그들을 피하며 살 수는 없었다. 정현자는 그럴 바엔 무공을 익혀 무당파를 꺾으라 말하고 있었다. 하지만…… 그것이 가능키나 한 일이란 말인가? 순우은은 무당파 사람과 싸우고 싶은 마음도, 싸울 자신도 없었다.

"오 년……."

순우은은 책을 품속에 넣었다. 오 년이면, 이 책자에 담겨진 미완의 무공을 익혀보기엔 충분한 시간이었다. 만에 하나라도 무공을 완성하게 된다면, 완성할 수만 있다면, 이 무공을 무당파에 돌려주는 것으로 이 인연의 끝을 맺을 수 있을 것이다.

그때가 돼서 무당파 사람에게 죽는다 해도, 지금부터 후회할 필요는 없을 것이다. 붙잡고 늘어져야 할 가족도, 친구도

없는 자신에게 이 책은 앞으로 오 년 동안 크나큰 힘이 되어
줄 것이다.

순우은은 지금까지 걸어왔던 방향을 향해 고개를 돌렸다.

"미안하게 됐습니다, 유혼. 칼춤의 완성은 조금 더 기다려
야 할지도 모르겠습니다."

멀리서 이 모습을 지켜보고 있던 은룡은 속으로 신음성을
삼켰다.

'못 볼 걸 봐버렸군.'

*   *   *

"나 안 해!"

사람을 떼거지로 몰고 와서 조가약에게 빈축을 산 소륵은
더 이상 못하겠다는 듯이 길 한가운데 주저앉았다.

"소륵 아저씨!"

도망칠 준비를 하고 있던 조가약이 인상을 찌푸리면서 소
륵을 잡아끌었다.

"조가 꼬마, 이젠 네 차례다. 네가 저놈들 좀 떼어놓고 와!
미인계는 무리겠지만, 혹시 눈이 안 좋은 몇 놈 걸릴지 모르
잖아."

"으으. 서우 아저씨, 이 인간 버리고 가요."

서우는 정면을 보며 침중한 음성으로 말했다.

"그것도 늦은 것 같군."

장사의 안쪽으로부터 달려나오고 있는 사람들. 단체로 깨끗한 백의를 맞춰 입은 모습은 그들이 백리세가의 사람임을 말해주고 있었다.

"으음."

양쪽으로 수많은 사람들에게 둘러싸이게 되자 소록이 휘파람을 불며 말했다.

"저놈들 진짜 하릴없나 보네. 이게 도대체 몇 명이야?"

백리세가 쪽의 사람들 중에서 청수한 인상의 중년인이 앞으로 나섰다. 백리세가 가주의 둘째 아들인 백리운척(百里運尺)이었다. 그는 소록과 서우를 향해 물었다.

"너흰 누구지? 저 소년과 무슨 관계기에 도주를 돕고 있는 것이냐?"

뒤쪽을 포위하고 있던 황보강현이 백리운척에게 다가서며 말했다.

"이번에 수상비무대를 공사한 유건당이라더군."

백리운척은 그 말에 비웃음이 섞인 표정으로 유흔을 바라보았다.

"도와준다는 게 하필이면 싸움도 못하는 바보들이라니. 아무리 팔대고수가 있는 문파라고 해도 싸우지 못하면 무슨 소용인가? 후후후."

조가약이 발끈해서 백리운척을 노려보았다.

"뭐에요? 말조심하세요! 그러는 댁들은 비무에 졌다고 사람을 풀어서 복수하려 드는 소인배들이면서!"

백리운척은 가당치도 않다는 듯이 코웃음 쳤다.

"조용히 데려다가 몇 가지 물어보려고 했거늘, 먼저 꽁지 빠지게 도망친 쪽이 누군가?"

"흥. 조용한 게 이 정도면, 집안 행사라도 할 땐 호남 사람들 전부가 동원되겠군요? 아아, 역시 호남의 최고 가문은 남다르다니까."

황보강현은 조가약과 백리운척의 말싸움이 거슬린다는 듯이 인상을 찌푸렸다. 황보강현은 소륵을 향해 물었다.

"끼어들지 않는다 하지 않았소?"

"걱정 마시오. 유건당은 강호인들 간의 시비에 끼어들지 않소."

자리에 앉아 있던 소륵이 몸을 일으키며 말했다.

"하나 이건, 당에 관련된 문제라서 말이지."

소륵은 서우의 옆으로 걸어와 미소를 지었다. 소륵은 서우에게 귓속말로 짧게 한마디를 건넨 뒤 무리 지은 사람들을 향해 외쳤다.

"당신들이 이 유가 꼬마를 데려가려 한다면 우리부터 상대해야 할 거요."

"쯧쯧."

백리운척은 고개를 설레설레 저었다. 척 보니 꼬마들 둘은 아무런 도움이 되지 않을 테고, 단 두 명이서 백리세가와 황보세가 사람 이백 명을 상대하겠다? 이건 설령 백리세가와 황보세가의 가주들이 나와 돕는다 해도 불가능한 일이었다.

"돌았군. 목숨이 아깝다면, 그 꼬마를 내놓고 사라져. 백리세가는 싸움이 시작되면 인정을 봐주지 않는다."

황보강현은 눈살을 찌푸렸다. 여기서 싸움을 벌였다간 순식간에 소문이 퍼져 나갈 것이다. 이 이상 문제가 커지는 건 가주님도 원하지 않을 것이다.

"조용히 해결하는 게 어떻소? 저 친구를 해하지 않겠다고 약속하오. 싸움이 벌어지면 당신들 둘이서 무슨 수로 저 친구를 보호할 수 있겠소?"

소륵은 팔을 걷어붙이며 황보강현을 향해 어이가 없다는 표정을 지어 보였다.

"자네들 참 이상해. 왜 우리가 단둘일 것이라 생각하는지 모르겠군."

쿵쿵쿵쿵!

소륵의 말에 누군가 화답이라도 한 것일까? 갑자기 지축을 울리는 듯한 굉음 소리가 들려오기 시작했다. 조가약은 이 소리를 듣고 얼굴에 화색이 돌았다.

"탑패 아저씨!"

땅을 울리는 소리가 점점 더 가까워지고 있었다. 황보강현은 천지를 뒤흔드는 듯한 굉음에 혼란스러워하는 사람들을 향해 일갈했다.

"여긴 황보세가의 영역이다! 뭘 두려워하는가!"

내력을 실은 황보강현의 음성에 사람들의 동요가 잦아들었다. 백리운척은 황보세가의 영역이라는 말에 절대 동의할 수 없으나, 그가 사람들의 놀람을 진정시켰기에 군소리없이 서 있었다.

"쳇."

소리가 지척까지 가까워졌음에도 아무도 놀라지 않자 조가약은 실망스러운 표정으로 고개를 돌렸다. 그녀는 옆에 있는 유혼마저도 별다른 반응을 보이지 않는 것을 보고 말했다.

"너도 별로 안 놀라네."

조가약의 말이 끝나기가 무섭게 유혼의 얼굴에서 놀람의 빛이 스치고 지나갔다. 더불어 소륵과 서우도 경악이 섞인 표정으로 돌변했다.

"뭐야? 우리가 놀라서 어쩌겠다는……."

조가약은 탑패를, 정확히는 탑패의 양어깨에 앉아 있는 두 사람을 바라보며 숨이 멎는 것 같은 느낌을 받았다.

"사부님?"

탑패가 멈추자 그 위에 있던 두 사람이 내려섰다. 왜소해 보이는 체구에 흰 두건을 두르고 있는 노인과 긴 망사로 얼굴을 가리고 있는 여인이었다.

소륵과 서우는 여인을 보자마자 허리를 숙이며 예를 갖추었다.

"캬. 자네 정말 대단하군. 내 천리마는 들어봤어도 그걸 넘어서는 천리인이 있을 줄은 몰랐네."

노인은 탑패의 등을 두드리며 감탄했다. 탑패는 큰 체구에 어울리지 않게 부끄러운 표정을 지으며 고개를 숙였다.

"과찬이십니다, 신검 어르신."

황보강현과 백리운척을 비롯해 유혼을 포위하고 있던 사람들 대부분은 산만한 덩치의 사람을 타고 온 두 사람의 정체가 무엇인지 궁금증을 느끼고 있었다. 그러다 탑패가 신검 어르신이란 말을 하는 것을 듣고 설마 하는 표정으로 노인을 바라보았다.

소륵과 서우가 여인에게 다가서며 인사했다. 서우가 먼저 입을 열었다.

"어떻게 같이 오시는 것입니까, 당주님?"

여인은 가볍게 무릎을 굽혀 인사를 받으며 말했다.

"오라버니께서 당사까지 찾아오셨습니다. 탑패 공자가 이 소식을 전하러 간다기에 바람이나 쏘일 겸 같이 왔어요."

망사 때문에 여인의 얼굴을 확인할 수는 없지만, 그 안에서 들려오는 목소리는 무척이나 고왔다. 소륵은 노인을 한차례 바라본 뒤 여인에게 물었다.

"으음. 그럼 대금 문제는 해결된 것입니까?"

"빌렸던 물건을 다시 돌려주었더니, 여기 이 동생께서 그

간의 친분을 생각해 대여료는 받지 않겠다고 하더군."

여인 대신에 대답을 한 노인, 박지량이 씨익 웃어 보였다. 소륵은 순간 머리가 지끈거려 옴을 느꼈다.

"어르신, 하루 이틀도 아니고 이십 년인데……."

"뭐 어쨌든 잘 해결된 거라고 봐야 하지 않겠나? 하하."

능청스러운 박지량의 태도에 소륵은 말을 이어나가지 못했다. 박지량은 고개를 돌리고 한쪽에 멀뚱히 서 있는 유혼에게 손을 흔들어 보였다. 그러다 유혼의 뒤편으로 이백여 명 가까이 되는 사람들이 서 있는 것을 보고 놀라 여인에게 물었다.

"응? 뭐 이리 사람이 많지? 당주, 저게 다 유건당 사람인가?"

"아, 글쎄요. 서우 공자, 당원들을 더 충원하기로 한 건가요?"

서우는 박지량에게 어제, 오늘 유혼이 한 일을 간략히 설명해 주었다. 박지량은 유혼이 다신 하지 않을 거라 다짐한 비무를 또 했다는 말에 무척이나 즐거운 듯이 웃음을 터뜨렸다.

"하하하하. 이거이거. 조금만 늦게 왔더라면 젊은 친구와의 약속도 못 지킬 뻔했군 그래."

백리운척은 박지량에게 조심스럽게 다가와 읍을 하며 물었다.

"혹시, 구금일검 박지량 대협이십니까?"

박지량은 대수롭지 않다는 듯이 고개를 끄덕였다. 백리운척은 흠칫 놀랐으나 가까스로 담담한 표정을 유지한 채 이번엔 망사를 쓰고 있는 여인을 향해 몸을 돌려 물었다.

"혹시, 유건당의 묘수공공 요공령 당주님이십니까?"

여인은 그 질문에 고운 목소리로 화답했다.

"맞습니다."

"하하. 그렇습니까? 하하. 하하하."

백리운척은 웃는 건지 탄식하는 건지 모를 표정을 지으며 슬슬 뒷걸음을 치기 시작했다. 꿈을 꾸고 있는 것이 아니었다. 이십 년 전 자신이 풋내기 무사였을 무렵부터 이미 팔대 고수라 치켜세워진, 그 여덟 중 두 명이 눈앞에 서 있는 것이다. 보통의 경우라면 영광스러운 자리라 생각하며 알고 있는 모든 종류의 찬사를 늘어놓았겠지만, 지금은 어째 벌집을 건드리고 그 앞에 서 있는 꼴이 되고 말았다. 그것도 천하에서 가장 강한 왕벌 두 마리가 숨어 있던 집을…….

"어어? 뭐가 이리 많아?"

어디선가 들려온 음성에 사람들의 시선이 그쪽으로 쏠렸다. 수염이 덥수룩해 외모를 알아보기가 힘들 정도인 사내, 문소혁이 걸어오고 있었다. 문소혁은 박지량의 모습을 확인하고는 고개를 숙이며 다가섰다.

"신검 어르신, 조금 늦으셨습니다."

"하하. 미안하네."

문소혁은 박지량의 옆에 요공령이 서 있음을 보고 흠칫 놀라 걸음을 멈추었다.

"아차차."

문소혁은 갑자기 방향을 꺾어 걸어가기 시작했다. 마치 이 자리에 모인 사람들과 아무 상관 없다는 듯이 사람들의 시선을 무시한 채 지나쳐 갔다.

"어서 오세요, 문 대협."

요공령이 문소혁을 향해 살짝 무릎을 굽혔다. 박지량도 문소혁이 가는 모습을 보고 손짓했다.

"자네 어딜 가나?"

문소혁은 무시하고 지나치기엔 이미 늦었음을 깨닫고 신음을 삼켰다. 문소혁은 누가 봐도 억지로 짓고 있는 것이라 알 수 있는 반가운 표정을 해 보이며 고개를 돌렸다.

"아니, 이게 누구십니까! 당주님! 정말 오랜만입니다. 하하."

문소혁은 요공령의 옆에서 곱지 않은 시선을 보내고 있는 조가약을 향해서도 어색한 미소를 지어 보였다.

"와. 조가 꼬마도 꽤 많이 컸군."

"소륵 아저씨처럼 부르지 말아요!"

"오오. 가시도 여전하고."

문소혁만큼이나 어정쩡한 미소를 짓고 있던 백리운척은 상당히 불안스럽다는 표정으로 앞을 가리키며 물었다.

"이쪽은?"

소륵이 가볍게 웃으며 말했다.

"금협일검의 아들 문소혁이라네."

"아하. 그렇군요. 금협일검. 하하. 하하하."

소록은 서우를 향해 물었다.

"이보게, 백리세가는 싸울 때 인정 같은 거 봐주지 않는다지? 정말 무시무시한 규율이야."

백리운척의 표정이 점점 울상이 되기 시작했다.

문소혁은 박지량에게 다가와 말했다.

"신검 어르신, 다른 얘기는 거두절미하고 저의 아버님과 하신 약속, 이제 지키실 차례입니다."

박지량은 문소혁이 단도직입적으로 말을 꺼내자 유혼을 가리키며 물었다.

"저 친구가 말하지 않았나? 지금은 약속을 지킬 수 있는 상황이 아니……."

문소혁이 가볍게 손을 움직이자 박지량의 말소리가 주변과 차단되어 버렸다.

"어르신, 전 어르신과 비무하기 위해 이곳까지 찾아온 것입니다."

박지량은 소리가 모두 차단된 채, 오로지 문소혁의 목소리만 들리게 되자 흥미롭다는 듯이 주위를 둘러보았다.

"호오."

"유혼이란 아이에게 어르신께서도 어르신의 무공을 보지 못한다는 사실을 전해 듣고, 전 깜짝 놀랐습니다."

박지량과 문소혁이 대화를 하고 있음에도 말소리가 들리지 않자 주변에 있던 백리세가와 황보세가의 사람들은 놀란 표정을 지었다. 이렇게 사람이 많은 곳에서 내력으로 소리를 차단한다는 것은 그들로서는 상상조차 하기 힘든 수준의 공력이었다.

"…그렇기 때문에 이건 해볼 만한 승부입니다."

"내가 이것을 뚫지 못하리라 생각하는가?"

"하하. 어르신, 달리 생각하셔야 합니다. 지금 어르신 주변을 무엇이 둘러싸고 있는지 보이십니까?"

"흐음."

박지량은 마치 허공에 무언가가 있다는 듯이 손을 내밀어 보며 고개를 끄덕였다.

"확실히……"

박지량은 고개를 돌려 유혼을 바라보았다.

"하지만 저 친구는 보는 것 같군."

악록산의 정상으로 향하는 길목에 사람의 입산을 통제하며 서 있는 수백 명의 사람이 있었다. 보통 이렇게 많은 인원이 산중턱에 자리를 잡고 서서 길을 막아선다면 백이면 백 산적 떼라고 의심한다. 그런데 그들의 복장은 산적 떼라고 보기엔 매우 깨끗하고 단정했다.

"이러고 있어야 하는 이유를 모르겠소."

무리 중에서 황색 표장을 두르고 있는 황보세가의 무사가 백의를 입고 있는 백리세가의 무사에게 물었다.

"앞에서 멈추었으니 어쩔 수 없소. 그리고 가주님들께서 노발대발하시는 마당에 아무 수확도 없이 돌아갈 수는 없지 않소?"

"그렇다면 그 꼬마를 잡든 따라가든 뭔가를 해야 하는 것 아니오?"

"당신 같으면 신검과 묘수공공에 금협일검이 관여하고 있는 자에게 섣불리 손을 댈 수 있겠소?"

"그럼 왜 다들 여기 서서 움직이지 않고 있는 것이오? 돌아가서 가주님께 보고라도 해야 하지 않소?"

백리세가 사람은 헛기침을 하더니 손을 입에 대고 작은 목소리로 말했다.

"흠흠. 이건 둘째 숙부가 한 말을 언뜻 들은 것인데, 여기서 신검과 금협일검의 아들이 비무를 한다고 하오. 그리고 그 꼬마가 그 참관인이 된다고 하더군. 그래서 일단 비무가 끝날 때까지 사태를 지켜본 다음 행동을 정하기로 했소. 황보세가 쪽에서도 책임자 한 사람이 따라 올라가지 않았소?"

"비무를?"

"그래서 다들 여기 서 있는 것이오. 우리 쪽엔 정상에 올라간 이들이 비무를 끝내고 내려올 때까지 기다리라는 방침이 내려왔소."

"왜 따라오는 것이오?"

유혼은 산중턱에서부터 뒤따라온 유건당 사람들과 황보강현, 백리운척을 보며 물었다.

"유가 꼬마, 당연히 비무를 구경하기 위해서가 아니냐."

소륵이 이렇게 말하자 유혼은 걸음을 멈추고 말했다.

"구경하다 죽을 수도 있소."

유혼의 말에 사람들의 안색이 변했다. 앞서 가던 박지량과 문소혁도 그 말에 수긍한다는 듯이 고개를 끄덕였다.

박지량은 뒤따라오는 사람들을 향해 말했다.

"유혼을 제외한 다른 사람들은 모두 아래에서 기다리게."

"신검 어르신, 무슨 말씀이십니까?"

박지량은 귀찮다는 듯이 손을 저으며 말했다.

"죽을 경험 하고 싶으면 따라오든가."

탑패의 등에 앉아 있던 요공령은 멈추라는 손짓을 해 보였다.

"당원들은 모두 돌아가는 게 좋겠습니다."

소륵은 그 말에 발끈해 소리쳤다.

"당주님!"

"저는 오라버니의 무공이 어떤 것인지 알고 있습니다. 곁에 서 있는 것만으로도 자칫하면 목숨을 잃을 수 있습니다."

요공령의 말에 유건당 사람들의 걸음이 멈추자 백리운척은 떨떠름한 표정을 지으며 같이 온 동료들에게 뒤로 가라는 표시를 해 보였다.

"우리도 빠져서 끝나길 기다린다."

황보강현은 잠시 유혼을 쳐다보다가 제자리에 서서 말했다.

"황보세가도 물러서라."

유혼이 박지량과 문소혁을 따라 산 위로 오르는 모습을 가만히 지켜보던 조가약은 도무지 모르겠다는 표정으로 요공령에게 물었다.

"사부님, 우리까지 위험할 정도라면, 신검 어르신이나 광치는 왜 저 애를 참관자로 정했을까요? 차라리 사부님이 지켜보시면 더 안전할 텐데."

요공령은 부드러운 음성으로 답했다.

"후후. 그건 그가 찰나를 느낄 수 있는 눈을 가졌기 때문이란다."

유혼은 또다시 머리가 어지러워짐을 느끼고 나무에 기대어 섰다. 창백한 유혼의 얼굴을 본 박지량이 놀라서 물었다.

"자네 왜 그러나?"

"우욱."

헛구역질이 올라오자 급히 허리를 숙인 유혼은 다가오는 박지량에게 괜찮다는 듯이 손을 저으며 말했다.

"저녁에 먹은 육포가 좀 상한 것 같소."

문소혁은 그 소리에 두 눈을 크게 뜨며 자신의 배를 두드려 보았다.

"어라? 그게 좀 오래된 거긴 하지만, 난 멀쩡한데?"

유혼은 잠시 호흡을 고른 뒤에 다시 걷기 시작했다.

"정말 괜찮은 건가?"

"아까부터 가끔씩 이러다 말고 있소. 조금 지나면 정상적으로 돌아올 것이오."

"흐음."

산의 정상이 가까워지자 약수(藥水)로 유명한 샘이 있는 악록암(岳麓巖)이 모습을 드러냈다. 이곳은 샘 옆에 편히 쉴 수 있는 풀밭까지 있기에 장사 사람들이 자주 산보를 오는 명소였다.

문소혁은 주변을 둘러보며 말했다.

"이쯤이 좋을 것 같군요. 달빛도 밝은데다가 주변에 사람의 기척이 느껴지지 않으니."

유혼은 샘물을 떠 마시고 한결 편안한 표정을 지은 채 돌위에 걸터앉아 있었다. 문소혁은 유혼에게 포권해 보이며 말했다.

"잘 부탁하네, 유 참관인. 본인은 문소혁이라 하고, 북경문가의 장남이며 천하를 떠돌며 무공을 배우고 있는 강호인이라네."

박지량도 역시 포권하며 말했다.

"본인은 박지량이라 하고, 구금일검이란 별호를 쓰고 있네. 하하. 삼류무인이 아니니 걱정 마시게."

예의를 차리고 인사하는 문소혁과 박지량을 물끄러미 바

라보던 유혼은 아직 어지러움이 가시지 않은 듯 비틀거리며 자리에서 일어났다.

"으응? 자네 진짜 괜찮은 건가?"

"신경 쓰지 마시오."

유혼은 천천히 입을 열었다.

"나는 당신들의 무공을 볼 수 있소. 하지만 볼 수 있다고 해서 승패를 판단할 수 있을지는 알 수 없소. 어느 한쪽이 패배를 시인하거나 쓰러지면 결정나는 보통의 비무라면 모르지만, 당신들이 지금부터 시작할 비무는 그런 게 아닐 것 같소."

문소혁이 미소를 지으며 물었다.

"그런 게 아니라니?"

"나도 모르겠소. 문소혁 당신, 당신의 능력은 확실히 무공이 아니라 단언할 수 있소. 그리고 노인장, 전에는 몰랐으나 노인장의 무공도 무공이 아니었음을 깨달았소. 그러니 이 비무는 엄밀히 말하면 비무라고 할 수 없소."

문소혁은 유혼의 말에 감탄했다는 듯이 고개를 끄덕였다. 유혼은 할 말을 끝냈다는 듯이 다시 돌 위에 주저앉았다.

"과연. 내가 한 말을 제대로 이해했었군."

문소혁은 영문을 모르겠다는 표정을 짓고 있는 박지량을 향해 말했다.

"어르신, 어르신께서는 왜 이십 년 동안이나 무공을 수련하셨습니까? 무림기를 두 번씩이나 차지할 만큼, 무공에 대한 탁

월한 재능을 가지고 계셨던 분께서 어째서 이십 년씩이나 단 하나의 무공에 대해 갈피를 잡지 못하고 계셨던 것입니까?'

유혼은 뒤이어진 문소혁의 말에 몸이 바위가 된 것처럼 굳어지는 것을 느꼈다.

"때로는 진리를 아는 것이 무공을 배우는 것보다 값진 결과를 가져올 때가 있습니다."

'이 말은……'

우우우우웅!

문소혁이 한 손을 치켜들자 그의 손 위에서 천둥이 치는 듯한 둔중한 굉음 소리가 들려오기 시작했다.

"어르신께서 사십 년 동안이나 익혀온 무공을 포기할 만큼, 일순간에 번뜩였던 그 깨달음은 무엇이었습니까? 우연에 불과했지만, 저도 어르신이 느꼈던 것처럼 하나의 진리를 발견할 수 있었습니다."

"크으음."

박지량은 문소혁의 손 안에 맺혀지고 있는 기운 속으로 온몸이 빨려 들어갈 것 같은 느낌을 받았다. 내력을 이용해 사물을 빨아들이는 격공섭물(隔空攝物)이 아니었다. 문소혁이 만들어내고 있는 저 공간으로 공기마저 빨려 들어가고 있었다.

"하늘에서부터 땅으로 전해지는 힘. 사람이 하늘을 날 수 없는 이유. 허공에 있는 모든 사물이 단 한 곳을 향해 떨어지는 원인."

유혼은 문소혁의 손 위에서 꿈틀거리는 공간이 물이 차 있는 투명한 구슬 같다는 생각이 들었다.

"모든 공간에는 균형이란 것이 있습니다. 왜 사람들이 허공이 아니라 땅 위에 서 있다고 생각하십니까? 저 별들은 왜 땅으로 떨어지지 않고 저렇게 허공에 떠 있다고 생각하십니까? 아침이면 해가 뜨고, 밤이면 달이 뜨는 세상. 이 모든 게 그저 우연 때문일까요? 저는…… 그 진리를 깨달았습니다."

문소혁의 음성에는 확신이 차 있었다.

"그리고 어르신처럼 깨달음을 힘으로 사용할 수 있게 됐죠."

박지량은 더 이상 못 버티겠다는 듯이 오른손의 검지와 중지를 펴 문소혁이 만들어낸 공간을 겨냥했다.

산 정상으로부터 들려오는 천둥 소리에 놀라고 있던 사람들은 하늘을 쳐다보며 외쳤다.

"다…… 달이……!"

"달이 일그러졌어!"

산 위에 걸쳐 있는 달은 평소의 달이 아니었다. 보름달, 반달, 초승달, 그믐달…… 달을 가리키는 그 어떤 말도 저 달의 형태를 표현할 수가 없었다. 달이 마치 호수의 표면에 비쳐 출렁이는 것처럼 굴곡을 일으키고 있었다. 사람들은 이 기이한 광경을 넋을 잃고 바라보았다.

"뭐야, 그 노인. 신검이 아니라 신선이었나?"

소륵의 중얼거림에 서우가 웃으며 말했다.

"신검이 아니라 문소혁의 무공이네."

"뭐?"

"나도 단 한 번밖에 보지 못했던 터라 자세히는 모르네만 그가 일전에 당주님 앞에서 펼쳐 보이던 것을 본 적이 있었네. 우리가 서 있는 곳과 달 사이에 문소혁이 만들어낸 무언가가 떠 있는 것이지."

서우의 말에 소륵의 시선이 자연스럽게 요공령을 향했다. 요공령은 달이 요동치는 모습 앞에서도 침착함을 유지한 채 말했다.

"문 소협은 자기 주변의 공간에 영향을 줄 수 있는 무공을 익혔습니다."

"공간에 영향을 준다니요?"

"사람은 땅에서 벗어날 수 없습니다. 모든 만물은 땅과 더불어 살고 있습니다. 문 소협은 만물을 끌어당기는 땅의 힘을 자신의 의지대로 사용할 수 있습니다."

소륵은 순간 지금까지 자신이 알고 있던 무공의 정의가 과연 옳은 것이었나 하는 의문이 들었다.

유혼은 문소혁이 만들어낸 거대한 공간을 바라보며 숨도 쉬지 못할 정도의 어지러움증을 느끼고 있었다. 하늘에서 출렁이고 있는 저 거대한 공간은 자신의 눈으로도 따라가지 못할 만큼 빠르게 팽창과 수축을 반복하고 있었다.

'누가…… 저것 좀 빨리…….'

번쩍!

하늘을 가로지르는 하나의 빛줄기. 박지량의 손끝에서 뻗어 나온 빛줄기는 놀랍게도 허공에 정지해 움직이지 않았다. 이로 인해 달빛보다 밝은 빛줄기가 악록산 주변을 대낮처럼 환하게 만들어주고 있었다.

유혼은 문소혁이 만들어낸 공간에 고정되어 버린 빛줄기를 바라보며 순수하게 감탄하고 있었다. 자신조차 너무 빨라서 제대로 바라보지 못한 빛줄기였다. 그걸 이리도 자세하게 볼 수 있게 되다니. 빛줄기를 고정시키면서 동시에 출렁임을 멈춘 공간은 더 이상 유혼의 눈을 어지럽히지 못했다.

문소혁은 박지량의 빛줄기가 멈추어 선 것을 보고 만족스러운 표정을 지으며 물었다.

"어르신, 분명 어떤 것이든 벨 수 있다 하지 않으셨습니까?"

박지량은 탄성을 지르며 허공에 떠 있는 빛을 바라보았다.

"유혼 그 아이의 말이 사실이었군 그래. 하하. 빛줄기라니……."

문소혁은 빛줄기를 가두어 버린 공간을 향해 다른 손까지 펼쳤다. 그가 양손을 오므리며 주먹을 쥐기 시작하자 동시에 빛줄기가 수축하기 시작했다.

그그그긍!

박지량은 그 장면을 지켜보며 놀랍다는 듯이 말했다.

"정말 마음 놓고 펼쳐도 막을 수 있겠군."

"후후. 오시지요."

문소혁은 머리 위로 치켜들었던 양손을 움직여 박지량에게 향했다.

유혼은 문소혁의 손을 따라 움직이는 공간을 바라보며 다시 눈살을 찌푸렸다. 십여 장이 넘어 보이던 공간이 일 장 크기로 축소됨에 따라 요동이 점점 심해지고 있었다. 그리고 그 안에 갇혀 있는 빛줄기는 작아졌음에도 더욱 밝은 빛을 뿜어내고 있었다.

박지량은 혼잣말처럼 중얼거렸다.

"하하. 문공, 자네 정말 믿기지 않을 정도로 대단한 아들을 낳아버렸군."

박지량은 처음 무형검의 발자취를 발견했을 때를 떠올려 보았다. 그리고 그것을 처음 펼쳤을 때 겪었던 참상을 떠올려 보았다. 그때 이후로 이것을 억제하고 제어하는 데만 열을 올렸었다. 하지만 지금은, 이것을 받아줄 상대가 있는 지금은…… 그런 걱정 따윈 할 필요가 없었다.

박지량의 손이 문소혁을 향했다. 정확히는 문소혁의 앞에 갇혀 있는 빛줄기를 향했다.

"고맙네."

슈우우우우욱!

유혼은 눈을 질끈 감았다. 찬란한 광채가 문소혁과 박지량 사이에서 피어오르고 있었다. 섬광의 편린들이 유혼의 눈을 따갑게 파고들어 왔다.

"아아……."

유혼은 억지로 눈을 떠 그 광채를 직시했다. 점점 더 커지는 광채. 점점 더 커지는 공간. 빛이 다가오고 있었다.

"머, 멈춰……."

유혼은 서서히 뒷걸음질치기 시작했다. 광채와 뒤섞인 공간은 팽창을 멈출 생각이 없어 보였다. 그는 그 공간에서 벗어나기 위해 등을 돌린 채 달려나갔다.

찬란한 빛으로 가득 찬 공간이 순식간에 유혼을 집어삼키고 악록산 정상을 휩쌌다.

"멈춰!"

후일, 악록산괴사라 불리게 된 이 광채의 향연은 그 뒤 한 시진 동안이나 계속됐다.

*   *   *

유혼이 눈을 뜬 건 따뜻한 햇살이 내리쬐고 있는 아침 무렵이었다.

"으음."

유혼은 눈을 뜨자마자 목이 타는 듯한 갈증을 느끼고 바로 옆에 있는 샘에 머리를 처박고 물을 들이키기 시작했다.

"하아."

쏴아아.

시원한 바람이 스치고 지나갔다. 유혼은 조금 살 것 같은 기분을 느끼며 천천히 주변을 둘러보았다. 이곳은 주변의 전경이 훤히 내다보이는 산 정상이었다. 샘 옆에서 물을 긷고 있는 사람들도 눈에 들어왔다.

'여기가……'

광채와 공간. 유혼의 머릿속으로 순식간에 어제 있었던 광경이 떠올랐다. 어찌 된 일이지? 유혼은 주변을 둘러보았다. 이곳은 분명 어젯밤에 올라왔던 악록암이었다. 자신이 눈을 뜬 곳은 광채에 휩싸이기 직전에 서 있었던 그 자리였다.

'왜 아무도 보이질 않는 거지?

유혼은 물을 길어서 내려가는 사람들을 따라 장사로 향했다. 다른 사람들이야 어찌 됐건 간에 자신은 비무만 볼 수 있으면 그만이었다. 박지량과 문소혁. 둘 다 목적을 달성했기 때문인지는 몰라도, 비무가 끝나고 나서 그냥 떠나 버렸음이 분명했다.

장사의 입구에 다다랐을 즈음, 유혼은 전에 비해 입구가 무척 한산해졌음을 느끼고, 모두 장사비무대회를 구경하기 위해 비무관 안으로 들어갔다고 생각했다. 하루 전만 해도 곳곳에 넘쳐나던 상인들이 코빼기도 보이지 않았다. 상인들이 파는 물건을 정신없이 구경하던 뜨내기 무사들도 없었다. 사람들이 줄었기 때문인가? 입구가 어딘지 모르게 어제와 달라 보였다.

'미리부터 좋은 자리를 차지하기 위해 몰려간 거군. 나도 뺏길 수야 없지.'

장사비무관으로 걸어가던 유혼은 그렇게 사람이 붐비던 객점과 시장 골목에도 의외로 사람이 적은 것을 보며 속으로 탄식했다.

'너무 늦어서 자리가 없을지도 몰라.'

입구에서부터 바쁘게 걸어온 유혼은 금세 장사비무관 앞에 도착할 수 있었다.

'이런.'

장사비무관의 정문은 굳게 닫혀 있었다. 유혼은 남창에서 비무대회를 할 때도 비무관 안에 있을 수 있는 인원이 가득 차면 문을 걸어 잠그는 모습을 많이 보아왔기에 당황하여 문을 두드렸다.

"이보시오! 좀 들여보내 주시오! 자리가 없다면 구석에서라도 볼 터이니, 문 좀 열어주시오!"

유혼이 반 각 정도 문 앞에서 큰 소리를 질렀을 무렵, 안쪽에서 한 무사가 짜증난다는 표정으로 문을 열고 나왔다.

"무슨 일이오?"

"비무관에 좀 들여보내 주시오. 이렇게 일찍부터 자리를 맡아두어야 할 줄 몰랐소. 오늘은 사정 좀 봐주시오."

무사는 황당하다는 표정으로 물었다.

"대회? 무슨 대회?"

"여기서 열리는 대회 말이오, 장사비무대회."

"무슨 말 하는 거요? 사 년마다 하는 비무대회에 왜 벌써부터 찾아와서 난리요?"

"사 년?"

"이미 작년에 한 차례 치렀으니, 앞으로 삼 년 후에나 오시오. 참내. 아침부터 별 미친놈이 다……."

무사가 매몰차게 문을 닫았다.

'작년이라니?'

유혼은 아직도 무사가 한 말의 의미를 깨닫지 못하고 있었다.

자신에게 무슨 일이 벌어졌는지를…….

박지량과 문소혁이 만들어낸 광채가 어떤 일을 벌였는지를…….

『찰나의 유혼』 1권 끝

잠들어 있던 거대한 공룡, 중국이 깨어나고 있다!

세계의 중심으로 우뚝 부상하고 있는 중국.
그들을 알지 못하고서 어찌 글로벌 시대에
경쟁력을 갖췄다 할 수 있겠는가.

한 권으로 끝나는 중국 고전 시리즈

한 권으로 끝내는
중국 고전 길라잡이
■ 모리야 히로시 지음 / 장선연 옮김 | 값 12,000원

각 세계의 지도자들에게 지침서로 읽혀온
명저에서 핵심만 추출해 낸 입문자를 위한
실천적 고전 안내서!

한 권으로 끝내는
춘추 전국 처세술
■ 마츠모토 히로시 지음 / 김미선 옮김 | 값 12,000원

예측 불허의 변수 속에 풍랑을 만난 조각배처
럼 표류하는 현대인들에게 등대가 되고 나침
반이 될 처세술의 비전!

한 권으로 끝내는
중국 고전 언행록
■ 미야기타니 마사미쓰 지음 / 연주미 옮김 | 값 12,000원

자기 계발과 경영 전략등 현대 생활에 도움이 되는
내용을 명쾌하게 풀어낸 이 책은 지적 자극이
넘치는 최고의 실용서이다.

장대한 역사의 영고성쇠 속에서 태어난 실천적 지혜의 핵심!

군주는 현명하지 않아도 현인에게 명령을 하고, 무지해도 지식인의 기둥이 될 수 있다.
신하는 일의 수고를 더하고, 군주는 일의 성공을 칭찬하면 된다.
그 일만으로도 군주는
지혜롭다는 평가를 받을 수 있다.

한권으로 끝나는 중국 고전 시리즈

한 권으로 끝내는
중국 고전 일일일언
■ 모리야 히로시 지음 / 계 일 옮김 | 값 12,000원

자신도 모르는 사이에 인생의 시계(視界)가 넓어지고,
인간관계의 폭이 넓어졌다면 본 서의 내용을 적어도 반
이상은 이해한 것이다. 삶을 윤택하게, 보다 지혜롭게
살고 싶어하는 모든 사람들에게 이 책을 권한다.

한 권으로 끝내는
노자의 인간학
■ 모리야 히로시 지음 / 장선연 옮김 | 값 12,000원

오늘날 사회적 혼란보다 더 큰 문제는 우리의 심신 모두
가 너무나 약해져 있다는 점이다.
당장 힘들다고 쉽게 약해져 버리는 모습을 많이 볼 수
있다. 이렇게 되면 이토록 삼엄한 현실 속에서 살아남기
힘들다. 그래서 『노자』다.

한권으로 끝내는
중국 재상 열전
■ 모리야 히로시 지음 / 김현영 옮김 | 값 12,000원

중국의 방대한 정치 비결이 축적된 역사책은
정치에 뜻을 둔 사람은 물론이고 조직 안에서
고군분투하는 여러분에게 시대에 따라 변하지 않는
정치의 요체를 알려줌으로써 '정치' 뿐 아니라
널리 조직을 운영하는 데 큰 도움을 줄 것이다.

잘나가고 싶은 사람은 읽어라!

그에게 한눈에 반했다! 그것은 분위기 탓?
애인과 나란히 걸어갈 때 당신은 좌, 우 어느 쪽에 서는가?
이성은 왜 서로 끌리는 걸까? 그 심층 심리를 해명한다!

30초의 심리학

■ **30초의 심리학**
아사노 하치로우 지음 / 계일 옮김 | 값 8,500원

처음 본 사람인데 와 닿는 느낌이
너무나도 강렬한 사람이 있다.
흔히 하는 말로 '필이 꽂힌 사람',
그래서 잊혀지지 않는 사람,
한눈에 반했다고 하는 것이 바로 그것이다.
이런 인간의 감정을 논하는 데
남녀의 구분이 있을 수 없다.
사랑하는 그, 혹은 그녀를
생각하는 것만으로도 가슴이 두근거린다.
이상할 것 없다. 당연히 그럴 수 있는 것이다.
그렇기에 인간을 감정의 동물이라 하지 않는가.
그러나 그렇게 좋아하는 그 사람이
어느 날 갑자기 싫어지는 경우는 왜일까?

Psychology